U0552173

名家散文典藏

彩插版

赵丽宏散文精选

赵丽宏 著

长江出版传媒 长江文艺出版社

图书在版编目（CIP）数据

赵丽宏散文精选 / 赵丽宏著. -- 武汉：长江文艺出版社，2017.12(2022.11 重印)
（名家散文典藏：彩插版）
ISBN 978-7-5354-9875-5

Ⅰ.①赵… Ⅱ.①赵… Ⅲ.①散文集－中国－当代 Ⅳ.①I267

中国版本图书馆CIP数据核字(2017)第 191332 号

责任编辑：彭秋实　　　　　　　责任校对：毛季慧
封面设计：龙　梅　　　　　　　责任印制：邱　莉　王光兴

出版：长江出版传媒　长江文艺出版社
地址：武汉市雄楚大街 268 号　　邮编：430070
发行：长江文艺出版社
http://www.cjlap.com
印刷：湖北恒泰印务有限公司

开本：640 毫米×970 毫米　　1/16　　印张：15.75　　插页：9 页
版次：2017 年 12 月第 1 版　　　2022 年 11 月第 4 次印刷
字数：177 千字

定价：30.00 元

版权所有，盗版必究（举报电话：027—87679308　87679310）
（图书出现印装问题，本社负责调换）

名家散文典藏 赵丽宏 散文精选

目录

◆ 第一辑　顶碗少年 ◆

日晷之影　/　003

热爱生命　/　012

童年的河　/　015

顶碗少年　/　020

城中天籁　/　023

躲进书里　/　028

母亲和书　/　034

挥手　/　037

水迹的故事　/　045

死之余响　/　047

在我的书房怀想上海　/　054

◆ 第二辑　会思想的芦苇 ◆

愿你的枝头长出真的叶子　/　061

001

赵 丽 宏 散 文 精 选

流水和白驹 / 065

会思想的芦苇 / 067

时间断想 / 070

能饮一杯无 / 074

望星空 / 076

冷翠烛下人鬼情 / 078

大师的背影 / 080

永恒 / 086

松风 / 088

春在溪头荠菜花 / 090

不熄的暖灯 / 092

音乐散步 / 095

面对永恒 / 098

爱的魔力 / 101

真幻之间 / 104

流水和高山 / 107

◆ 第三辑　天籁和回声 ◆

光阴　/　115

记忆中的光和雾　/　117

冰霜花　/　127

秋兴　/　130

井　/　132

历史　/　135

心灵是一棵会开花的树　/　138

沉默　/　140

宁静　/　142

诗意　/　145

除夕诗意　/　149

天籁和回声　/　151

赵丽宏散文精选

◆ 第四辑 沉船威尼斯 ◆

异乡的天籁 / 169
天上和人间 / 173
在柏林散步 / 176
万神殿的秘密 / 180
晨昏诺日朗 / 183
诗·梦·金钥匙 / 187
江南片段 / 193
美人鱼和白崖 / 204
庐山雪 / 216
印象·幻影 / 221
歌者 / 227
温暖的烛光 / 231
遥望泰姬陵 / 236
沉船威尼斯 / 240
米开朗琪罗的天空 / 243

第一辑　顶碗少年

日暮之影

> 影子在日光下移动，
> 轨迹如此飘忽。
> 是日光移动了影子，
> 还是影子移动了日光？
>
> ——题　记

　　我梦见自己须髯皆白，像一个满腹经纶的哲人，开口便能吐出警世的至理格言。我张开嘴巴，却发不出一点声音。

　　我走得很累，坐在路边的石头上轻轻地喘息，我的声音却在寂静中发出悠长的回声。

　　时间啊，你正在前方急匆匆地走，为什么我永远也无法追上你？

　　时间是不是一种物质？说它不是，可天地间哪一件事物与它无关？说它是，它无形无色无声，谁能描绘它的形状？

　　说它短促，它只是电光闪烁般的一个瞬间。然而世界上有什么事物比它更长久呢？它无穷无尽，可以一直往上追溯，也可以一直往下延续，天地间永远没有它的尽头。

赵丽宏
散文精选

说时间如流水，不错，水在大地上奔流，没有人能阻挡它奔腾向前。然而水流有干涸的时候，时间却永不停止它的前行。说时间如电光，不错，电光一闪，正是时间的一个脚步。电光闪过之后，世界便又恢复了它的沉寂和黑暗。那么，时间究竟是闪烁的电光，还是沉寂和黑暗？

我们为时间设定了很多标签，秒、分、小时、天、月、旬、年、世纪……对于人类来说，每一个标签都有特定的意义，因为，在这个时刻，发生了对于某些人具有特殊意义的事件，比如某个人诞生，某一场战争爆发，某一个时代开始……然而对于时间来说，这些标签有什么意义呢？一天、一个月、一年、一个世纪，在时间的长河中都只能是一滴水、一朵浪花、一个瞬间。

再伟大的人物，在时间面前，都会显得渺小无能。叱咤风云的时候，时间是白金，是钻石，灿烂耀眼，光芒四射。然而转瞬之间，一切都已经过去，一切都变成了历史。

根据爱因斯坦的假设，如果能以光的速度奔跑，我就能走进遥远的历史，能走进我们的祖先曾经生活过的世界。于是，我便也能以现代人的观念，改写那些已经写进人类史册的历史，为那些黑暗的年代点燃几盏光明的灯火，为那些狂热的岁月泼一点清醒的凉水。我也能想办法改变那些曾经被扭曲被冤屈的历史人物的命运，取消很多人类的悲剧。我可以阻止屈原投江，解救布鲁诺出狱，我可以使射向普希金的子弹改变方向，也能使希特勒这个罪恶的名字没有机会出现在世界上……

然而我也不得不自问，如果我改变了历史，改变了祖先们的命运，那么，这天地之间还会不会有我此刻所处的世界，还会不会有我这样一个人？

我想，我永远也不可能以光速奔跑，我的同类、我的同时代人、我的后代，大概都不可能这样奔跑。所以我不可能改变历史。而且，

我并不想做一个能改变历史的好汉。爱因斯坦也一样,他再聪明伟大,也无法改变已经过去的历史,即使他能以光速奔跑。

在乡下"插队"时,有一次干活休息,我一个人躺在一棵树下,斑驳的阳光透过树叶的缝隙照在我的身上。我的目光被视野中的一条小小的青虫吸引,它正沿着一根细而软的树枝,奇怪地扭动着身体,用极慢的速度往上爬。在阳光的照射下,它的身体变得晶莹透明。可以想象,对它来说,做这样的攀登是何等艰难劳累。小青虫费了很多时间,攀登到了树枝的顶端,再也无路可走。这时,一阵风吹来,树枝摇晃了一下,小青虫被晃落到地。这可怜的小虫子,费了这么多时间和气力,却因为瞬间的微风而功亏一篑。我想,我如果是这条小青虫,此刻将会被懊丧淹没。但小青虫在地上挣扎了一会儿,又慢慢地在地上爬动起来。我想,它大概会吸取教训,再也不会上树了。我在树下睡了一觉,醒来的时候,发现那条小青虫竟然又爬到了原来那根细树枝上,它还是那样吃力地扭动着身体,慢慢地向上爬……这小青虫使我吃惊,我怎么也不明白,是什么力量使它如此顽强地爬动,是什么原因使它如此固执地追寻那条走过的路。它要爬到树枝上去干什么?然而小虫子的执着却震撼了我。这究竟是愚昧还是智慧?

这固执坚忍的小青虫使我想起了希腊神话中的西西弗斯。西西弗斯死后被打入地狱,并被罚苦役:推石上山。西西弗斯花费九牛二虎之力,将一块巨石推到山顶,巨石只是在山顶作瞬间停留,又从原路滚落下山。西西弗斯必须追随巨石下山,重新一步一步将它推上山顶,然后巨石复又滚落,西西弗斯又得开始为之拼命……这种无效无望的艰苦劳作往复不断,永无穷尽。责令西西弗斯推石的诸神以为这是对他最严厉的惩罚。西西弗斯无法抗拒诸神的惩罚,然而推石上山这样一件艰苦而枯燥的工作,却没有摧垮他的意志。推石上山使他痛苦,也使他因忙碌辛劳而强健。有人认为,西西弗斯的形象,正是人类生活的一种简洁生动的象征,地球上的大多数人,其实就是这样活着,

赵丽宏
散文精选

日复一日，重复着大致相同的生活。那么，我们生活的世界难道就是一个地狱？当然不是。加缪认为，西西弗斯是快乐而且幸福的，他的命运属于他自己，他推石上山是他的事情。他为把巨石推上山顶所作的搏斗，本身就足以使他的心里感到充实。

西西弗斯多像那条在树枝上爬动的小青虫。将时光和精力全部耗费在无穷的往返中，耗费在意义含混的劳役里，这难道就是人生的缩影？

我当然不愿意成为那条在树枝上爬动的小青虫，也不希望成为永远推着巨石上山的西西弗斯。我只想做一个普通的人，按自己的心愿生活。可是，我常常身不由己。

人是多么奇怪，阴霾弥漫的时候盼望云开日出，盼望阳光普照大地，晴朗的日子里却常常喜欢天空飘来云彩遮住太阳。黑暗笼罩天地的时候，光明是何等珍贵，一颗星星，一堆篝火，一点豆火，都会是生命的激素，是饥渴时的面包和清泉，是死寂中美妙无比的歌声，是希望和信心。如果世界上消失了黑夜，那又会怎么样呢？那时，光明会成为诅咒的对象，诗人们会对着太阳大喊：你滚吧，还我们黑夜，还我们星星和月亮！我们的祖先早已对此深有体验，后羿射日的故事，也许不是凭空杜撰出来的。

造物主给人类一双眼睛，我们用它们看自然，看人生，用它们观察世界上发生的一切事情。我们也用它们表达情感，用它们笑，用它们哭——多么奇妙，我们的眼睛会流出晶莹的液体。

婴儿刚从母体诞生时，谁也无法阻止他们的哇哇啼哭。他们不在乎任何人的看法，放开喉咙，无拘无束，大声地哭，泪水在他们红嫩的小脸上滚动，嘹亮的哭声在天地间回荡。哭，是他们给这个迎接他们到来的世界的唯一回报。

婴儿为什么哭？是因为突然出现的光明使他们受了惊吓，是因为充满空气的世界远比母亲的子宫寒冷，还是因为剪断了连接母体的脐带而疼痛？不知道。然而可以肯定，此时的哭声，没有任何悲伤的成分。诗人写诗，把婴儿的啼哭比作生命的宣言，比作人间最欢乐纯真的歌唱，这大概不能说错。而当婴儿长成孩童，长成大人后，有谁能记得自己刚钻出娘胎时的哭声，有谁能说清楚自己当时怎样哭，为什么而哭？诗人们自己也说不清楚。无助无知的婴儿，哭只是他们的本能。我们每个人当初都曾经为这样的本能大声地、毫不害羞地哭过。没有这样的经历，大概不能成为一个真正的人。

当我们认识了世事，积累了感情，有了爱憎，当我们开始在意自己的形象和表情，哭，就成了问题。哭再不可能是无意识的表情，眼泪和悲哀、忧伤、愤怒、欢乐联系在一起。有说"姑娘的眼泪是金豆子"，也有说"男儿有泪不轻弹"，流眼泪，成了生命中的严重事件。

人人都经历过这样的严重事件。我想，当我的生活中消失了这样的"严重事件"，当我的眼睛失去了流泪的功能，我的生命大概也就走到了尽头。

心灵为什么博大？因为心灵在成长的过程中，经历了无数细微的情节，它们积累、沉淀，像种子在灵魂深处萌芽、生根、长叶，最终会开出花朵。把心灵比作田地，心田犹如宽广的原野，情感和思索的种子在这原野里生生灭灭，青黄相接，花开不败。我们视野中的一切，我们思想中的一切，我们所有的喜怒哀乐，都在这辽阔无边的原野中跋涉驰骋。

生命纵然能生出飞舞的翅膀，却无法飞越命运的屏障，无法飞越死亡。我们只是回旋在受局限的时空里，只是徘徊在曲折的小路上。对于个人，小路很短，尽头随时会出现。对于人类，这曲折的小路将永无穷尽。

活着，就往前走吧。我不知道前面会出现什么，但我渴望知道，

赵丽宏
散文精选

于是便加快脚步。在天地之间活相同的时间，走的路却可能完全不同。有人走得很远，看见很多美妙的景色，有的人却只是幽囚于斗室，至死也不明白世界有多么辽远阔大。

我常常回过头来找自己的脚印，却无法发现自己走过的路在哪里。无数交错纵横的脚印早已覆盖了我的足迹。

仰望天空，我永远也不会感到枯燥和厌倦。飞鸟划过，把对自由的向往写在天上。白云飘过，把悠闲的姿态勾勒在天上。乌云翻滚时，瞬息万变的天空浓缩了宇宙和人世的历史，瞬间的幻灭，演示出千万年的动荡曲折。

最神奇的，当然是繁星闪烁的天空。辽阔、深邃、神秘、无垠……这些字眼，都是为夜空设置的。人间的神话，大多起源于这可望及而不可穷尽的星空。仰望夜空时我常常胡思乱想，中国的传说和外国的神话在星光浮动的天上融为一体。

嫦娥为了追求长生而投奔月宫，神女达佛涅为了摆脱宙斯的追求变成了一棵月桂树，嫦娥在月宫里散步时走到了达佛涅的月桂树下，两个同样寂寞的女神，她们会说些什么？

周穆王的八骏马展开翅膀腾云驾雾，迎面而来的，是赫利俄斯驾驭着那四匹喷火快马曳引的太阳车。中国的宝驹和希腊的神马在空中擦肩而过，马蹄和车轮的轰鸣惊天动地……

射日的后羿和太阳神阿波罗在空中相遇，是弓剑相见，还是握手言欢？

有风的时候，我想起风神玻瑙阿斯，他拍动肩头的翅膀，正在天上呼风唤雨，呼啸的大风中，沙飞石走，天摇地撼。而中国传说中的风姨女神，大概也会舞动长袖来凑热闹，长袖过处，清风徐来，百鸟在风中飞散，落花在风中飘舞……我由此而生出奇怪的念头：风，难道也有雌雄之分？

在寂静中，我的耳畔会出现荷马史诗中描绘过的"众神的狂笑"。

应和这笑声的,是孙悟空大闹天宫时发出的漫天喧哗……

有时候,晴朗的夜空中看不见星星。夜空漆黑如墨,深不可测。于是想起了遥远的黑洞。

黑洞是什么?它是冥冥之中一只窥探万物的眼睛。它目力所及的一切,都会无情地被它吸入,消亡在它无穷无尽的黑暗里。也许,我和我的同类,都在它的视线之内,我们都在经历被它吸入的过程。这过程缓慢而无形,我们感觉不到痛苦,然而这痛苦的被吸入过程正在有条不紊地进行。

那么,那些死去的人,大概是完成了这样的痛苦。他们离开世界,消失在黑洞中。活着的人们永远也无法知道他们被吸入黑洞一刹那的感觉。

发现了黑洞的霍金坐在轮椅上,他仰望星空的目光像夜空一样深不可测。

宇宙的无边无际,我从小就想不明白,有时越想越糊涂。天外有天,天外的天外的天又是什么?至于宇宙的成因,就更加使我困惑。据说,在极遥远的年代,宇宙产生于一次大爆炸,这威力巨大的爆炸使宇宙在瞬间膨胀了无数亿倍。今天的宇宙,仍在这膨胀的过程中。爱因斯坦的广义相对论为这样的"爆炸"和"膨胀"说提供了依据。

于是坐在轮椅上的霍金说话了:"假如暴胀宇宙论是正确的,宇宙就包含有足够的暗物质,它们似乎与构成恒星和行星的正常物质不同。"

"暗物质",也就是隐形物质,据说它们占了宇宙物质的百分之九十。也就是说,在天地之间,大多数的物质,我都看不见摸不着,它们包围着我,而我却一无所知。多么可怕的事情!

科学家正在很辛苦地寻找"暗物质"存在的依据。这样的探寻,大概是人世间最深奥最神秘的工作。但愿他们会成功。

赵丽宏
散文精选

而我们这样平凡的人，此生大概只能观察、触摸那百分之十的有形物质。然而这就够了，这并不妨碍我的思想远走高飞。

一只不知名的小花雀飞到我书房的窗台上，它灰褐色的羽毛中，镶嵌着几缕耀眼的鲜红。这样可爱的生灵，还好没有归入隐形的一类。花雀抬起头来，正好撞到了我凝视的目光。它瞪着我，并不因为我的窥视而退缩，那对闪闪发亮的小眼睛，似乎凝集了天地间的惊奇和智慧。它似乎准备发问，也准备告诉我远方的见闻。

我向它伸出手去，它却张开翅膀，飞得无影无踪。

为什么，它的目光使我怦然心动？

微风中的芦苇姿态优美，柔曼妩媚，向世界展示生命的万种风情。微风啊，你是生命的化妆品，你用轻柔透明的羽纱制作出不重复的美妙时装，在每一株芦苇身边舞蹈。你把梦和幻想抛洒在空中，青翠的芦叶和银白的芦花在你的舞蹈中羽化成蝴蝶和鸟，展翅飞上清澈的天空。

微风轻漾时，摇曳的芦苇像沉醉在冥想中的诗人。

在一场暴风雨中，我目睹了芦苇被摧毁的过程。也是风，此时完全是另外一副面容，温和文雅不知去向，取而代之的是疯狂和粗暴。撕裂的绿叶在狂风中飞旋，折断的苇秆在泥泞中颤抖……这是一场实力悬殊的战争，是强大的入侵者对无助弱者的蹂躏和屠杀。

暴风雨过去后，世界像以前一样平静。狂风又变成了微风，踱着悠闲的慢步徐徐而来。然而被摧毁的芦苇再也无法以优美的姿态迎接微风。微风啊，你是代表离去的暴风雨来检阅它的威力和战果，还是出于愧疚和怜悯，来安抚受伤的生命？

芦苇无语。倒伏在地的苇秆上，伸出尚存的绿叶，微风吹动它们，它们变成了手掌，无力地摇动着，仿佛在表示抗议，又像是为了拒绝。

可怜的芦苇！它们倒在地上，在微风中舔着伤口，心里绝不会有

报仇的念头。生而为芦苇,永不可能成为复仇者。只能逆来顺受地活下去,用奇迹般的再生证明生命的坚忍和顽强。

而风,来去无踪,美化着生命,也毁灭着生命。在有人赞美它的时候,也有人在诅咒它们。

无须从哲人的词典里选取闪光的词汇为自己壮胆。活在这世上,每一个人都具备了做一个哲人的条件。你在生活的路上挣扎着,你在为生存而搏斗,你在爱,你在恨,你在寻求,你在追求一个目标,你在为你的存在而思索,为你的行动而斟酌,你就可能是一个哲人。不要说你不具备哲人的智慧和深沉,即便你木讷少言,你也可能口吐莲花。

行者,必有停留之时。在哪一点上停下来其实并不重要。要紧的是停下来之前走了多少路,走到了什么地方,看见了一些什么。

将生命停止在风景美妙的一点上,当然有意思。即便是停止在幽暗之处,停止在人迹罕至的场所,停止在荒凉的原野,也不必遗憾。只要生命能成为一个坐标,为世人提供一点故事,指点一段迷津,你就不会愧对曾经关注你的那些目光。

我仰望天空,我知道上苍在俯视我。我头顶的宇宙就是上帝,我无法了解和抵达的一切,都凝聚在上帝的目光中,这目光深邃博大,能包容世间万物。

我想,唯一无法被上帝探知的,是我的内心。你知道我在想什么,我在憧憬什么,我在期待什么?上帝,你不知道,我也不会告诉你。如果你以为你已洞察一切,那么你就错了。

是的,对于我的内心来说,我自己就是上帝。

热爱生命

父亲老了,七十有三了,年轻时那一头乌黑柔软的头发变得斑白而又稀疏。大概是天天在一起的缘故,真不知这头发是怎么白起来,怎么稀起来的。

有些人能返老还童,这话确实有道理。七十三岁的父亲,竟越来越像个孩子,对小虫小草之类的玩意儿的兴趣越来越浓。起初,是养金蛉子。乡下的亲戚用塑料盒子装了一只金蛉子,带给读小学的小外甥,却让父亲"扣"下来了。"小囡,迷上了小虫子,读书就没有心思了。"他一边微笑着申述理由,一边凑近透明的塑料盒子,仔细看那关在盒子里的小虫。"听,它叫了!"他压低了声音,惊喜地告诉我,并且要我来看。盒子里的金蛉子果然在叫,声音幽幽的,但极清脆,仿佛一根银弦在很远的地方颤动。金蛉子形似蟋蟀,但比蟋蟀小得多,只有米粒大小,背脊上亮晶晶地披着一对精巧的翅膀,叫的时候那对翅膀便高高地竖起来,像两面透明的金色小旗在飘……

金蛉子成了他的宝贝了。他把塑料盒子带在身边,形影不离,有空的时候,就拿出盒子来看,一看就出神,旁人说什么做什么都不知道。时间长了,他仿佛和盒子里的金蛉子有了一种旁人无法理解的交流。那幽幽的叫声响起来的时候,他便微笑着陷入沉思,表情完全像个孩子。一次,他把塑料盒放在掌心里,屏息静气地谛视了好久。见

我进屋来,他神秘地一笑,喜滋滋地说:"相信么,我能懂得金蛉子的意思呢!"

我当然不相信,这怎么可能呢!于是他把我拉到身边,要我和他一起盯着盒子里的金蛉子看。"我要它叫,它就会叫。"他很自信,也很认真。米粒大小的金蛉子稳稳地站在盒子中央,两根蛛丝般的触须悠然晃动着,像是在和人打招呼。看了一会儿,他突然轻轻地叫了起来:

"听着,它马上就要叫了!听着!"

果然,他的话音刚落,金蛉子背上两片亮晶晶的翅膀便一下子竖了起来,那幽泉般的鸣叫声便如歌如诉地在我的耳畔回旋……

"它马上要停了,你听着!"

金蛉子叫得正欢,父亲突然又轻轻推了我一下,用耳语急促地告诉我。他的话音未落,金蛉子果真停止了鸣叫。

这事情真有些奇了。我问父亲这其中究竟有什么奥秘,他笑了,并不是得意扬扬的笑,而是浅浅的淡淡的一笑。他说:"其实呒啥稀奇的,看得多了,摸到它的规律了。不过,这小生命确实有灵性呢,小时候,我就喜欢听它们叫,这叫声比什么歌子都好听。有些孩子爱看它们格斗,把它们关在小盒子里,它们也会像蟋蟀一样开牙厮咬,可这有啥意思呢,人间互相残杀得还不够,还要看这些小生灵互相残杀取乐!小时候,我就喜欢听它们唱歌……"

他沉浸在童年的回忆中,绘声绘色地讲起了童年乡下的琐事,讲他怎样在草丛里捉金蛉子,怎样趁着月色和小伙伴一起去地主的瓜田里偷西瓜。在玉米田里,在那无边无际的青纱帐中,孩子们用拳头砸开西瓜吃个饱,然后便躺在田垄上,看着天上的月牙、星星和银河,静静地听田野里无数小生命的大合唱。织布娘娘、纺纱童子、蟋蟀、油葫芦,以及许许多多无法叫出名字的小虫子,都在用不同的声音唱着自己的歌,它们的歌声和谐地交织在一起,使黯淡的夏夜充满了生机,充满了宁静的气息……

013

赵丽宏
散文精选

"最好听的，还是金蛉子。"说起金蛉子，父亲兴致特别浓，"金蛉子里，有地金蛉和天金蛉。天金蛉爬在桃树上，个儿比地金蛉大得多，翅膀金赤银亮，像一面小镜子，叫起来声音也响，像是弹琴，可天金蛉少得很，难找，它们是属于天上的。地金蛉才是属于我们的。别看地金蛉个儿小，叫声幽，那声音可了不起，大地上所有好听的声音，都能在地金蛉的叫声里找到。不信，你来听听。"

盒子里的金蛉子又叫起来了。父亲侧着头，听得专注而又出神，脸上又露出孩子般的微笑……

秋深了。风一阵凉似一阵。橘黄的梧桐叶在窗外飞旋，跳着寂寞的舞蹈。塑料盒里的金蛉子开始变得沉默寡言了，越来越难得听到它的鸣叫。父亲急起来，常常凝视着塑料盒子发呆。盒子里的金蛉子也有些呆了，缩在角落里一动不动，那一对小小的响翅似乎也失去了亮晶晶的光泽。

"你把它放在贴身的衣袋里试试，用体温暖着它，兴许还能过冬呢！"母亲见父亲愁眉不展，笑着提了一个建议。

父亲真把塑料盒藏进了贴身的衬衣口袋。金蛉子活下来了，并且又像以前那样叫起来。不过金蛉子的歌声旁人是很难听见了，它只是属于父亲的，只要看到他老人家一动不动地站着或者坐着微笑沉思，我就知道是金蛉子在叫了。有时候，隐隐约约能听见金蛉子鸣唱，幽幽的声音是从父亲的身上，从他的胸口里飘出来的。这声音仿佛一缕缕透明无形的烟雾，奇妙地把微笑着的父亲包裹起来。这烟雾里，有故乡的月色，有父亲儿时伙伴的笑声和脚步声……

于是，我想起屠格涅夫那篇题为《老人》的散文诗来：

……那么，你感到憋闷时，请追溯往事，回到自己的记忆中去吧——在那儿，深深地、深深地，在百思交集的心灵深处，你往日可以理解的生活会重现在你的眼前，为你闪耀着光辉，发出自己的芬芳，依然饱孕着新绿和春天的媚与力量！

童年的河

童年的记忆,隐藏在脑海的最深层。一个老人,到了弥留之际,出现在眼前的也许还是童年的往事、童年的朋友。

童年的经历,会影响一个人的性格。在形成性格的过程中,童年的一些特殊经历潜移默化地起着作用。想一想童年的往事吧,它们曾经怎样有声有色地丰富过你幼小的生命,滋润过你稚嫩的感情。

有一条河流,陪伴着我的童年。这条河的名字是苏州河,它在江南的土地上蜿蜒流淌,哺育了中国最大的城市。从前,它曾经叫吴淞江,上海人把它称作母亲河。

小时候,我的家离苏州河不远,我常常走到苏州河桥上看风景。天上的云彩落到河里,随着水波的漾动斑斓如梦幻。最有趣的,当然是河里的木船了。我喜欢倚靠在苏州河的桥栏上看从桥洞里穿过的木船。一艘木船,往往就是一家人。摇船的,总是船上的女人和小孩。男人站在船边,手持一根长长的竹篙,不慌不忙点拨着河水。有时水流很急,木船穿过桥洞时,船上的人便有点忙碌。男人站在船头,奋力将竹篙点在桥墩上,改变着船行的方向。他们一面手忙脚乱地与河水搏斗,一面互相大声喊着,喊些什么我听不清楚,但那种紧张的气氛却让人难忘,我也由此认识了船民的艰辛。后来看到宋人画的《清

赵 丽 宏
散 文 精 选

明上河图》，图中也有木船过桥洞的画面，和我在苏州河桥上看到的景象很有几分相似。现在回想起来，我那时没有机会和船上的人说过一句话，只是远远地看着他们，想象着他们的生活。我常常把自己想象成一个生活在船上的孩子，船上有一条狗，温顺地蹲在我的脚边。我也和父母一起，奋力地摇橹，驾驭着木船在急流中穿过桥洞。

记忆中的苏州河常常有清澈的时候。涨潮时，河水并不太混浊，黄中泛出一点淡绿，还能看到鱼儿在河里游动。那时苏州河里常常有孩子游泳。胆子大的从高高的水泥桥栏上跳到河里，胆子小一点的，沿着河岸的铁梯走到河里。孩子在河里游泳的景象多么美妙，小小的脑袋在起伏的水面上浮动，像一些黑色的花朵正在快乐地开放。他们常常放开喉咙在喊叫，急促的声音带着一些惊奇，也带着一些紧张，在水面上跳动回旋。这是世界上最快乐的声音。先是羡慕那些在河里游泳的孩子，他们游泳的姿态，他们在水面发出的欢声。我很想成为他们中的一员。

有一天，在苏州河边上，我见到了可怕的景象。一个孩子在河里淹死了，被人拉到岸上，躺在栏杆边的地上。这是一个瘦弱的孩子，上身赤裸，下身穿着一条破烂的裤衩。看样子，这孩子是在河里游泳时溺水而死。他侧着身子躺在地上，脸色蜡黄。他曾经在河里快乐地游着，快乐地喊叫着，他曾经是我羡慕的对象。但是他小小的生命已经结束，在这条日夜流动着的活泼的苏州河水里，他走完了他的短短的人生之路。这是我第一次这么近距离地看一个死去的人，但是这溺水的孩子并没有使我对死亡和河流感到恐惧。几年后，我也常常跳进苏州河里游泳，在和流水的搏斗中体会生命的快乐。我从高高的桥头跳入河中，顺流畅游，一直游到苏州河和黄浦江交汇的水面。那时，同龄的孩子没有几个有这样的胆量，他们捧着我的衣服，在岸上跟着我，为我加油。在他们的眼里，我是一个勇敢的人。其实，在波浪汹涌地向我压过来时，我也曾产生过恐惧，也曾想起那个溺水而亡的少

年,我在想:我会不会像他一样被淹死呢?不过这只是瞬间的念头,在清凉的河流中游泳的快乐胜过了对死亡的恐惧。

我上的第一所小学就在苏州河边上。在我们上音乐课的顶层教室里,站在窗前能俯瞰苏州河的流水。学校的后门,就开在苏州河岸边。离学校后门不远的河岸边,有一个垃圾码头。说是码头,其实就是一个大铁皮翻斗,平时铁皮翻斗被天天从它身上滑下的垃圾磨得雪亮。这铁皮翻斗,使我想起古时城门前的吊桥,平时翻斗是升起的,运送垃圾时,翻斗放下,成为一个传送滑道,卡车上的垃圾直接从翻斗上滑到停泊在岸边的木船船舱中。这垃圾码头,也曾是我们的游戏场所。我们常常攀上铁皮翻斗,站在翻斗边沿,探出脑袋,俯视河水从翻斗下哗哗地流过。对于孩子们来说,这是很有冒险色彩的奇妙经历。

一天早晨,经过垃圾码头时,我发现码头边围着很多人,而那个曾给我们带来快乐的吊桥,翻进了河里——系住翻斗的两根钢索断了一根。这是一场悲剧留下的痕迹。就在前一天傍晚,一群和我差不多大的孩子,攀到翻斗上玩,他们正欢天喜地在翻斗上蹦跳时,系翻斗的钢绳突然断了,翻斗下坠,翻斗上的孩子全部都被倒进了苏州河。欢声笑语一下子变成了救命的呼喊,那时苏州河边上人不多,是河上的船民赶过来救起了落水的孩子们。但是,死神已经守候在这座曾给孩子们带来欢乐的吊桥边上,据说淹死了好几个孩子。几天后,还看到孩子的父母在苏州河边哭泣。而那个肇事的铁皮翻斗,被铁栅栏围了起米。这场悲剧,似乎向人们揭示着生活中的乐极生悲和人生的无常。苏州河依然如昔日一般流淌,但从此我们再也不敢去垃圾码头玩了。

那时,苏州河边上多的是仓库和码头,少的是树林。在苏州河边难得见到飞鸟。不过有一只在苏州河边出现的鸟使我无法忘记。那是在无法吃饱饭的年代。一天早晨,我从苏州河边走过,看见一只喜鹊从河面上飞过来,停落在河边的水泥栏杆上。这是一只有着黑白相间

017

赵丽宏
散文精选

的花翅膀的黑喜鹊，它在水泥栏杆上悠闲地踱步，还不时左顾右盼，好像在寻找它的伙伴。我天生对鸟有好感，只要是天上的飞鸟，都是可爱的，哪怕是猫头鹰。在热闹的城市里会出现喜鹊，这实在稀奇。我停住脚步，注视着水泥栏杆上的喜鹊，觉得它美极了。它是那么自由，那么优雅。在苏州河边，难得看到这样的景象。就在我欣赏那只喜鹊的时候，发生了一件令人难以想象的事情。一个头发蓬乱、瘦骨嶙峋的女人，突然从停泊在河边的木船上窜出来，扑上栏杆，把那只毫无防备的喜鹊抓在了手中。那女人一只手将喜鹊握住，另一只手以极快的速度拔光了喜鹊身上的羽毛，大概不到两分钟，那只羽毛丰满的美丽的喜鹊，竟变成了一团蠕动的粉红色肉团。它的嘴里发出惊恐尖厉的鸣叫，拍动的翅膀因为失去了羽翼而显得很可笑。它的羽毛飘落在周围的地上，空中也飞舞着细小的绒毛。那女人的动作之迅疾，简直让人惊诧，她的目光也令人难忘，那是一个饿极了的人看到食物时的表情，目光中喷射出贪婪和急迫。这个木船上的女人，她捕捉这只喜鹊，当然是为了吃，为了充饥，为了让饥饿的生命得以延续。我没有看到她最后如何处置那只喜鹊，被她吃进肚子里是毫无疑问的，至于怎么煮怎么吃，我不想知道。我想在记忆中保留喜鹊在苏州河栏杆上优雅踱步的形象，但浮现在眼前的，却总是那个被拔光了羽毛的粉红色肉团，还有飘舞在空中的羽毛。直到现在，我还记得它挣扎尖叫的可怜样子。

苏州河边的邮政大楼顶上，有一组石头的雕像。那是几个坐着的外国人像，站在地上看不见它们的表情，远远地看去，也只能看出个大概的轮廓，但它们优雅的身体姿态给我留下深刻的印象。小时候在苏州河里游泳的时候，有一次躺在水面上仰望那雕像，居然看清了雕像们的脸，那是一些神秘的表情，安静、悠闲，它们在天上俯瞰人间，目光中含着淡然的期待，也隐藏着深深的哀怨。"文革"初期，那一组雕像不见了，据说是被人打碎了。那座有着绿色圆顶的大楼，从此

就变得单调，抬头仰望时，常常有一种失落的感觉。

前几年，那个古老的绿色圆顶下面，又出现了一组雕像，是不是当年的那组雕像，我不知道。不过仰望它们时，再没有出现童年时看它们的那种感觉。

顶碗少年

  有些偶然遇到的小事情，竟会难以忘怀，并且时时萦绕于心。因为，你也许能从中不断地得到启示，从中悟出一些人生的哲理。

  这是二十多年前的事情了。有一次，我在上海大世界的露天剧场里看杂技表演，节目很精彩，场内座无虚席。坐在前几排的，全是来自异国的旅游者，优美的东方杂技，使他们入迷了。他们和中国观众一起，为每一个节目喝彩鼓掌。一位英俊的少年出场了。在轻松优雅的乐曲声里，只见他头上顶着高高的一摞金边红花白瓷碗，柔软而又自然地舒展着肢体，做出各种各样令人惊羡的动作，忽而卧倒，忽而跃起……碗，在他的头顶摇摇晃晃，却总是不掉下来。最后，是一组难度较大的动作——他骑在另一位演员身上，两个人一会儿站起，一会儿躺下，一会儿用各种姿态转动着身躯。站在别人晃动着的身体上，很难再保持平衡，他头顶上的碗，摇晃得厉害起来。在一个大幅度转身的刹那间，那一大摞碗突然从他头上掉了下来！这意想不到的失误，使所有的观众都惊呆了。有些青年大声吹起了口哨……

  台上，却并没有慌乱。顶碗的少年歉疚地微笑着，不失风度地向观众鞠了一躬。一位姑娘走出来，扫起了地上的碎瓷片，然后又捧出一大摞碗，还是金边红花白瓷碗，十二只，一只不少。于是，音乐又响起来，碗又高高地顶到了少年头上，一切都要重新开始。少年很沉

着,不慌不忙地重复着刚才的动作,依然是那么轻松优美,紧张不安的观众终于又陶醉在他的表演之中。到最后关头了,又是两个人叠在一起,又是一个接一个艰难的转身,碗,又在他头顶厉害地摇晃起来。观众们屏住气,目不转睛地盯着他头上的碗……眼看身体已经转过来了,几个性急的外国观众忍不住拍响了巴掌。那一摞碗却仿佛故意捣蛋,突然跳起摇摆舞来。少年急忙摆动脑袋保持平衡,可是来不及了。碗,又掉了下来……

场子里一片喧哗。台上,顶碗少年呆呆地站着,脸上全是汗珠,他有些不知所措了。还是那一位姑娘,走出来扫去了地上的碎瓷片。观众中有人在大声地喊:"行了,不要再来了,演下一个节目吧!"好多人附和着喊起来。一位矮小结实的白发老者从后台走到灯光下,他的手里,依然是一摞金边红花白瓷碗!他走到少年面前,脸上微笑着,并无责怪的神色。他把手中的碗交给少年,然后抚摸着少年的肩胛,轻轻摇撼了一下,嘴里低声说了一句什么。少年镇静下来,手捧着新碗,又深深地向观众们鞠了一躬。

音乐第三次奏响了!场子里静得没有一丝儿声息。有一些女观众,索性用手掌捂住了眼睛……

这真是一场惊心动魄的拼搏!当那摞碗又剧烈地晃动起来时,少年轻轻抖了一下脑袋,终于把碗稳住了。掌声,不约而同地从每个座位上爆发出来,汇成了一片暴风雨般的响声。

在以后的岁月里,不知怎的,我常常会想起这位顶碗少年,想起他那一夜的演出;而且每每想起,总会有一阵微微的激动。这位顶碗少年,当时年龄和我相仿。我想,他现在一定已是一位成熟的杂技艺术家了。我相信他不会在艰难曲折的人生和艺术之路上退却或者颓丧的。他是一个强者。当我迷惘、消沉,觉得前途渺茫的时候,那一摞金边红花白瓷碗坠地时的碎裂声,便会突然在我耳畔响起。

是的,人生是一场搏斗。敢于拼搏的人,才可能是命运的主人。在山穷水尽的绝境里,再搏一下,也许就能看到柳暗花明;在冰天雪

赵丽宏
散文精选

地的严寒中，再搏一下，一定会迎来温暖的春风——这就是那位顶碗少年给我的启迪。

城中天籁

在城里住久了,有时感觉自己是笼中之鸟,天地如此狭窄,视线总是被冰冷的水泥墙阻断,耳畔的声音不外乎车笛和人声。走在街上,成为汹涌人流中的一滴水,成为喧嚣市声中的一个音符,脑海中那些清净的念头,一时失去了依存的所在。

我在城中寻找天籁。她像一个顽皮的孩童,在水泥的森林里和我捉迷藏。我听见她在喧嚣中发出幽远的微声:只要你用心寻找,静心倾听,我无处不在。我就在你周围无微不至地悄然成长着,蔓延着,你相信吗?

想起了陶渊明的诗句:"结庐在人境,而无车马喧。问君何能尔?心远地自偏。"在人海中"结庐",又能躲避车马喧嚣,可能吗?诗人自答:"心远地自偏。"只要精神上远离了人间喧嚣倾轧,周围的环境自会变得清静。这首诗,接下来就是无人不晓的名句:"采菊东篱下,悠然见南山。"我的住宅周围没有篱笆,也无菊可采,抬头所见,只有不远处的水泥颜色和邻人的窗户。

我书房门外走廊的东窗外,一缕绿荫在风中飘动。

我身居闹市,住在四层公寓的三楼,这是大半个世纪前建造的老房子。这里的四栋公寓从前曾被人称为"绿房子",因为,这四栋楼

赵丽宏
散 文 精 选

房的墙面，被绿色的爬山虎覆盖，除了窗户，外墙上遍布绿色的藤蔓和枝叶。在灰色的水泥建筑群中，这几栋爬满青藤的小楼，就像一片青翠的树林凌空而起，让人感觉大自然还在这个人声喧嚣的都市里静静地成长。我当年选择搬来这里，很重要的原因就是因为这些爬山虎。

搬进这套公寓时，是初冬，墙面上的爬山虎早已褪尽绿色，只剩下无叶的藤蔓，蚯蚓般密布墙面。住在这里的第一个冬天，我一直心存担忧，这些枯萎的藤蔓，会不会从此不再泛青。我看不见自己窗外的墙面，只能观察对面房子墙上的藤蔓。整个冬天，这些藤蔓没有任何变化，在凌厉的寒风中，它们看上去已经没有生命的迹象了。

寒冬过去，风开始转暖，然而墙上的爬山虎藤蔓依然不见动静。每天早晨，我站在走廊里，用望远镜观察东窗对面墙上的藤蔓，希望能看到生命复苏的景象。终于，那些看似干枯的藤蔓开始发生变化，一些暗红色的芽苞，仿佛是一夜间长成，起初只是米粒大小，密密麻麻，每日见大，不到一个星期，芽苞便纷纷绽开，吐出淡绿色的嫩叶。僵卧了一冬的藤蔓，在春风里活过来，新生的绿色茎须在墙上爬动，它们不动声色地向上攀缘，小小的嫩叶日长夜大，犹如无数绿色的小手掌，在风中挥舞摇动，永不知疲倦。春天的脚步，就这样轰轰烈烈地在水泥墙面上奔逐行走。没有多少日子，墙上已是一片青绿。而我家里的那几扇东窗，成了名副其实的绿窗。窗框上，不时有绿得近乎透明的卷须和嫩叶探头探脑，日子久了，竟长成轻盈的窗帘，随风飘动。透过这绿帘望去，窗外的绿色层层叠叠，影影绰绰，变幻不定，心里的烦躁和不安仿佛都被悄然过滤。在我眼里，窗外那一片绿色，是青山，是碧水，是森林，是草原，是无边无际的田野。此时，很自然地想起陶渊明的诗，改几个字，正好表达我喜悦的心情："觅春东窗下，悠然见青山。"

有绿叶生长，必定有生灵来访。爬山虎的枝叶间，时常可以看到蝴蝶翩跹，能听到蜜蜂的嗡嗡欢鸣，蜻蜓晶莹的翅膀在叶梢闪烁，还有不知名的小甲虫，背着黑红相间的甲壳，不慌不忙在晃动的茎须上

散步。也有壁虎悄悄出没，那银灰色的腹部在绿叶间一闪而过，犹如神秘的闪电。对这些自由生灵来说，这墙上绿荫，就是它们辽阔浩瀚的原野山林。

爬山虎其实和森林里的落叶乔木一样，一年四季经历着生命盛衰的轮回，也让我见识了生命的坚忍。爬山虎的叶柄处有脚爪，是这些小小的脚爪抓住了墙面，使藤蔓得以攀缘而上，用表情丰富的生命色彩彻底改变了僵硬冰冷的水泥墙。爬山虎的枝叶到底有多少色彩，我一时还说不清楚。春天的嫩红浅绿，夏日的青翠墨绿，让人赏心悦目。爬山虎也开花，初夏时分，浓绿的枝叶间出现点点金黄，有点像桂花。它们的香气，我闻不到，蝴蝶和蜜蜂们闻到了，所以它们结伴而来，在藤蔓间上上下下忙个不停。爬山虎的花开花落，没有一点张扬，都是在不知不觉之中。花开之后也结果，那是隐藏在绿叶间的小小浆果，呈奇异的蓝黑色。这些浆果，竟引来飞鸟啄食。麻雀、绣眼、白头翁、灰喜鹊，拍着翅膀从我窗前飞过，停栖在爬山虎的枝叶间，觅食那些小小的浆果。彩色的羽翼和欢快的鸣叫，掠过葳蕤的绿叶柔曼的藤须，在我的窗外融合成生命的交响诗。

秋风起时，爬山虎的枝叶由绿色变成橙红色，又渐渐转为金黄，这真是大自然奇妙的表演。秋日黄昏，金红的落霞映照着窗外的红叶，使我想起色彩斑斓的秋山秋林，也想起古人咏秋的诗句，尽管景象不同，但却有相似意境，"树树皆秋色，山山唯落晖"，"山明水净夜来霜，数树深红出浅黄"。

一天，一位对植物很有研究的朋友来看我。他看着窗外的绿荫，赞叹了一番，突然回头问我："你知道，爬山虎还有什么名字？"我茫然。朋友笑笑，自答道："它还有很多名字呢，常青藤，红丝草，爬墙虎，红葛，地锦，捆石龙，飞天蜈蚣，小虫儿卧草……"他滔滔不绝说出一长串名字，让我目瞪口呆，却也心生共鸣。这些名字，一定都是细心观察过爬山虎生长的人创造的。朋友细数了爬山虎的好处，

赵丽宏
散文精选

它们是理想的垂直绿化，既能美化环境，调节空气，又能降低室温。它们还能吸收噪音，吸附飞扬的尘土。爬山虎对建筑物，没有任何伤害，只起保护作用。潮湿的天气，它们能吸去墙上的水分，干燥的时候，它们能为墙面保持湿度。朋友叹道："你的住所，能被这些常青藤覆盖，是福气啊。"

我从前曾在家里种过一些绿叶植物，譬如橡皮树、绿萝、龟背竹，却总是好景不长。也许是我浇水过了头，它们渐渐显出萎靡之态，先是根烂，然后枝叶开始枯黄。目睹着这些绿色的生命一日日衰弱，走向死亡，却无力挽救它们，实在是一件苦恼的事情。而窗外的爬山虎，无须我照顾，却长得蓬勃茁壮，热风冷雨，炎阳雷电，都无法破坏它们的自由成长。

爬山虎在我的窗外生长了五个春秋，我以为它们会一直蔓延在我的视野里，让我感受大自然无所不在的神奇。也曾想把我的"四步斋"改名为"青藤斋"。谁知这竟成为我的一个梦想。

那是一个盛夏的午后，风和日丽。我无意中发现，挂在我窗外的绿色藤蔓，似乎有点干枯，藤蔓上的绿叶蔫头蔫脑，失去了平日的光泽。窗子对面楼墙上那一大片绿色，也显得比平时黯淡。这是什么原因？我研究了半天，无法弄明白。第二天早晨，窗外的爬山虎依然没有恢复应有的生机。经过一天烈日的晒烤，到傍晚时，满墙的绿叶都呈萎缩之态。会不会是病虫之患？我仔细察看那些萎缩的叶瓣，没有发现被虫蛀咬的痕迹。第三天早晨起来，希望看到窗外有生命的奇迹出现，拉开窗帘，竟是满眼惨败之象。那些挂在窗台上的藤蔓，已经没有一点湿润的绿意，就像晾在风中的咸菜干。而墙面上的绿叶，都已经枯黄。这些生命力如此旺盛的植物，究竟遭遇了什么灾难？

我走出书房，到楼下查看，在墙沿的花坛里，看到了触目惊心的景象：碗口粗的爬山虎藤，竟被人用刀斧在根部齐齐切断！四栋公寓楼下的爬山虎，遭遇了相同的厄运。这样的行为，无异于一场残忍的谋杀。生长了几十年的青藤，可以抵挡大自然的风雨雷电，却无法抵

在黑暗中,书是烛火,在孤独时,书是朋友,有好书作伴,人生不会黑暗,不会无光

乙酉冬 赵丽宏

赵丽宏 书

倘若有一本好书在手中,便能把漫长的时光化为愉快的瞬间。

挡人类的刀斧。后来我才知道，砍伐者的理由很简单，老公寓的外墙要粉刷，爬山虎妨碍施工。他们认为，新的粉墙，要比爬满青藤的绿墙美观。未经宣判，这些美妙的生命，便惨遭杀戮。

断了根的爬山虎还在墙上挣扎喘息。绿叶靠着藤中的汁液，在烈日下又坚持了几天，一周后，满墙绿叶都变成了枯叶。不久，枯叶落尽，只留下绝望的藤蔓，蚯蚓般密布墙面，如同神秘的天书，也像是抗议的符号。这些坚忍的藤蔓，至死都不愿意离弃水泥墙，直到粉墙的施工者用刀铲将它们铲除。

"绿房子"从此消失。这四栋公寓楼，改头换面，消失了灵气和个性，成了奶黄色的新建筑，混迹于周围的楼群中。也许是居民们的抗议，有人在楼下的花坛里补种了几株紫藤。也是柔韧的藤蔓，也是摇曳的绿叶和嫩须，一天天，沿着水泥墙向上攀爬……

紫藤，你们能代替死去的爬山虎吗？

躲进书里

不管人世如何喧嚣拥挤,动荡不安,有一个好所在永远可以成为你的避风港,成为一间与尘嚣隔绝的小屋。你可以躲进去,独自面对一个丰富有趣的世界,把烦恼和焦躁忘记得干干净净。

这个好所在便是书。

小时候,一读书便忘记了一切,自己完全成了书中的主人。或忧或怒,或喜或悲,都是情不自禁。有时读着读着,会忍不住笑出声来;有时被书中的情景感动,泪水不知不觉就滴落在书页上。七八岁的时候读《西游记》,总觉得自己就是孙悟空,常常是边读边手舞足蹈,恨不得立时就学会七十二变,变成一只鸟飞到云里去,或者一个筋斗翻出十万八千里,见识一下遥远的世界是什么模样。再大一些读《水浒》,读《三国演义》,读《东周列国志》,这些书要比课本上学的历史有趣得多。小时候也翻过《红楼梦》,觉得没劲。喜欢《红楼梦》是中学时代的事,一喜欢就读得入痴入迷,一边读一边奇怪:人世间男男女女的感情纠葛,为什么这样复杂?小时候读书从来不管时间场合,无论在什么地方都能读,走路读,吃饭读,睡觉读,上厕所也读……于是旁人便觉得这捧着书忘乎所以的小子有点痴。常常是大人的一声叫喊把我从痴梦中惊醒……

等到"文化大革命"开始后,读书成了一件可怕的事情,因为所

有的读书人几乎都成了革命的对象，非批即斗，一个个被整得灵魂出窍，惶惶不可终日。记得有一次，在一条僻静的马路上，看见一群造反队员斗一位大学教授。教授书房里的书籍全都被扔到街上，堆得像一座小山。教授头上戴着一顶高帽子站在书山上，造反队员将书一本一本撕烂了朝教授头上扔。可怜的教授几乎被埋在书堆中。后来造反队员大概觉得这样还不够痛快，又开始烧书，马路顿时成为一条火龙。教授畏缩在路边的围墙下，呆呆地看着自己心爱的书在火光中化为灰烬，脸上老泪纵横……这情景使我想起以前在电影里看到过的镜头：日本强盗在中国放火焚烧民宅，民宅的主人眼睁睁看着烈火吞噬自己的家院，来不及逃走的亲人正在火海中惨叫，然而却无法去救……世界上还有什么比这样的事情更残酷呢？那时烧书似乎成了一种革命的象征，抄家者烧，藏书者自己也烧，街上到处可以看见火光，看见在青烟中飘扬的纸灰。人们把书一捆一捆投到火堆里，看火舌舔着书页，看书籍们化为美丽的火焰，然后变成灰色的蝴蝶，漫天飞舞……这也使人想起办丧事时为死者烧的纸钱，也是这样的火花，也是这样的飞灰……

然而书的吸引力并没有因此而消失。无数代哲人和智者在书中描绘创造的那些博大的世界，不可能被几堆愚昧的火烧毁。从好书中流露出的感情，闪烁着的思想，会像墨彩一样浸染你的心胸，会像子弹一样射中你的灵魂，这样的色彩和弹痕留在心灵中，无论如何也不会消失，它们已经和你的生命融合在一起，没有任何力量能驱除它们。中学时代我很喜欢两本散文诗集，一本是泰戈尔的《飞鸟集》，另一本是鲁迅的《野草》。读这样的书犹如欣赏韵味无穷的音乐，其中的每一段旋律，都可以让你反复回味，时时能品出新的韵味来。那时觉得这两本书很优美，也很神秘。越是神秘，越是想读，直读到能背出其中的许多段落来。"文化大革命"中，《飞鸟集》和大部分文学名著一样，成了应该投到火堆中去的禁书。而《野草》却是极难得的一个例外，因为它的作者是鲁迅。即便是当着那些臂戴红袖章的造反好汉们，也可以堂而皇之地读《野草》。《野草》中的一些文字，甚至成了当时流行的革命语录。譬如："地火在地下运行，熔岩一旦喷出，将烧尽一切野草……"不过我还是很难将《野草》和那些激昂的政治口号连在一起。这时读《野草》，竟生出许多先前未有过的感想来。我在鲁迅那些优美的文字里，读到的是一个痛苦的、迷茫的、充满幻想的灵魂在苦苦思索……我常常想，倘若鲁迅先生没有那厚厚的十几本著作，只有这一本薄薄的《野草》，他同样是一个了不起的大作家。

到农村"插队落户"时，几乎没有什么书可带，行囊里寥寥几本印刷品中，有一本是《野草》。很多小说往往只能读一遍，看一个故事而已，第一遍觉得新鲜，第二遍便无味了。《野草》这样的书却可以一遍一遍读下去。所以我当时颇有点阿Q地想：我这是"以一当十"，"以十当百"。有一次，生产队里开批判大会，我怀揣着那本《野草》，坐在后排的一个角落里。听得无聊，便从怀里拿出《野草》来读。一读进去，周围的喧嚣世界仿佛就不存在了。我再也听不见批判会在开些什么，会场里一阵阵海潮般的口号声也不能把我从书中拽出来。我的耳边只有鲁迅的声音，那是带着浓重绍兴腔的普通话，忧伤的声音，低沉的声音，描绘出一幅幅黯淡却又美妙离奇的画，使我迷醉。我读着《影的告别》，读着《雪》，读着《死火》，读着《死后》，从那些文字中散发出来的情绪，轻轻地拨动着我的心弦。我听见那忧伤而低沉的声音正音乐般地在说：

"我愿意这样，朋友。

我独自远行，不但没有你，并且再没有别的影在黑暗里，只有我被黑暗沉没，那里世界全属于我自己。"

听着这样的声音，我完全沉浸在自己的思想里。突然，有一只大手在我背上重击了一下，于是我猛醒，一下子从书中被揪回到现实之中。现实还是批判会，是一阵口号之后的间歇，会场上出奇地静，静得有些不自然。我发现，自己已经成了周围农民注意的中心，无数双眼睛正默默地瞪着我，就像在瞪着一个怪物。原来，会议主持人刚刚

点了我的名。开批判会竟敢开小差,而且是在看一本发了黄的旧书,那还了得!我连忙结结巴巴地声明:

"这……这是《野草》!"

"野草?什么野草?大概是毒草吧!"

"这是鲁迅的书!鲁迅先生!"我不顾一切地大喊道,这是一种出于本能的自我保护的咆哮。

"哦,鲁迅先生,是鲁迅先生?那……那你要向鲁迅先生学习啊!"

主持人的表情一下子缓和下来。尽管我周围的农民们未必知道鲁迅,但是主持人知道。是鲁迅先生救了我!

身边只允许有一本《野草》的文化荒年早已成为遥远的过去。现在,可供选择的好书就像春天的花草一样,多得叫人眼花缭乱。你尽可以在大庭广众之下读任何一本书,不会有一个人来干涉你。不过,真的要找到一本能让我躲进去、沉醉其中而忘记一切的书,就像当年读的《野草》那样的书,并不是一件容易的事。十年前,读欧文·斯通的《渴望生活》和亨利·戴维·梭罗的《瓦尔登湖》时,我依稀又重温到当年读《飞鸟集》和《野草》时的情景。《渴望生活》是画家梵·高的传记,写得充满激情和诗意。画家的命运坎坷而黯淡,然而那种渴求创造的强烈欲望和追寻艺术的执着激情,却使人激动不已。《瓦尔登湖》是一本散文集,书中流露出的那种恬淡,那种对大自然的陶醉,对人生的静静的思索,无不拨动着我的心弦。《渴望生活》是当时的畅销书之 ,喜欢的人很多;《瓦尔登湖》知道的人并不多,也许不是人人都有耐心读完它,然而我喜欢。

那时我住在浦东,每天要坐汽车经过黄浦江隧道,费很长的时间到市区上班。在车上的时间特别难熬,车窗外每天重复着同样的风景,尤其是遇到交通堵塞,心里就更加焦躁。这时,倘若有一本好书在手中,便能把漫长的时光化为愉快的瞬间。在公共汽车上读书,只要真的读进去,就能旁若无人,就像在自己的书房里读书一样。任何噪声

031

赵丽宏
散文精选

都不可能干扰我的情绪，有人挤我，有人推我，有人踩我的脚，我都可以木然无知。《瓦尔登湖》就使我在拥挤喧闹的公共汽车上有了一个美妙的藏身之处。有一次，汽车在幽暗的隧道里被堵住了，前面的障碍怎么也排除不了。车窗外，只能看见灰暗毛糙的隧道壁，车厢里，空气混浊，一片抱怨之声。这时，我便从包里拿出那本《瓦尔登湖》来。随手翻开，是那篇《声》。《声》里描绘的是一个极为宁静的世界，那里有山谷，有森林，有飞着的或是唱着的禽鸟，有乡间公路上马车的辚辚声，有"宇宙七弦琴上的微音"似的教堂钟声，有"游唱诗人歌喉"似的牛叫声……当这些声音和每一张叶子和每一枝松针寒暄过以后，回声便接过了这旋律，给它转了一个调，又从一个山谷，传给了另一个山谷……"回声，不仅把值得重复一遍的钟声重复，还重复了山林中的一部分声音，犹如一个林中女妖所唱出的一些微语和乐音……"《瓦尔登湖》中的这些声音，就这样奇妙地在我心里回旋，使我也仿佛成了在瓦尔登湖畔流连忘返、沉醉于美丽天籁中的农夫……《声》之后是《寂寞》，瓦尔登湖畔的寂寞并不是那种可怕的闭塞和孤独，而是一种安闲，一种宁静，一种远离尘嚣的超然。作者在山林湖泊之间独自思索着，"太阳，风雨，夏天，冬天，大自然的不可描写的纯洁和恩惠，他们永远提供这么多的康健，这么多的欢乐！对我们人类这样的同情，如果有人为了正当的原因悲痛，那大自然也会受到感动，太阳黯淡了，风像活人一样悲叹，云端里落下泪雨，树木到仲夏脱落下叶子，披上丧服。难道我们不该与土地息息相通吗？我自己不也是一部分绿叶和青菜的泥土吗……"这样的寂寞，是一种令人神往的寂寞。对于整天在喧嚣和拥挤中忙忙碌碌的现代城市人来说，这样的寂寞是多么难能可贵！寂寞之后是《访客》，于是我又和梭罗一起，在他的林中小木房里，接待许多有趣的人物。我们的客人是淳朴而又聪明的伐木者，是渔夫和猎人，是隐居山林的智者，是一些没有被都市尘嚣污染的健康的人……和这些有趣的人围着红彤彤的炉火，谈天说地，道古论今，是一件多么快乐的事情……就在我兴致

勃勃漫步于瓦尔登湖畔时，汽车已经驶出黑暗的隧道，车窗外日光灿烂，周围乘客脸上的愁容已经消失。听到人们的议论时我才知道，刚才，汽车竟在隧道里滞留了整整一个小时！而我居然什么也不知道，只是躲进书里做了一次愉快的旅行。如果没有《瓦尔登湖》，这黑暗的一个小时将会多么漫长……

我想，今后我的生活内容大概还会有很多变化，然而一件事情是不会改变的，那就是读书。现在，我已有了七八个书橱，大概有好几千册书吧。要想把所有的书都读一遍，几乎不可能。于是我常常站在书橱前，慢慢地扫视着那一排排五彩斑驳的书脊，心里在想：今天，我能躲进哪一本书中去呢？

母亲和书

又出了一本新书。第一本要送的,当然是我的母亲。在这个世界上,最关注我的,是她老人家。

母亲的职业是医生。年轻的时候,母亲是个美人,我们兄弟姐妹都没有她年轻时独有的那种美质。儿时,我最喜欢看母亲少女时代的老照片,她穿着旗袍,脸上含着文雅的微笑,比旧社会留下来的年历牌上那些美女漂亮得多,就是三四十年代上海滩那几个最有名的电影明星,也没有母亲美。母亲小时候上的是教会的学校,受过很严格的教育。她是一个受到病人称赞的好医生。看到她为病人开处方时随手写出的那些流利的拉丁文,我由衷地钦佩母亲。

在我童年的记忆里,母亲是个严肃的人,她似乎很少对孩子们做出亲昵的举动。而父亲则不一样,他整天微笑着,从来不发脾气,更不要说动手打孩子。因为母亲不苟言笑,有时候也要发火训人,我们都有点怕她。记得母亲打过我一次,那是在我七岁的时候。那天,我在楼下的邻居家里顽皮,打碎了一张清代红木方桌的大理石桌面,邻居上楼来告状,母亲生气了,当着邻居的面用巴掌在我的身上拍了几下,虽然声音很响,但一点也不痛。我从小就自尊心强,母亲打我,而且当着外人的面,我觉得很丢面子。尽管那几下打得不重,我却好几天不愿意和她说话,你可以说我骂我,为什么要打人?后来父亲悄

悄地告诉我一个秘密:"你不要记恨你妈妈,那几下,她是打给楼下告状的人看的,她才不会真的打你呢!"我这才原谅了母亲。

我后来发现,母亲其实和父亲一样爱我,只是她比父亲含蓄。上学后,我成了一个书迷,天天捧着一本书,吃饭看,上厕所也看,晚上睡觉,常常躺在床上看到半夜。对读书这件事,父亲从来不干涉,我读书时,他有时还会走过来摸摸我的头。而母亲却常常限制我,对我正在读的书,她总是要拿去翻一下,觉得没有问题,才还给我。如果看到我吃饭读书,她一定会拿掉我面前的书。一天吃饭时,我老习惯难改,一边吃饭一边翻一本书。母亲放下碗筷,板着脸伸手抢过我的书,说:"这样下去,以后不许你再看书了。"我问她为什么,她说:"读书是一辈子的事情,你现在这样读法,会把自己的眼睛毁了,将来想读书也没法读。"她以一个医生的看法,对我读书的坏习惯做了分析,她说:"如果你觉得眼睛坏了也无所谓,你就这样读下去吧,将来变成个瞎子,后悔来不及。"我觉得母亲是在小题大做,并不当一回事。

其实,母亲并不反对我读书,她真的是怕我读坏了眼睛。虽然嘴里唠叨,可她还是常常从单位里借书回来给我读。《水浒传》《说岳全传》《万花楼》《隋唐演义》《东周列国志》《格林童话》《钢铁是怎样炼成的》《牛虻》等书,就是她最早借来给我读的。我过八岁生日时,母亲照惯例给我煮了两个鸡蛋,还买了一本书送给我,那是一本薄薄的小书《卓娅和舒拉的故事》。在50年代,哪个孩子生日能得到母亲送的书呢?

中学毕业后,我经历了不少人生的坎坷,成了一个作家。在我从前的印象中,父亲最在乎我的创作。那时我刚刚开始发表作品,知道哪家报刊上有我的文章,父亲可以走遍全上海的邮局和书报摊买那一期报刊。我有新书出来,父亲总是会问我要。我在书店签名售书,父亲总要跑来看热闹,他把因儿子的成功而生出的喜悦和骄傲全都写在脸上。而母亲,却从来不在我面前议论文学,从来不夸耀我的成功。

赵丽宏
散文精选

我甚至不知道母亲是否读我写的书。有一次,父亲在我面前对我的创作问长问短,母亲笑他说:"看你这得意的样子,好像全世界只有你儿子一个人是作家。"

父亲去世后,母亲一下子变得很衰老。为了让母亲从悲伤沉郁的情绪中解脱出来,我们一家三口带着母亲出门旅行,还出国旅游了一次。和母亲在一起,谈话的话题很广,却从不涉及文学,从不谈我的书。我怕谈这话题会使母亲尴尬,她也许会无话可说。

去年,上海文艺出版社出版了我的一套自选集,四厚本,一百数十万字,字印得很小。我想,这样的书,母亲不会去读,便没有想到送给她。一次我去看母亲,她告诉我,前几天,她去书店了。我问她去干什么,母亲笑着说:"我想买一套《赵丽宏自选集》。"我一愣,问道:"你买这书干什么?"母亲回答:"读啊。"看我不相信的脸色,母亲又淡淡地说:"我读过你写的每一本书。"说着,她走到房间角落里,那里有一个被帘子遮着的暗道。母亲拉开帘子,里面是一个书橱。"你看,你写的书,一本也不少,都在这里。"我过去一看,不禁吃了一惊,书橱里,我这二十年中出版的几十本书都在那里,按出版的年份整整齐齐地排列着,一本也不少,有几本,还精心包着书皮。其中的好几本书,我自己也找不到了。我想,这大概是全世界收藏我的著作最完整的地方。

看着母亲的书橱,我感到眼睛发热,好久说不出一句话。她收集我的每一本书,却从不向人炫耀,只是自己一个人读。其实,把我的书读得最仔细的,是母亲。母亲,你了解自己的儿子,而儿子却不懂得你!我感到羞愧。

母亲微笑着凝视我,目光里流露出无限的慈爱和关怀。母亲老了,脸上皱纹密布,年轻时的美貌已经遥远得找不到踪影。然而在我的眼里,母亲却比任何时候都美。世界上,还有什么比母爱更美丽更深沉呢?

挥手
——怀念我的父亲

深夜，似睡似醒，耳畔嘚嘚有声，仿佛是一支手杖点地，由远而近……父亲，是你来了吗？骤然醒来，万籁俱寂，什么声音也听不见。打开台灯，父亲在温暖的灯光中向我微笑。那是一张照片，是去年陪他去杭州时我为他拍的，他站在西湖边上，花影和湖光衬托着他平和的微笑。照片上的父亲，怎么也看不出是一个八十多岁的人。没有想到，这竟是我为他拍的最后一张照片！6月15日，父亲突然去世。那天母亲来电话，说父亲气急，情况不好，让我快去。这时，正有一个不速之客坐在我的书房里，是从西安来约稿的一个编辑。我赶紧请他走，但还是耽误了五六分钟。送走那不速之客后，我便拼命骑车去父亲家，平时需要骑半个小时的路程，只用了十几分钟，也不知这十几里路是怎么骑的。然而我还是晚到了一步。父亲在我回家前十分钟停止了呼吸。一口痰，堵住了他的气管，他只是轻轻地说了两声："我透不过气来……"便昏迷过去，再也没有醒来。救护车在我之前赶到，医生对垂危的父亲进行了抢救，终于无功而返。我赶到父亲身边时，他平静地躺着，没有痛苦的表情，脸上似乎略带着微笑，就像睡着了一样。他再也不会笑着向我伸出手来，再也不会向我倾诉他的病痛，再也不会关切地询问我的生活和创作，再也不会挂着拐杖跑到书店和邮局，去买我的书和发表有我文章的报纸和杂志，再也不会在电

赵丽宏

散文精选

话中笑声朗朗地和孙子聊天……父亲!

因为父亲走得突然,子女们都没能送他。父亲停止呼吸后,我是第一个赶回到他身边的。我把父亲的遗体抱回到他的床上,为他擦洗了身体,刮了胡子,换上了干净的衣裤。这样的事情,父亲生前我很少为他做,他生病时,都是母亲一个人照顾他。小时候,父亲常常带我到浴室里洗澡,他在热气蒸腾的浴池里为我洗脸擦背的情景我至今仍然记得,想不到,我有机会为父亲做这些事情时,他已经去了另外一个世界。父亲,你能感觉到我的拥抱和抚摸吗?

父亲是一个善良温和的人,在我的记忆中,他的脸上总是含着宽厚的微笑。从小到大,他从来没有骂过我一句,更没有打过我一下,对其他孩子也是这样。我也从来没有见到他和什么人吵过架。父亲生于1912年,是清王朝覆灭的第二年。祖父为他取名鸿才,希望他能够改变家庭的窘境,光宗耀祖。他的一生中,有过成功,但更多的是失败。年轻的时候,他曾经是家乡的传奇人物:一个贫穷的佃户的儿子,靠着自己的奋斗,竟然开起了好几家兴旺的商店,买了几十间房子,成了使很多人羡慕的成功者。家乡的老人说起父亲,至今依旧肃然起敬。年轻时他也曾冒过一点风险,抗日战争初期,在日本人的刺刀和枪口的封锁下,他摇着小船从外地把老百姓需要的货物运回家乡,既为父老乡亲做了好事,也因此发了一点小财。抗战结束后,为了使他的店铺里的职员们能逃避国民党军队"抓壮丁",父亲放弃了家乡的店铺,力不从心地到上海开了一家小小的纺织厂。他本想学那些叱咤风云的民族资本家,也来个"实业救国",想不到这就是他在事业上衰败的开始。在汪洋一般的大上海,父亲的小厂是微乎其微的小虾米,再加上他没有多少搞实业和管理工厂的经验,这小虾米顺理成章地就成了大鱼和螃蟹们的美餐。他的工厂从一开始就亏损,到解放的时候,这工厂其实已经倒闭,但父亲要面子,不愿意承认失败的现实,靠借债勉强维持着企业。到公私合营的时候,他那点资产正好够得上当一

个资本家。为了维持企业,他带头削减自己的工资,减到比一般的工人还低。他还把自己到上海后造的一幢楼房捐献给了公私合营后的工厂,致使我们全家失去了存身之处,不得不借宿在亲戚家里,过了好久才租到几间石库门里弄中的房子。于是,在以后的几十年里,他一直是一个名不副实的资本家,而这一顶帽子,也使我们全家消受了很长一段时间。在我的童年时代,家里一直过着清贫节俭的生活。记得我小时候身上穿的总是用哥哥姐姐穿过的衣服改做的旧衣服,上学后,每次开学前付学费时,都要申请分期付款。对于贫穷,父亲淡然而又坦然,他说:"穷不要紧,要紧的是做一个正派人,做一个对社会有贡献的人。"我们从未因贫穷而感到耻辱和窘困,这和父亲的态度有关。"文革"中,父亲工厂里的"造反队"也到我们家里来抄家,可厂里的老工人知道我们的家底,除了看得见的家具摆设,家里不可能有什么值钱的东西。来抄家的人说:"有什么金银财宝,自己交出来就可以了。"记得父亲和母亲耳语了几句,母亲便打开五斗橱抽屉,从一个小盒子里拿出一根失去光泽的细细的金项链,交到了"造反队员"的手中。后来我才知道,这根项链,还是母亲当年的嫁妆。这是我们家里唯一的"金银财宝"……

"文化大革命"初期的一天夜晚,"造反队"闯到我们家带走了父亲。和我们告别时,父亲非常平静,毫无恐惧之色,他安慰我们说:"我没有做过亏心事,他们不能把我怎么样。你们不要为我担心。"当时,我感到父亲很坚强,不是一个懦夫。在"文革"中,父亲作为"黑七类",自然度日如年。但就在气氛最紧张的日子里,仍有厂里的老工人偷偷地跑来看父亲,还悄悄地塞钱接济我们家。这样的事情,在当时简直是天方夜谭。我由此了解了父亲的为人,也懂得了人与人之间未必是你死我活的阶级斗争关系。父亲一直说:"我最骄傲的事业,就是我的子女,个个都是好样的。"我想,我们兄弟姐妹都能在自己的岗位上有一些作为,和父亲的为人、和父亲对我们的影响有着很大的关系。

赵丽宏
散文精选

记忆中，父亲的一双手老是在我的面前挥动……

我想起人生路上的三次远足，都是父亲去送我的。他站在路上，远远地向我挥动着手，伫立在路边的人影由大而小，一直到我看不见……

第一次送别是我小学毕业，我考上了一所郊区的住宿中学，那是20世纪60年代初。那天去学校报到时，送我去的是父亲。那时父亲还年轻，鼓鼓囊囊的铺盖卷提在他的手中并不显得沉重。中学很远，坐了两部电车，又换上了到郊区的公共汽车。从窗外掠过很多陌生的风景，可我根本没有心思欣赏。我才十四岁，从来没有离开过家，没有离开过父母，想到即将一个人在学校里过寄宿生活，不禁有些害怕，有些紧张。一路上，父亲很少说话，只是面带微笑默默地看着我。当公共汽车在郊区的公路上疾驰时，父亲望着窗外绿色的田野，表情变得很开朗。我感觉到离家越来越远，便忐忑不安地问："我们是不是快要到了？"父亲没有直接回答我，却指着窗外翠绿的稻田和在风中飘动的林荫，答非所问地说："你看，这里的绿颜色多好。"他看了我一眼，大概发现了我的惶惑和不安，便轻轻地抚摸着我的肩胛，又说："你闻闻这风中的味道，和城市里的味道不一样，乡下有草和树叶的气味，城里没有。这味道会使人健康的。我小时候，就是在乡下长大的。离开父母去学做生意的时候，只有十二岁，比你还小两岁。"父亲说话时，抚摸着我肩胛的手始终没有移开，"离开家的时候也是这样的季节，比现在晚一些，树上开始落黄叶了。那年冬天来得特别早，我离家才没有几天，突然就发冷了，冷得冰天雪地，田里的庄稼全冻死了。我没有棉袄，只有两件单衣裤，冷得瑟瑟发抖，差点儿冻死。"父亲用很轻松的语气谈着他少年时代的往事，所有的艰辛和严峻，都融化在他温和的微笑中。在我的印象中，父亲并不是一个深沉的人，但谈起遥远往事的时候，尽管他微笑着，我却感到了他的深沉。那天到学校后，父亲陪我报到，又陪我找到自己的寝室，帮我铺好了床铺。接下来，就是我送父亲了，我要把他送到校门口。在校门口，父亲拍

拍我肩膀，又摸摸我头，然后笑着说："以后，一切都要靠你自己了。开始不习惯，不要紧，慢慢就会习惯的。"说完，他就大步走出了校门。我站在校门口，目送着父亲的背影。校门外是一条大路，父亲慢慢地向前走着，并不回头。我想，父亲一定会回过头来看看我的。果然，走出十几米远时，父亲回过头来，见我还站着不动，父亲就转过身，使劲向我挥手，叫我回去。我只觉得自己的视线模糊起来……在我少年的心中，我还是第一次感到自己对父亲是如此依恋。

父亲第二次送我，是"文化大革命"中了。那次，是出远门，我要去农村"插队落户"。当时，父亲是"有问题"的人，不能随便走动，他只能送我到离家不远的车站。那天，是我自己提着行李，父亲默默地走在我身边。快分手时，他才讷讷地说："你自己当心了。有空常写信回家。"我上了车，父亲站在车站上看着我。他的脸上没有露出别离的伤感，而是带着他常有的那种温和的微笑，只是有一点勉强。我知道，父亲心里并不好受，他是怕我难过，所以尽量不流露出伤感的情绪。车开动了，父亲一边随着车的方向往前走，一边向我挥着手。这时我看见，他的眼睛里闪烁着晶莹的泪光……

父亲第三次送我，是我考上大学去报到那一天。这已经是1978年春天。父亲早已退休，快七十岁了。那天，父亲执意要送我去学校，我坚决不要他送。父亲拗不过我，便让步说："那好，我送你到弄堂口。"这次父亲送我的路程比前两次短得多，但还没有走出弄堂，我发现他的脚步慢下来了。回头一看，我有些吃惊，帮我提着一个小包的父亲竟已是泪流满面。以前送我，他都没有这样动感情，和前几次相比，这次离家，我的前景应该是最光明的一次，父亲为什么这样伤感？我有些奇怪，便连忙问："我是去上大学，是好事情啊，你干吗这样难过呢？"父亲一边擦眼泪一边回答："我知道，我知道。可是，我想为什么总是我送你离开家呢？我想我还能送你几次呢？"说着，泪水又从他的眼眶里涌了出来。这时，我突然发现，父亲花白的头发比前几年稀疏得多，他的额头也有了我先前未留意过的皱纹。父亲是有点老了。唉,这是没有办法的事情,儿女的长大,总是以父母青春的流逝乃至衰老为代价的,这过程,总是在人们不知不觉中悄悄地进行,没有人能够阻挡这样的过程。

父亲中年时代身体很不好,严重的肺结核几乎夺去他的生命。曾有算命先生为他算命,说他五十七岁是"骑马过竹桥",凶多吉少,如果能过这一关,就能长寿。五十七岁时,父亲果真大病一场,但他总算摇摇晃晃地走过了命运的竹桥。过六十岁后,父亲的身体便越来越好,看上去比他实际年龄要年轻十几二十岁。曾经有人误认为我们父子是兄弟。八十岁之前,他看上去就像六十多岁的人,说话、走路都没有老态。几年前,父亲常常一个人突然地就走到我家来,只要楼梯上响起他缓慢而沉稳的脚步声,我就知道是他来了,门还没开,门外就已经漾起他含笑的喊声……四年前,父亲摔断了胫股骨,在医院动了手术,换了一个金属的人工关节。此后,他便一直被病痛折磨着,一下子老了许多,再也没有恢复以前那种生气勃勃的精神状态。他的手上多了一根拐杖,走路比以前慢得多,出门成了一件困难的事情。不过,只要遇到精神好的时候,他还会拄着拐杖来我家。

在我的所有读者中,对我的文章和书最在乎的人,是父亲。从很多年前我刚发表作品开始,只要知道哪家报纸和杂志刊登有我的文字,他总是不嫌其烦地跑到书店或者邮局里去寻找,这一家店里没有,他再跑下一家,直到买到为止。为做这件事情,他不知走了多少路。我很惭愧,觉得我那些文字无论如何不值得父亲去走这么多路。然而再和他说也没用,他总是用欣赏的目光读我的文字,尽管不当我的面称赞,也很少提意见,但从他阅读时的表情,我知道他很为自己的儿子骄傲。对我的成就,他总是比我自己还兴奋。这种兴奋,有时我觉得过分了,就笑着半开玩笑地对他说:"你的儿子很一般,你不要太得意。"他也不反驳我,只是开心地一笑,像个顽皮的孩子。在他晚年体弱时,这种兴奋竟然一如数十年前。前几年,有一次我出版了新书,

准备在南京路的新华书店为读者签名。父亲知道了，打电话给我说他要去看看，因为这家大书店离我的老家不远。我再三关照他，书店里人多，很挤，千万不要凑这个热闹。那天早晨，书店里果然人山人海，卖书的柜台几乎被热情的读者挤塌。我欣慰地想，还好父亲没有来，要不，他拄着拐杖在人群中可就麻烦了。于是我心无旁鹜，很专注地埋头为读者签名。大概一个多小时后，我无意中抬头时，突然发现了父亲，他拄着拐杖，站在远离人群的地方，一个人默默地在远处注视着我。唉，父亲，他还是来了，他已经在一边站了很久。我无法想象他是怎样拄着拐杖穿过拥挤的人群上楼来的。见我抬头，他冲我微微一笑，然后向我挥了挥手。我心里一热，笔下的字也写错了……

去年春天，我们全家陪着我的父母去杭州，在西湖边上住了几天。每天傍晚，我们一起在湖畔散步，父亲的拐杖在白堤和苏堤上留下了轻轻的回声。走得累了，我们便在湖畔的长椅上休息，父亲看着孙子不知疲倦地在他身边蹦跳，微笑着自言自语："唉，年轻一点多好……"

死亡是人生的必然归宿，雨果说它是"最伟大的平等，最伟人的自由"，这是对死者而言，对失去了亲人的生者们来说，这永远是难以接受的事实。父亲逝世前的两个月，病魔一直折磨着他，但这并不是什么不治之症，只是一种叫"带状疱疹"的奇怪的病，父亲天天被剧烈的疼痛折磨得寝食不安。因为看父亲走着去医院检查身体实在太累，我为父亲送去一辆轮椅，那晚在他身边坐了很久，他有些感冒，舌苔红肿，说话很吃力，很少开口，只是微笑着听我们说话。临走时，父亲用一种幽远怅惘的目光看着我，几乎是乞求似的对我说："你要走？再坐一会儿吧。"离开他时，我心里很难过，我想以后一定要多来看望父亲，多和他说说话。我绝没有想到，再也不会有什么"以后"了，这天晚上竟是我们父子间的永别。两天后，他就匆匆忙忙地走了。父亲去世前一天的晚上，我曾和他通过电话，在电话里，我说明天去看他，他说："你忙，不必来。"其实，他希望我每天都在他身边，和他说话，这我是知道的，但我却没有在他最后的日子里每天陪着他！记得他在电话里对我说的最后一句话是："你自己多保重。"父亲，你自己病痛在身，却还想着要我保重。你最后对我说的话，将无穷无尽回响在我的耳边，回响在我的心里，使我的生命永远沉浸在你的慈爱和关怀之中。父亲！

在父亲去世后的日子里，我一个人静下心来，眼前总会出现父亲的形象。他像往常一样，对着我微笑。他就站在离我不远的地方向我挥手，就像许多年前他送我时在路上回过头来向我挥手一样，就像前几年在书店里站在人群外面向我挥手一样……有时候我想，短促的人生，其实就像匆忙的挥手一样，挥手之间，一切都已经过去，已经成为过眼烟云。然而父亲对我挥手的形象，我却无法忘记。我觉得这是一种父爱的象征，父亲将他的爱，将他的期望，还有他的遗憾和痛苦，都流露宣泄在这轻轻一挥手之间了。

水迹的故事

对我们这代人来说,艺术曾经是一种不能多谈的奢侈品。这两个字和一般人似乎并无关系,只是艺术家们的事情。其实生活中的情形并非如此,艺术像一个面目随和、态度亲切的朋友,在你不经意的时候,她突然就可能出现在你的身边,使你知道她原来是那么平易近人。只要你喜欢她,追求她,她总是会向你展示动人的微笑,不管在什么地方,在什么时候,她都会翩然而至,给枯燥乏味的生活带来些许生机。

小时候,我曾经做过当艺术家的梦,音乐、绘画、雕塑,这些都是我神往的目标。我可以面对一幅我喜欢的油画呆呆地遐想半天,也会因为听到一段美妙的旋律而激动不已。然而那时看画展、听音乐会的机会毕竟很少,周围更多的是普普通通的人和物体,而且大多色彩黯淡。不过这也不妨碍我走进艺术的奇妙境界。

童年时代,曾经住在一个顶棚漏水的阁楼上。简陋的居所,也可以为我提供遐想的天地。晚上睡觉时,头顶上那布满水迹的天花板就是我展开想象翅膀的天空。在这些水迹中,我发现了各种各样的山、树、云,还有飞禽走兽、妖魔鬼怪,当然,也有三教九流的人物,有《西游记》《水浒》和《封神榜》中种种神奇的场面。我经常看着天花板在床上编织许多稀奇古怪的故事,睡着以后,梦境也是异常缤纷。

赵丽宏
散文精选

  有一天下大雨，屋顶上漏得厉害，大人们手忙脚乱地忙着接水，一个个抱怨不迭，我却暗自心喜。因为我知道，晚上睡到床上时，天花板上一定会出现新的风景和故事。那天夜里，天花板上果然出现了许多奇形怪状的水迹。新鲜的水迹颜色很丰富，有褐色，也有土黄色，还有绛红色。我在这些斑驳的色块和杂乱无序的线条中发现了惊人的画面。那是海里的一个荒岛，岛上有巨大的热带植物，还有赤身裸体的印第安人。有一个印第安人的头部特写给我的印象特别深刻。那是一个和真人一样大小的侧面头像，那印第安人有着红色的脸膛，浓眉紧蹙，目光里流露出忧郁和愤怒。他的头上戴着一顶极大的羽毛头冠，是很典型的印第安人的装束。看着天花板上的这些图画，我记忆中所有有关印第安人的故事都涌到了眼前。那时刚刚读过笛福的《鲁滨孙漂流记》，小说中那些使我感到神秘的"土人"，此刻都出现在我眼前的天花板上，栩栩如生地对我挤眉弄眼。在睡眼蒙眬之中，我仿佛变成了流落孤岛的鲁滨孙……

  看天花板上的水迹，是我儿时秘密的快乐，是白天生活和阅读的一种补充。谁能体会一个孩子凝视着水迹斑斑的天花板而产生的美妙遐想呢？现在，当我躺在整洁的卧室里，看着一片洁白的天花板，会很自然地想起童年时的那一份快乐。这快乐，现在已经很难得了。于是，在淡淡的惆怅之后，我总是会想，人的长大，是不是都要以牺牲天真的憧憬和无拘无束的想象力作为代价呢？

死之余响

有些情绪，用文字是很难描绘出来的。即便是语言大师，恐怕也未必能随心所欲，把所有的情绪都真实而又形象地记录下来。我很钦佩作曲家，他们手中掌握的音符的表现力，远在文字之上。有时候文字只能状其皮毛，音乐却可以揭示内核，把复杂情绪的波动、回旋、变化、撞击，奇妙地再现出来。这是由内而外的再现，有如泉水从曲折的岩洞中喷涌而出。当水花晶莹地四溅时，人们听到了水石相叩的丰富的音响，每一个瞬间的音响都不会重复，它们由远而近，由微弱的呜咽发展成浊重的轰鸣。你可以从中想象水流的经历，想象那岩洞的透迤窄暗，想象清澈的泉水在冲出幽禁黑暗之后的狂喜……这一切，你是听到的而不是看到的，是音乐给了你具体而又真切的联想。

譬如死，这是人人都必须经历的人生一课。这是一个休止符，生命的乐章到这里便戛然而止了。从此以后，所有的一切都消失，没有声音，没有色彩，只有谁都无法体会的无尽的黑暗和无底的深渊。很多作家写过死，描绘得很具体，渲染得有声有色。对于没有经历过死的读者们来说，大概也无所谓不真实，不过总会有疑问产生。我少年时代读小说时，便常常这样自问："真是如此吗？写书的人自己没有死过，怎么会知道死者死时的感受呢？"结论是：都是编出来的。后来听到了法国作曲家圣桑的《死之舞蹈》，我的灵魂却受到了震动。

赵丽宏
散文精选

这位曾经写过许多优美的小夜曲的音乐大师，居然用音符为死神画了一幅活动的肖像。在沉重而怪诞的旋律中，我仿佛看到了一个飘然起舞的黑影，那舞姿僵硬拙笨，每一次摇晃都展示着凶兆。他也伏地扭动，痛苦万状地扭动，白骨和白骨在扭动中碰得格格作响。黑影愈舞愈疯狂，终于被一阵风暴撕裂，裂成千千万万块碎片，如同一群黑色的乌鸦，沉默着展翅朝天空飞去。它们占据了天空，并且放声歌唱了，歌声并不是世间乌鸦那种令人心烦的聒噪，而是优美平静的叹息，像深秋的寒雨，一滴一滴疏朗而又均匀地落下来，落在遍地黄叶的原野上，激起悠长无尽的、激动人心的回声……

圣桑为我描绘的死神并不可怕，也不可憎，倒有点令人神往，其中有一种浪漫美妙的诗意。这和世人闻之色变的那个死神完全是两码事。唉，圣桑写《死之舞蹈》时毕竟也是个会说会笑的大活人，和作家们一样，他也未曾尝过死的滋味。也许，用一张黑纸或者一盘无声的磁带来描绘死神更好，在冥冥之中，无形的死神默默地跳着谁也看不见的舞，无法预料他将在哪一个男人或哪一个女人的身边停下脚步……

愈是神秘莫测的东西，愈是吸引人的注意力，这大概也是人类高明于其他生物的特点之一。死，作为一种必然的生理归宿，使很多人望而生畏，没有多少人乐意把自己的名字和这个动词连在一起；然而作为一种话题，死，却总是受人欢迎的，用悲伤、哀悼、同情、惋惜或者幸灾乐祸的语言谈论别人的死，可以消磨那些寂寞的时光。

我很难忘记我在旅途中的一次关于死的闲谈。那是几年前在南方某地的一个小旅馆中，当夜幕降临的时候，同室的四个人相对而坐，一起看着窗外寂寥的夜色默不作声，气氛很有些尴尬。中国的小旅馆习惯了把素不相识的人硬塞到一间屋子里做伴，于是那些生性腼腆孤僻的人便有罪可受了。好在同室的另外三位都是走南闯北惯了的小旅馆常客，很快便找到话题打破了尴尬的局面。话题是缤纷的，古今中外，天南海北。那几位似乎都想炫耀一下自己的见识，但他们的话题

引不起我的兴趣。这时，门外旅馆女服务员的一只半导体收录机里突然大声放起了音乐，正巧，是圣桑的《死之舞蹈》。音乐不客气地从门缝里钻进来，几乎淹没那几位兴致勃勃的声音。

"倒霉，放这种死人音乐！"

睡我对面的一个中年人愤愤地嚷了一声。他的抱怨使我大感兴趣，我问："你知道这是什么曲子？"

"知道，是《死之舞蹈》，"中年人不假思索地回答后，又补充道，"这是听我的一个邻居说的，他是个医生，不知为什么老喜欢听这号小曲。知道这曲儿叫《死之舞蹈》后，我一听见它心里就发毛。背上直起鸡皮疙瘩。为啥？这曲儿让我想起'文革'中那些个跳楼自杀的人。"

"你见过跳楼的人？"另一位房客插进来问道。

"见过！离我家不远有一幢大楼，人称自杀大楼，'文革'中有十几个人从这楼上跳下来，我就亲眼看见了四个。有一个老人摔折了腿骨，白花花的骨头从脚弯里戳出来，戳穿了大腿，老人还没断气，手指还一颤一颤往地里抠。看热闹的里三层外三层挤得人山人海，就是没有人来救他，眼看着他躺在地上死过去。看热闹的都说这老头准是畏罪自杀，可等收尸的把老人抬起来时，他的手心里飘下一张白纸来，纸上是三个血写的字：我无罪。听说这老人是个教师，教了一辈子书，真惨。还有个年纪轻轻的女人，也不知道是干啥的，半夜里从楼上跳下来，摔破了脑壳，脑浆整个飞出来，溅得满地都是……"

中年人声音弱下来，再也不往下说。过了好久，才有人打破了沉默。

"唉，真作孽！'文革'中自杀的人太多了，我也见过好几个，有服毒的，有投河的，有吸煤气的，也有吊死的。我们那里的一家医院里有个老中医，挺出名的，外省的人都来找他治病。'文革'一开始，他就变成了特务，天天戴高帽子游街，老医生活不下去了，自杀啦……"

"怎么自杀的？"

"是服毒的吧？他是医生嘛！"

"不，是用衬衫把自己勒死的。他被关起来隔离审查，哪里找得到毒药，连裤带也被收了去。夜深人静后，他脱下衬衫，撕成一条一条，搓成一根绳子，绳子一头系在床架上，一头套在脖子上，两只脚也无法悬空，不知怎么就自己把自己勒死了。"

"唉，说起上吊，我在'文革'头一年见到过两个上吊自杀的人，那场面才叫壮观。也是老人，两个，一对老夫妻，男的八十三岁，是一个著名技术权威，从前一家老小都在美国和加拿大。新中国成立后，他带着老婆回国参加建设来了，把儿女都撂在了国外。'文革'一开始就搞到了他头上。抄家抄了三天三夜，财产家具整整运走了八大卡车。那帮抄家的爷们儿也实在缺德，从箱子里翻出儿女们从国外带给老两口的寿衣，硬逼他们穿上。大伏天，穿着厚厚的大袍大褂，人不人鬼不鬼，满身大汗地被牵着游斗。小孩子跟在后面朝他们身上扔番茄皮、煤球灰。几个钟点游斗下来，老夫妻俩全瘫了。你想，他们受的西方教育，一直被人敬重，哪里受得了这样的屈辱。他们住宅的窗户面对着一条最热闹的大马路，第二天早晨，这条马路交通堵塞了，成千上万的人从四面八方拥到这条马路上来看热闹。看什么？看两个上吊自杀的人！这对老夫妻想得绝了，打开了窗户，绳索一头系在窗框上，另一头套在颈脖上往窗外跳，这样人就悬挂在窗外了。老夫妻俩身穿着宽大挺括的寿衣，双双悬挂在大马路上空，就像两面迎风飘扬的黑旗。这场面，我死也忘不了。成千上万人站在下面抬头向上看，谁都不敢大声说话，只听见一片轻轻的啧啧声……"

屋子里又是一阵静默。过一会儿，又有人开腔了：

"这些自杀的人，真得有些勇气才行。我佩服他们。你们不把人当人看，我就死给你们看！有种！那些窝窝囊囊活着的人，真该向他们学学才对呢。"

"你这话怎么讲？'文革'中窝窝囊囊活过来的人太多啦，要是都

去自杀，中国恐怕要死一大半人呢！我们那里有个京剧团，'文革'开始后，团里有一半演员挨批挨斗，斗得可惨了。有的被剃光了头，有的被打折了腰，从前被人喝彩捧场，现在天天冲厕所扫马路，还时不时要低下头跪地请罪，你说窝囊不窝囊。可他们还是活过来了，现在一个个又都名气响当当了……"

"不，也有例外的。我就听说过一个女演员自杀的事。也是个唱京剧的，才二十几岁，'文革'前，刚开始唱得有点红，很多人捧她，后来被斗得一塌糊涂，还被关进了'牛棚'。一天，看'牛棚'的突然发现她越窗逃走了，到处找也找不到。第二天才在剧团的化妆室里找到了她。她换上了大红缎子的戏装，头上戴着凤冠，脸上还精心化了妆，就像从前上台之前一样。她直挺挺地躺在地上，死了，是用剪刀剪开了动脉，鲜血浓浓地流了一地……"

隔壁有人开自来水龙头，哗哗的流水声听起来惊心动魄。不言而喻，大家都从这声音中联想到那流了一地的女演员的血……

"哦，可怕，太可怕了。"

"听说外国有专门介绍怎样自杀的书，我们中国大概没有翻译过。看来自杀并不需要指导的，只要你抱定心思想死，总会想出办法来。假使把'文革'中自杀的人的死法写成一本书，大概比外国的《自杀指南》还要丰富，是不是啊，你们说呢？"

说这段话的那位想用他的幽默来冲淡屋子里肃穆的气氛，但是没有人被他的幽默感染。接他话茬的那一位语气依然肃穆：

"说得不错，只要想死，总有办法。我老婆单位里有一个小青年，不知怎么成了'现行反革命'，关在一间屋子里被审讯了两天两夜，不给吃也不给睡，把那小青年弄得精疲力竭。可那帮搞车轮大战的专案人员有吃有睡，一个个精力充沛，怎么也不放那小青年过关。好，想出了新花招，用麻绳把小青年两脚一捆，倒吊在房梁上，叫做'倒挂金钟'。这倒挂的钟非响不可，可那小青年偏偏是个犟牛，硬是一声不吭。专案人员把门一关扬长而去，临走留下话来：什么时候招供，

051

赵丽宏
散文精选

什么时候放你下来！过几个小时进门一看，那倒挂着的小青年死了，自杀了！他的死法谁也没有预料到——他的脚吊在房梁上，下垂的双手正好够得着地上的一张写字台，台面上有一块玻璃，他把玻璃砸碎了，用一块碎玻璃抹脖子，割断了气管……"

隔壁的水龙头依然在哗哗地流……

"是啊，那些想自杀的确实有办法，我们那里以前有一个党支部书记……"

"算了，别说了，再说下去，'文革'中屈死的冤魂今晚都要到这屋子里集会来了！"

"说吧，这是最后一个，到此为止。"

"那个党支部书记是个血气很盛的中年汉子，芝麻绿豆官，也算是'死不悔改的走资派'，又是斗，又是关。这老兄也绝了，随你怎么斗他批他打他折磨他，他就是不说一句话，只是用一双冒火的眼睛瞪你，结果苦头越吃越大。怕他自杀，那些看守的人日日夜夜盯着他，不让他有片刻的自由，连上厕所都有人看着。可他还是自杀了，死了！那天送饭给他吃，看守站在他前面陪着，只见他拿起一双竹筷子，定定地看了几秒钟，突然抽出其中的一根，用极快的速度塞进自己的鼻孔，然后猛地将头重重地向桌面上磕去，只听'噗'的一声，长长的竹筷子整个儿戳进了他的鼻孔，戳到了脑子里！那党支部书记仰面翻倒在地上，当场就死了，连哼都没有哼一声。"

此后，谁都没有再开口。一切嘈杂的声音都消遁了，只有深秋的风，哮喘一般地在窗外游荡。夜幕下的世界和我们一起想着心事。

哦，那些勇敢而可怜的人！

哦，那些本该灿烂地活下去却被凶暴无情的狂风吹折了的生命！

死神并没有点他们的名，他们却坚定地顽强地攀上了死神的囚车。

他们的生命停止在一个个多么可怕的符号上！这些符号，至今想起来，依然使人的心灵颤抖。他们死了，含着冤屈，怀着愤怒，憋着满腔的疑问和哀怨。他们死了，他们冷却了的躯体曾经被无数相识和

不相识的人围着、看着、指点着、议论着……

　　也许，无数活着的人曾面对着他们的尸体这样默默地问过：为什么他死了？为什么他们死了？为什么有那么多的人要自己结束自己的生命？为什么……

　　于是，在无声的黑夜里，便有了一些回响，一些闪烁着火星的回响。

　　这天夜里，我再也无法入睡。窗外的夜空中，几颗稀疏的寒星晶莹地亮着，应和着我的遐想。不知怎的，我的耳畔老是回旋着圣桑的《死之舞蹈》，音乐的形象，也一遍又一遍在我的眼前重现着——

　　一群黑影飘然起舞，伏地扭动，舞姿痛苦万状。狂风撕裂了黑影，裂成千千万万块碎片，如同一群黑色的乌鸦，沉默着展翅向天空飞去。它们占据了天空，并且放声歌唱了，歌声并不是世间乌鸦那种令人心烦的聒噪，而是优美平静的叹息，像深秋的寒雨，一滴一滴疏朗而又均匀地落下来，落在遍地黄叶的原野上，激起悠长无尽的、激动人心的回声……

在我的书房怀想上海

我在上海生活五十多年，见证了这个城市经历过的几个时代。苏东坡诗云："不识庐山真面目，只缘身在此山中"，很有道理。要一个上海人介绍或者评说上海，有点困难，难免偏颇或者以偏概全。生活在这个大都市中，如一片落叶飘荡于森林，如一粒沙尘浮游于海滩，渺茫之中，有时不知自己身在何处。

有人说上海没有古老的历史，这是相对西安、北京和南京这样古老的城市。上海当然也有自己的历史，如果深入了解，可以感受它的曲折幽邃和波澜起伏。我常常以自己的书房为坐标，怀想曾经发生在上海的种种故事，时空交错，不同时代的人物纷至沓来，把我拽入很多现代人早已陌生的空间。

我住在上海最热闹的淮海路，一个世纪前，这里是上海的法租界，是国中之国，城中之城。中国人的尴尬和耻辱，和那段历史联系在一起。不过，在这里生活行动的，却大多是中国人，很多人物和事件在中国近代和现代的历史中光芒闪烁。

和我的住宅几乎只是一墙之隔，有一座绛红色楼房，一座融合欧洲古典和中国近代建筑风格的小楼，孙中山曾经在这座楼房里策划他的建国方略。离我的住宅不到二百米的渔阳里，是一条窄窄的石库门弄堂，陈独秀曾经在一盏昏暗的白炽灯下编辑《新青年》。离我的住

宅仅三个街区,中国共产党第一次代表大会在那里召开。从我家往西北方向走三四个街区,曾经是犹太人沙逊为自己建造的私家花园。沙逊来上海前是个籍籍无名的穷光蛋,在这个冒险家的乐园大展身手,成为一代巨贾。从我的书房往东北方向四五公里,曾经有一个犹太难民据点,二战期间,数万犹太人从德国纳粹的魔爪下逃脱,上海张开怀抱接纳了他们,使他们远离了死亡的阴影。从我书房往东几百米,有大韩民国临时政府旧址,那栋石库门小楼里,曾是流亡的韩国抗日爱国志士集聚之地。这是一个很有意思的现象,身处水火之中的上海,却慷慨接纳了来自四面八方的异乡游子。

淮海路离我的书房近在咫尺,站在走廊尽头的窗户向南望去,可以看到街边的梧桐树,可以隐约看见路上来往的行人和车辆。会很自然地想起这百年来曾在这条路上走过的各路文人,百年岁月凝缩在这条路上,仿佛能看见他们的身影从梧桐的浓荫中飘然而过。徐志摩曾陪着泰戈尔在这里散步,泰戈尔第二次来上海,就住在离这儿不远的徐志摩家中。易卜生曾坐车经过这条路,透过车窗,他看到的是一片闪烁的霓虹。罗素访问上海时,也在这条路上东张西望,被街上西方和东方交会的风韵吸引。年轻的智利诗人聂鲁达和他的一个朋友也曾在这条路上闲逛,他们在归途中遇到了几个强盗,也遇到了更多善良热心的正人君子。数十年后他回忆那个夜晚的经历时,这样说:"上海朝我们这两个来自远方的乡巴佬,张开了夜的大嘴。"

我也常常想象当年在附近曾有过的作家聚会,鲁迅、茅盾、郁达夫、沈从文、巴金、叶圣陶、郑振铎,在喧闹中寻得一个僻静之地,一起谈论他们对中国前途的憧憬。康有为有时也会来这条路上转一转,他和徐悲鸿、张大千的会见,就在不远处的某个空间。张爱玲一定是这条路上的常客,这里的时尚风景和七彩人物,曾流动到她的笔下,成为那个时代的飘逸文字。

有人说,上海是一个阴柔的城市,上海的美,是女性之美。我对这样的说法并无同感。和我居住的同一街区,有京剧大师梅兰芳住过

赵　丽　宏
散　文　精　选

的小楼。梅兰芳演的是京剧花旦，但在我的印象中，他却是个铁骨铮铮的男子汉。抗战八年，梅兰芳就隐居在那栋小楼中，蓄须明志，誓死不为侵略者唱一句。从我的书房往东北走三公里，在山阴路的一条弄堂里，有鲁迅先生的故居，鲁迅在这里度过了生命的最后九年，这九年中，他写出了多少有阳刚之美的犀利文字。从我的书房往东北方向不到两公里，是昔日的游乐场大世界，当年日本侵略军占领上海武装游行，经过大世界门口时，一个青年男子口中高喊"中国万岁"，从楼顶跳下来，以身殉国，日军震愕，队伍大乱。这位壮士，名叫杨剑萍，是大世界的霓虹灯修理工。如今的上海人，有谁还记得他？从大世界再往北，在苏州河对岸，那个曾经被八百壮士坚守的四行仓库还在。再往北，是当年淞沪抗战中国军队和日本侵略军血战的沙场。再往北，是面向东海的吴淞炮台，清朝名将陈化成率领将士在那里抗击入侵英军，誓死不降……

　　我的书房离黄浦江有点距离。黄浦江在陆家嘴拐了个弯，使上海市区的地图上出现一个临江的直角，这样，从我的书房往东或者往南，都可以走到江畔。往东走，能走到外滩，沿着外滩一路看去，数不尽的沧桑和辉煌。外滩，如同历史留给人类的建筑纪念碑，展现了二十世纪的优雅和智慧，而江对岸，浦东陆家嘴新崛起的现代高楼和巨塔，正俯瞰着对岸曲折斑斓的历史。往南走到江畔，可以看到建设中的世博会工地，代表着昔日辉煌的造船厂和钢铁厂，将成为接纳天下的博览会，这里的江两岸，会出现令世界惊奇的全新景象。一个城市的变迁，缓缓陈列在一条大江的两岸，风云涌动，波澜起伏，犹如一个背景宽广的大舞台，呈示在世人的视野中。

　　上海的第一条地铁，就在离我书房不到六十米的地底下。有时，坐在电脑前阖眼小息时，似乎能听见地铁在地下呼啸而过的隐隐声响。在上海坐地铁，感觉也是奇妙的。列车在地下静静地奔驰，地面的拥挤和喧闹，仿佛被隔离在另外一个世界。如果对地铁途经的地面熟悉的话，联想就很有意思，你会想，现在，我头顶上是哪条百年老街，

是哪栋大厦，是苏州河，或者是黄浦江……列车穿行在黑暗和光明之间，黑暗和光明不断地交替出现，这使人联想起这个城市曲折的历史：黑暗——光明——黑暗——光明……令人欣喜的是，前行的列车最终总会停靠在一个光明的出口处。

不久前，我陪一位来自海外的朋友登上浦东金茂大厦的楼顶，此地距地面四百余米，俯瞰上海，给我的感觉，只能用惊心动魄这样的词汇来形容。地面上的楼房，像一片浩渺无边的森林，在大地上没有节制地蔓延生长，逶迤起伏的地平线勾勒出人的智慧，也辐射着人的欲望……我想在这高楼丛林中找到我书房的所在地，然而无迹可寻。密密麻麻的高楼，像一群着装奇异的外星人，站在人类的地盘上比赛着他们的伟岸和阔气。而我熟悉的那些千姿百态的老房子，那些曲折而亲切的小街，那些升腾着人间烟火气息的石库门弄堂，那些和悠远往事相连的建筑，已经被高楼的海洋淹没……

历史当然不会被随之湮灭。在记忆里，在遐想中，在形形色色的文字里，历史如同一条活的江河，正静静地流动。走出书房，在每一条街巷，每一栋楼宇，每一块砖石中，我都能寻找到历史的足迹。以一片落叶感受森林之幽深，以一粒沙尘感知潮汐之汹涌，我看到的是新和旧的交融和交替。我生活的这个城市，就是在这样的交融和交替中成长着。

书卷多情似故人 晨昏忧乐每相亲 眼前直下三千字 胸次全无一点尘 此人读书诗意 今人读之仍生亲近 甲午首夏 赵丽宏画并书

赵丽宏 绘

愿你的枝头长出真的叶子来。

第二辑 会思想的芦苇

愿你的枝头长出真的叶子

一

记得有一位散文家说过：语言是什么？语言好比是叶子，点缀在你思想的枝头。假如没有这些绿莹莹的可爱的叶子，谁会对你那光秃秃的枝干发生兴趣？

说得好极了。散文的魅力，在很大程度上取决于文章的语言。枯涩的、干巴巴的乏味的语言，不可能组合成动人的篇章。真正的散文家，必须是驾驭文学语言的大师，他们的枝头，一定有着水灵灵的、生机勃勃的叶子，使人一看见眼睛就发亮。

我因此而产生了很多联想呢！读我所喜爱的大师们的散文时，我的眼前常常会出现一些树来：鲁迅——时而是一株参天古银杏，在灿然的夕照中悠然摇曳着茂密的绿叶；时而是一株枸骨，在严寒中凛然挺着不屈的利刺。朱自清——那是一株朴实而又优雅的梧桐，它那些阔大的树叶在阳光下飘动时，使人感到可亲可近；当月亮升起以后，则又会变得无比美妙。陆蠡——一棵精巧的常春藤，那些柔弱美丽的叶子在幽暗中顽强地伸向阳光……泰戈尔——那是一株南国的菩提树，在那些我无法确切描绘形状的叶片下，隐蔽着神秘的果子。阿索林——一棵西班牙的丁香树，晚风里飘荡着那绿叶的清芬。卢森堡——一棵秋天的红枫,每一片红叶都像一团火,优美地燃烧……

也许你以为我想得玄乎,不信,你可以自己试一试。

二

我也因此而钻过牛角尖呢!我曾经以为华丽的语言便是一切,只要拥有丰富的词藻,只要善于驾驭语言,就可以写成美妙动人的散文。

我曾经苦苦地想着怎样使我的叶子丰满起来,缤纷起来。我要变成一棵绿叶繁茂的大树!于是,我曾经有过一本又一本"描写辞典""佳句摘录",有过雪片似的词汇卡片……

我的文字,也确乎华丽过一阵——写日出,可以用数十个形容词渲染早霞的色彩;写月光,可以抖出一大堆晶莹的、闪光的词汇,而且博引古今,从李太白"举头望明月"、苏东坡"把酒问青天",一直到贝多芬的《月光奏鸣曲》……这些华丽而又缤纷的文字,先后被我扔进了废纸篓,因为,没有人爱读它们,我自己,也无法被它们打动。年少的朋友说:太花哨了,没什么意思。年长的行家说:没有真情,没有你自己!

我的心里"咯噔"一下,就像有一阵强劲的秋风狠狠吹来,一下子扫落了我从许多树上摘来披在自己身上的叶子。哦,这些叶子,不是属于我的!我光秃秃了,只剩下几根可怜的枝干。

没有真情,没有你自己!年长的行家道出了我的症结。披一身花花绿绿的假叶子,怎么会不让人讨厌!

我只顾到处找叶子,竟忘记了自己的枝干!真的,属于我自己的叶子,只能从我自己的枝头长出来!用自己枝干中的水分、营养催动那些孕在枝头的嫩芽,让它们挣破羽壳,展开在阳光下。不管它们是圆圆的还是尖尖的,不管它们是阔大的还是细小的,它们总是有别于其他树叶,它们才是属于你自己的。正因为如此,它们才可能吸引世人的目光。当然,知音永远只是一部分人。

于是我努力地在自己的枝头培育自己的叶子。那些由我辛辛苦苦采撷来的、被秋风扫落的华美的叶子，并非一无所用，它们堆集在我的根部，变成了丰富的养料，我用我的逐渐发达的根须努力吸收它们，使它们融入我的躯干——长出我自己的叶子需要它们。终于有一点叶子，从我的枝头长出来了……

我继续写散文。我努力用自己的口吻倾吐我对生活、对人生的感受和思索，倾叶我的爱、我的恨，用我自己的语言描述我的所见所闻。怎么看，怎么想，就怎么说。似乎不如从前缤纷了，但这是真的叶子。

三

是的，只有那些表达着、蕴涵着真情的语言，才是真正的散文语言；只有用这样的语言才能组合成真正的好散文。

不要以为它们都是色彩缤纷的，绝不是这样的。试想，假如每棵树上都一律长满花花绿绿的七色叶子，森林必将失去它的魅力。

谈到散文的语言时，巴乌斯托夫斯基曾经这样讲：

> 散文的词藻开着花，发着光，它们时而像草叶一样欷欷低语，时而像泉水一样淙淙有声，时而像鸟一般啼啭，时而像最初的冰一样发出细碎的声音，也像星移一般，排成缓缓的行列，落在我们的记忆里……
>
> 单纯，比光辉、缤纷的色彩、孟加拉的晚霞、星空的闪烁，比那些好像强大的瀑布，像整个由树叶和花朵做成的尼亚加拉瀑布以及皮上有光彩的热带植物，对内心的作用还要大……

四

很偶然地读到温·丘吉尔的《我与绘画的缘分》。这位叱咤风云的英国首相，居然也写过散文。他当然不在散文大家之列，可《我与绘画的缘分》却结结实实地抓住了我，我喜欢它，它不同一般。他的语言是明白晓畅的，接近于朴实无华，就像随随便便和朋友聊天、谈往事，谈他对绘画的热爱和理解。然而他的机智、敏锐、顽强不屈，甚至他的勃勃雄心，却可以从那些平平淡淡的语言里流出来、闪出来、蹦出来。如果用树打比方的话，我不知道该把他比作什么树，正像我叫不出植物园里的许多树一样，这毫不足怪。然而它的叶子与众不同，有特点，有个性，我能在万木丛中一眼认出它来。而有许多写过不少散文的作家，我却无法在丛林中辨认它们，也许这就是所谓"性格的力量"吧。我们不妨学学丘吉尔，在追求散文语言的个性化上下一番功夫。

是的，光吐露真情还不够，必须尽可能充分地展现个性，有个性才能自成风格。我想，世界上有多少树，有多少形形色色的叶子，就应该有多少风格迥异的散文语言。只要长在坚实的枝头上，所有的叶子都会有它的动人之处。当白玉兰树以阔大的绿叶迎接着雨滴，为能发出古筝般的奇响而骄傲时，小小的黄杨也正用瓜子般的小圆叶托起雨滴，像捧着无数亮晶晶的珍珠；当香山的黄栌以火一般的红叶燃遍群山的时候，山脚下的银杏也正用金黄的叶片吸引游人的目光……

五

朋友，如果你写散文，你不妨翻开你的稿笺，观赏一下你自己的叶子，看看它们是不是真正属于你的。

愿你的枝头长出真的叶子来！

流水和白驹

两千多年前,孔子站在黄河边上,面对滔滔东去的流水,发出这样的感慨:"逝者如斯夫,不舍昼夜。"时光如流水,不分白天黑夜,永远奔流不息,没有任何力量能使之停顿。孔子关于时间的议论,只有九个字,却生动形象,简洁而有力量,给人深远辽阔的联想。后人很多感叹时光流逝不可逆转的诗句,都源自孔子的这段议论。这九个字,以现代人的眼光来看,其实也是绝妙的诗句,它们的含义和魅力,远胜过那些空泛的长篇大论。

孔子是哲学家,一生都在思索人生之道,他总是用简洁有力的语言阐述他的思想,很少抒情,"逝者如斯夫,不舍昼夜",在孔子的言论中,属于抒情意味很浓的文字了。庄子是诗人哲学家,他也对时光阐发过类似的感慨,那就是另外一种风格了:"人生天地之间,若白驹之过隙,忽然而已。"人生旅途看似漫长,在天地间,其实只是个瞬间,犹如骏马越过一条小小缝隙。"白驹过隙",是典型的庄子语言。司马迁在《史记·晋世家》中这样引用庄子:"人生一世间,如白驹过隙。"比喻时光之急速,人生之匆促,"白驹过隙"非常形象。其实,白马越过一条缝隙,是怎样的形态,谁也没见过,也无法见到,但那只是一个瞬间,确实人人都可以想象到的。

还有另外一种说法,"白驹过隙"中的白驹,并非指马,而是指

065

赵丽宏
散文精选

日光,"白驹过隙",意为日光迅速移动,掠过有阴影的缝隙,那是眨眼的工夫。所以古人有时称光阴为"驹光",称日影为"驹影"。如元人袁桷的诗句:"殿庐龙光动,琐窗驹影催",清人倪濂的诗句:"驹影难留住,惊看岁又更";清代女诗人劳蓉君《忆舅家小园幼时所游》一诗中,有"惆怅驹光一瞬中,芜园卅载记游踪"之句。诗中的"驹影"和"驹光",都是时间飞逝的代称。这类想象,都源自庄子的"白驹过隙"。

曾看到有人引范成大的诗,证明宋人用过"驹光","日出尘生万劫忙,可怜虚费隙驹光",这诗句中,和"驹"字搭配成词的,应是"隙驹"一词,组成"驹光",是明显的错误。而"隙驹",却是"白驹过隙"的又一种说法。文天祥《崔镇驿》一诗中,有"野阔人声小,日斜驹影长"两句,也有人误解诗中的"驹影"为庄子的"白驹过隙"。文天祥的"日斜驹影长",是写景,诗中"驹影",就是马的影子,在落日斜晖中,马的影子在地上越拖越长。这里的"驹影",和庄子对时间的感叹毫不相干。

将日光比作飞奔的白马,也是诗人的奇思妙想。我以为,"驹光","驹影",都是有想象力的创造。

会思想的芦苇

最近回到我曾经"插队落户"的故乡,一下船,就看到了在江堤上迎风摇曳的芦苇。久违了,朋友!

芦苇,曾经被人认为是荒凉的象征。然而在我的心目中,这些随处可见的植物,却代表着美丽自由的生命。它们伴随我度过了艰辛的岁月。

从前,芦苇是崇明岛上一种重要的经济作物。芦苇的一身都有经济价值。埋在地下的嫩芦根可解渴充饥,也可入药。芦叶可以包粽子,芦叶和糯米合成的气味,就是粽子的清香。芦花能扎成芦花扫帚,这样的扫帚,城里人至今还在用。用途最广的,是芦苇秆,农民用灵巧的手,将它们编织成苇帘、苇席、芦筐、箩筐、簸箕,盖房子的时候,芦苇可以编苇墙、织屋顶。很多乡民曾经以编织芦苇为生,生生不息的芦苇使故乡人多了一条活路。我在崇明岛"插队"时,曾经和农民一起研究利用地下的沼气来做饭。打沼气灶,也用得上芦苇。我们先在地上挖洞,再将芦苇集束成捆,一段一段接起来,扎成长数十米的芦把,慢慢地插入洞中,深藏地下的沼气,会沿着芦把的空隙升上地面,积蓄于土灶中,只要划一根火柴,就能在灶口燃起一簇蓝色的火苗,为贫困的生活增添些许温馨。在我的记忆中,这是一件无比奇妙的事情。

赵丽宏
散文精选

　　在艰苦的"插队"生涯中，芦苇给我的抚慰旁人难以想象。我是一个迷恋自然的人，而芦苇，正是大自然馈赠给人类的美妙礼物。在被人类精心耕作的田野中，几乎很少有野生的植物连片成块，只有芦苇例外。没有人播种栽培，它们自生自长，繁衍生息，哪里有泥土，有流水，它们就在哪里传播绿色，描绘生命的坚忍和多姿多彩。春天和夏天，它们像一群绿衣人，伫立在河畔江边，我喜欢看它们在风中摇动的姿态，喜欢听它们应和江涛的窸窣絮语。和农民一起挑着担子从它们中间走过时，青青的芦叶掸我衣、拂我脸，那是自然对人的亲近。最难忘的是它们开花的景象，酷暑过去，金秋来临，风一天凉似一天，这时，江边的芦苇纷纷开花了，那是一大片皎洁的银色。在风中，芦苇摇动着它们银色的脑袋，在江堤两边发出深沉的喧哗，远远看去，犹如起伏的浪涛，也像浮动的积雪。使我难忘的是夕照中的景象，在绚烂的晚霞里，银色的芦花变成了金红色的一片，仿佛随风蔓延的火苗，在大地和江海的交界地带熊熊燃烧。冬天，没有被收割的芦苇身枯叶焦，在风雪中显得颓败，使大地平添几分萧瑟之气。然而我知道，芦苇还活着，它们不会死。在冰封的土下，有冻不僵的芦根，有割不断的芦笋，只要春风一吹，它们就以粉红的嫩芽、以翠绿的新叶为人类报告春天的消息。冬天的尾巴还在大地上扫动，芦笋却倔强地顶破被严霜覆盖的土地，在凛冽寒风中骄傲地伸展开它们那柔嫩的肢体，宣告冬天的失败，也宣告生命又一次战胜自然强加于它们的严酷。我曾经在日记中写诗，诗中以芦苇自比。帕斯卡说"人是一棵会思想的芦苇"。这比喻使我感到亲切。以芦苇比人，不仅喻示人的渺小和脆弱，其实也可以作另外的理解：人性中的忍耐和坚毅，恰恰如芦苇。在我的诗中，芦苇是有思想的，它们面对荒滩，面对流水，面对南来北往的候鸟，舒展开思想之翼，飞翔在自由的天空中。我当年在乡下所有的悲欢和憧憬，都通过芦苇倾吐了出来。

　　我曾经担心，随着崇明岛的发展和进步，岛上的芦苇会渐渐消失。然而我的担心大概是多余的，只要泥土和流水还在，只要滩涂上的芦

根还在，谁也无法使这些绿色的生命绝迹。我的故乡，也将因为有芦苇的存在而显得生机勃发，永葆它的天生丽质。这次去崇明，我专门到堤岸上去看了芦苇。芦苇还和当年一样，在秋风中摇晃着银色的花朵。那天黄昏，我凝视着被落霞渐渐映红的那一大片芦花，它们在天地之间波浪起伏，像涌动的火光，重又点燃我青春的梦想……

时间断想

一

天地之间，只有一样东西永远无法阻挡，它就是时间。

时间迎面而来，无声无息。它和你擦身而过，不容你叹息，你希望抓住的现在就已成了过去。你纵有铜墙铁壁，纵有万马千军，纵有比珠穆朗玛峰更高的堤坝，纵有比太平洋更浩渺的阔海深渊，却不可能阻挡它一步，更不可能使它空中延缓半步。

转瞬之间，你正在经历的现实就变成了历史，变成了时间留在世界上的脚印。

二

我们所能见的一切，都凝集着过去的时间，都是时间的脚印。

前些日子，我在欧洲旅行。在庞贝，面对着千百年前覆灭于火山喷发的古城，我感慨在神秘的自然面前人类是多么脆弱渺小。庞贝的毁灭，只是瞬间的事件，火山轰然喷发，岩浆和火山灰埋葬了人间的繁华。当年的天崩地裂，已经听不见一丝回声。然而一切都还留在那里，石街廊坊，残垣断柱，颓败的宫殿，作坊和浴场，过去的千年岁

月，都凝集在这些被雕琢过的石头中。而那些保持着临死时挣扎状的火山灰人体雕塑，似乎正在向后人描述时间的无情。

天边的火山是沉静的，当年的喷发已经改变了它的外形。即便是伟力无比的自然，在时间面前，也无可奈何地放弃了它的威仪。

时间把过去的一切，都凿刻成了雕塑。

三

在罗马，我走进有两千四百年历史的万神殿大厅，抬头看阳光从镂空的穹顶上洒下来，辐射在空旷的大殿里。两千多年来，阳光每天都以相同的方式照亮幽暗的厅堂，然而在相同的景象中，时间却一年又一年地流逝，使这座宏伟神殿从年轻逐渐走向古老。

在厅堂一角，埋葬着画家拉斐尔，在这个古老厅堂的居住者中，他显得如此年轻。而站在这样的古殿中，我觉得自己就像一个刚到这个世界的婴孩。

哲人的诗句可以将时间描绘成流水，而流水也有停滞的时候。时间更像是光，在黑暗中一闪而过。我的目光，和辐射在古殿里的阳光相交，和殿堂中古代雕塑神像们的目光相遇，我感觉时间在这样的交汇中似乎有了片刻的停留。这当然是幻想，过去的时间永不再回来。我们可以欣赏时间的雕塑，却无法和逝去的时间重逢。

四

还是回到中国，回到我的生活中来。时间如同空气，无时不在，无处不在，我们的世界永远是现在进行时。

正在进行的时间，也就是不断地和我们擦肩而过的时间，也许是最珍贵的，也是最有魅力的。它可以使梦想变成现实，也可以使现实变成梦想。

在我的周围，我每时每刻都听见时间有条不紊的脚步声。从正在修建的道路和桥梁上，从正在一层层升高的楼房里，从马路上少男少女活泼的身影中，从街心花园正在打太极拳的老人微笑的表情里，甚至从路边花草在阳光下舒展的枝叶间，我目睹着时间正在实施它改变世界的计划。

婴儿的啼哭，孩童的欢笑，情侣的拥吻，中年人鬓边的白发，老年人额头的皱纹，都是时间的旋律。幼芽的萌发，花蕾的绽放，落叶的飘动，早晨烂漫的云霞，黄昏迷人的夕照，都是时间的呼吸。

面对时间，有惊喜，也有无奈。成功者在时间的浪峰上喜庆时，失落无助的人正在时间的脚步声中叹息……

珍惜时间，就是爱生活，爱生命，爱人。

五

在迎接新春到来的时候，我遥想着未来。

最神奇、最不可捉摸的，应该是未来的时间。没有人能确切地描绘它的形态，但可以感觉它步步紧逼的态势。也许，只有未来的时间是可以被设计、可以被规划的。因为，我们可以对时间即将赐予的机会做一点准备，也就是对未来的生活做一点准备，准备对付可能来临的考验，准备迎接可能遭遇的挑战，准备为新的旅程铺路、搭桥、点灯……

有所期待的人生，总是美好的。

我想对未来的时间说：你来吧，我们等着！

六

此刻，新年的钟声已经随风悠悠飘来。我感觉到时间如风，吹来春天的气息。风声呼呼，是庆贺，是催促，是提醒。

时间在流逝，世界也在随之前进。我们每一个人，都在时间中前行。人类永远不可能长生不老，因为时间不会停留。但是我想，生命是可以延长的，只要我们不荒废从我们身边经过的每一年、每一月、每一天、每一分……

能饮一杯无

二十多年前韩国诗人许世旭访问中国,我陪他去杭州和绍兴。许世旭是韩国著名的汉学家,不仅精通汉语,还能用汉语写诗歌和散文。那次,是许世旭第一次访问中国,一路上,他无法抑制自己的激动。他说,无数次梦游唐诗宋词的故乡,现在身临其境,恍如梦游。那几天,他随身带着一瓶酒,走到哪里都会喝上一口。在西湖畔,他喝了一口酒,说:"我想起白居易的一首诗。"我问他哪一首,他马上就低吟出口:

绿蚁新醅酒,红泥小火炉,晚来天欲雪,能饮一杯无。

这是白居易的五绝《问刘十九》,也是我喜欢的唐诗。我曾经奇怪,这么简单的一首诗,没有什么情节,也没有惊人之句,为什么却让人回味不尽。诗中描绘的是喝酒的情景,也是对友情的讴歌和回忆。此诗又题为《同李十一醉忆元九》,是诗人在喝酒时回忆起一位叫刘十九的朋友。红泥小火炉上炖着热气腾腾的美酒,屋外虽然是就要下雪的寒夜,但和知心朋友在温暖的炉火前对酌,那是令人心动的景象。最后一句"能饮一杯无",尤其让人感动,这不是强制的或者无节制的劝酒,而是带着关切的心情,轻声询问:你是不是还能再喝一杯?

全诗随着这句询问戛然而止，留给读者悠长的回味和联想。

《唐诗三百首》对这首诗有评价，"信手拈来，都成妙谛。诗家三昧，如是如是"；《唐诗评注读本》中评论，"用土语不见俗，乃是点铁成金手段"。说得有理。

此诗中的"绿蚁"，现代人已不知何物。最初这两个字的意思，是酒上的绿色泡沫，又称"碧蚁"，后来则被作为酒的一种代称。南朝谢朓《在郡卧病呈沈尚书》中有"嘉鲂聊可荐，绿蚁方独持"之句，吴文英《催雪》中有"歌丽泛碧蚁，放绣箔半钩"之句，都是指酒。"红泥小火炉"，也是令人神往的意象，简朴中透露出亲近和暖意。许世旭回国时，我送他一把宜兴紫砂壶，他捧在手中端详了一会，喃喃说道："这就是白居易诗中的'红泥小火炉'吧。"白居易诗中的火炉，当然不会是宜兴的紫砂壶，不过许世旭的感觉没有错，紫砂壶的古朴和简洁，使他联想到白居易诗中的情境和意象。

去年冬天，我受邀去韩国谈中国文学，许世旭来机场接我。当天晚上，在首尔热闹的明洞步行街，他找了一家风格纯正的韩国餐馆请我吃饭。餐馆里灯火幽暗，一个小火炉上，煮着一锅热气腾腾的面条，两个人举杯对酌，一杯接一杯，很自然地回想起二十年前西子湖畔的往事。许世旭笑着问我："能饮一杯无？"我们相视一笑，岁月的隔阂消逝得不见踪影。杯影晃动之间，分明有一个飘然的身影陪伴左右，那是白居易。

望星空

童年时，常在夏夜仰望星空，那是记忆中神奇的时光。生活在上海这样的都市，只能从楼房的夹缝中看见巴掌大的天空，但这并不妨碍我对夜空的观察。儿时调皮，也大胆，在炎热的夏夜，家里闷热睡不着，便一个人悄悄走到晒台上，爬上屋顶，在窄窄的屋脊上躺下来。这时，头顶的夜空突然变得阔大幽邃，星星也繁密了，星光也清亮了，平时看不见的银河，从夜空深处静静地流出来。身畔有夜鸟和飞蛾掠过，轻声的鸣叫，伴随着羽翼振动，梦一般飘忽。如果有流星滑过夜空，我会轻声发出惊叹……这时，心里很自然想起背诵过的一些古诗，诗中也有星空。我想，古人看见的夜空，和我看见的夜空，应该是一样的吧。至今仍记得当年常想起的那几首诗。

一首是刘方平的七绝《月夜》："更深月色半人家，北斗阑干南斗斜。今夜偏知春气暖，虫声新透绿窗纱。"这首诗，仿佛就是写我仰望星空的景象。四句诗，前两句写夜空，月色星光，伴随时光流转，后两句写大地，暖风拂面，春色轻盈，天籁荡漾，令人心驰神往。

一首是杜牧的七绝《秋夕》："银烛秋光冷画屏，轻罗小扇扑流萤。天阶夜色凉如水，卧看牵牛织女星。"这是我最喜欢的唐诗之一，诗中安谧美妙的情景，使我感觉熟悉亲切，也引起我无穷的联想。尤其是"天阶夜色凉如水"一句，说不出的传神和形象，夜空如深不可

测的海洋，波澜漾动，多少遥远的人物和故事，都涵藏在其中，缥缈而神秘。

杜牧的《秋夕》，使我想起郭沫若的诗《天上的街市》，那也是儿时喜欢的诗篇：

> 远远的街灯明了，
> 好像闪着无数的明星。
> 天上的明星现了，
> 好像点着无数的街灯。
> 我想那缥缈的空中，
> 定然有美丽的街市。
> 街市上陈列的一些物品，
> 定然是世上没有的珍奇。
> 你看，那浅浅的天河，
> 定然是不甚宽广。
> 那隔河的牛郎织女，
> 定能够骑着牛儿来往。
> 我想他们此刻，
> 定然在天街闲游。
> 不信，请看那朵流星。
> 是他们提着灯笼在走。

我曾想，郭沫若写这首诗时，应该也是在这样的夏夜，仰望着星空，他的心里，大概也会想起杜牧的诗吧。记得我模仿写过类似的诗，幻想自己变成一颗流星，滑过夜空，在瞬间看到无数天上的景象。尽管写得幼稚，却是我和缪斯最初的亲近。

冷翠烛下人鬼情

世上本无鬼，活人杜撰之。人间有无数关于幽灵和鬼怪的故事，或诡异怪诞，或惊悚恐怖，或幽默滑稽，或凄婉优美。鬼故事，是民间口头文学创作中最活跃的部分，很多故事从古传到今，生生不息。蒲松龄当年被民间的传说吸引，写出《聊斋志异》，成为人类文学史上最美妙的鬼怪灵异故事。我在乡村生活过，也从农民口中听说不少鬼怪故事，那是民间的智慧，是中国人在艰辛苦难中自娱自乐、创造欢乐的一种方式。

诗人也写鬼，我读过一些鬼气森森的诗，读后难忘。李贺被人称为"诗鬼"，并非他专写鬼，而是他诗中那种狂放不羁的诡异之气。不过，李贺也在诗中描绘过幽冥世界，他的《苏小小墓》，就是如此。苏小小是南齐名妓，也是一代才女，能歌舞，善诗文。她死后，她的坟墓成为江南的风景。古时传说，苏小小墓地上，"风雨之夕，或闻其上有歌吹之音"。这其实是民间的鬼故事。李贺来到苏小小墓上，感觉和这位命运多舛的才女心灵相通，仿佛遇见了这位佳人。且看他怎么写苏小小的幽灵：

幽兰露，如啼眼。无物结同心，烟花不堪剪。草如茵，松如盖。风为裳，水为佩。油壁车，夕相待。冷翠烛，劳光彩。西陵

下，风吹雨。

这首诗，把读者引进一个凄美的幽冥世界，描绘了一位冥界佳人，她飘忽无形，似有若无，衣裙如微飔，妆饰如静水，目光如兰花上的晶莹的露珠。然而她孤独无助，在幽冷鬼火和凄风苦雨中，做着永无结果的等待。古乐府中有《苏小小歌》："我乘油壁车，郎乘青骢马。何处结同心，西陵松柏下。"李贺在此诗中，将古乐府中关于苏小小的故事和意象融于一体，也把生和死、人世和冥界融于一体，虽是写鬼，却有人间的真情。生时的遗恨，延续到阴间；幽灵重访人世，依旧孤寂怅然。这首诗中流露出来的悲凉和凄美，其实也是诗人自己的心境写照。

李贺不愧大诗人，写鬼，写得凄凉飘忽，幽深优美，让活着的人产生很多遐想。不过，诗人写鬼，一般是心有悲情，李贺的诗中出现阴森鬼气，其实是借景抒情，宣泄胸中郁闷和悲哀，他并不直接表露，而是把情绪隐藏在神秘的意象中，这是真正的诗人之道。且再看他的一首鬼气十足的诗：

> 南山何其悲，鬼雨洒空草。长安夜半秋，风前几人老。低迷黄昏径，袅袅青栎道。月午树无影，一山唯白晓。漆炬迎新人，幽圹萤扰扰。（《感讽》之三）

想象诗人一个人在夜间彳亍空山，环顾四周，鬼雨凄草，树影幽径，野冢磷火，阴森凄凉中，能感叹的只能是人生悲剧。岁月催人老，生死之间，人鬼之间，只是一念之差，一纸之隔吧。

大师的背影

指挥大师的称号,不是自封的。这是经过无数场考试,经过无数双眼睛的审视、无数对耳朵的谛听,最后终于被认可的。只要他们站到乐队前,轻轻挥动起指挥棒,我们就能发现他们的与众不同。他们的手势、他们的表情、他们的眼神、他们的身体的姿态、他们所展示的一切,都是美妙的节奏,是出神入化的音符,是神奇自然的天籁,是来自天堂的启示。他们的动作,就是音乐;他们的形象,就是音乐的化身。作曲家的灵魂附在他们心中,又通过他们的指尖,传达给乐队的每一个乐手,传达给每一件乐器,传达给每一个听者,传达给音乐厅里的每一寸空气。

大师陶醉在音乐中的时候,我们只能看到他们的背影。他们面向乐队,背对着听众。当音乐消失,乐队停止演奏时,他们才转过身来,让听众看到他们的脸,看到他们脸上由激动而复归平静的微笑,看到他们额头和脸颊上晶莹的汗水。这时,从音乐的梦幻中苏醒过来的人们方才领悟到,为了引导出刚才舞蹈在空气中的音乐,大师付出了怎样的心血和体力。在我的记忆中,有几位大师的背影。

卡拉扬,我最初是在唱片和录音带的封面上看到他的照片。他总以一头银发对着镜头,注视的目标似乎是在地上;有时候又双目微阖,仿佛已经入睡,沉醉在他曲折而庄严的梦境里。在八十年代,卡拉扬

大概是中国人最熟悉的指挥大师。八十年代初,我在上海音乐书店买过一套他指挥的贝多芬交响曲录音磁带,在一台单声道的录音机中听了很多遍。现在想起来,那样的音质,根本无法传达交响乐磅礴的气势和神韵,只能听一个大概的轮廓而已。不过,那时听这些录音磁带,我还是会神思飞扬,浮想联翩。除了遐想贝多芬的思想和情绪,也遐想卡拉扬的姿态和表情。在我的想象中,卡拉扬是一个不苟言笑的人,他是一位思想者,他指挥乐队的时候,经常闭上眼睛,沉浸在对音乐的遐想中,他的手势和动作只是他沉思默想的一部分。我永远也无法知道他在指挥时脑子里有些什么念头。他的头发,在沉思中渐渐变白,成为一头积雪,覆盖在他的额前……卡拉扬终于来中国了。他在北京指挥庞大的柏林交响乐团演奏贝多芬的交响乐时,我终于看到了他指挥时真实的表情。除了闭上眼睛沉思默想,他也有睁大眼睛的时候。他指挥《田园交响曲》,当雷电在田野上空炸响时,他将手中的指挥棒从空中猛力劈下,仿佛挑出了辉映天地的耀眼闪电,这时,他目光炯炯,闪电和心中的火花汇集在一起,在他的瞳仁中迸射;当风暴平息,温和的阳光悄然从云隙中流出,世界又归于宁静,鸟雀在林荫里唱歌,鱼儿在清流中翔游,这时,他沉浸在遐想中,陶醉在天籁里,他的头颅低垂,眼帘微阖,如一尊思想者的雕塑。只有手中那根指挥棒,仍在轻盈地舞动,为乐队,也为听众指点着暴风雨后天地间的万种风情。

小泽征尔,矮小的身材,飘逸的黑发,站在一百多人的波士顿交响乐团前,像一个孩子面对着海洋。然而他一举起指挥棒,马上就变成了一个果敢的巨人,音乐一出现,他就成了海的魂魄、海的主人。他面前的那片海洋在他的引导下,汹涌澎湃,波涛起伏,翻腾出千奇百怪的花样。他的目光咄咄逼人,手势和目光不断指向不同的乐器,仿佛要把乐手从乐池中逐一抓起,放到浪尖上接受暴风雨的考验。一个亚洲人,指挥一个庞大的西方著名交响乐团,令人折服地演绎着欧美作曲家的作品,在世界音乐史上也是罕见的现象。小泽征尔的一头

赵丽宏

散文精选

黑发在乐队前飘动时，音乐就在他的黑头发上飘旋，西方的金色旋律，和东方的黑色头发，奇妙地融合成一体，黑头发引导着金色的旋律。音乐使人与人之间消失了国界、民族和语言的界限。

小泽征尔最使我感动的形象，是他指挥瞎子阿炳的《二泉映月》时的表情。中国的二胡独奏，一个在黑暗中流浪的凄苦的音乐家内心的感叹，一脉晶莹清澈的流泉，变成了西洋管弦乐队的合奏，变成了灯火辉煌中的大合唱，变成了汹涌激荡的波浪。小泽征尔一定了解阿炳，一定能想象瞎子阿炳如何孤独地面对着泉水拉琴。音乐家的心灵，无须解释，无须说明，只要音乐飘起，一切都已沟通，就像泉水沿着石滩蔓延，瞬间就灌满了所有无形的和有形的孔穴裂缝。我看到小泽征尔的眼里闪烁着晶莹的泪花，凄美的《二泉映月》和他的泪花，是一种感人至深的结合。

卡洛斯·克雷伯大概是当今指挥大师中最富有魅力的人。人们永远无法忘记，那一年他在维也纳金色大厅的新年音乐会上指挥斯特劳斯圆舞曲的身姿，那根小小的指挥棒在他的手中跳起了神奇的舞蹈，他的全身的关节都随着舞曲的节奏舞蹈，然而却不夸张，不张扬，不轻佻。在他的感染下，乐队，听众，几乎都产生了随音乐翩然起舞的欲望。金色大厅每年都有演奏斯特劳斯圆舞曲的新年音乐会，然而没有哪一年像克雷伯的指挥那样，将音乐厅里的气氛调节得如此优雅而热烈。

克雷伯大概属于现代社会中不多的精神贵族，据说他不太看重钱，对世界各地的演出邀请答应得很少，不合意的乐队和作品，他绝不会迁就。当然，他没有到过中国。克雷伯大概总是力图站在峰巅上诠释他想指挥的作品，而他常常是做到了。我有他的好几张唱片，其中有一张，是他指挥维也纳交响乐团演奏勃拉姆斯的《第四交响曲》，我以为这是演奏勃拉姆斯这部作品的最出色的录音。在勃拉姆斯略带伤感的旋律中，我能想象克雷伯的忧郁严峻的神情。

梅塔是印度人，我见到他时，他是以色列国家交响乐团的首席

指挥。在上海那个陈旧的市府礼堂，他指挥以色列交响乐团，为小提琴家帕尔曼协奏。在中国人的眼里，梅塔的形象似乎不属于东方，他是白种人，他的外形和欧美的指挥家没有多少区别。据说，因为指挥演奏瓦格纳的作品，他在以色列遭到很多犹太人的谴责。对梅塔来说，这大概是一件很冤枉的事情，一个指挥家，拒绝瓦格纳，不可思议。因为当年希特勒喜欢瓦格纳，瓦格纳就和纳粹联系在了一起，这对瓦格纳也不公平。瓦格纳会同意希特勒屠杀犹太人吗？不过梅塔还是留在了以色列国家交响乐团。瓦格纳的雄浑辽阔和梅塔刚性的风格倒是有几分吻合。只是他在以色列大概很难有机会指挥瓦格纳了。

那天，是听帕尔曼演奏门德尔松的《E小调小提琴协奏曲》，身材粗壮的梅塔和坐在轮椅上的帕尔曼的合作，大概可称之为天作之合。梅塔的指挥风格属于外向型，动作刚劲有力，和他粗犷的外表非常协调。然而门德尔松的这部协奏曲却绝非粗犷和刚劲所能传达，那是春天的声音，其中有春日最细微的气息，有树林里的微风，阳光下的雨滴，草叶尖上的露珠，有晶莹的细流蜿蜒在花丛之中……梅塔收敛了他的刚劲，轻轻挑起他的指挥棒，小心翼翼地引导着乐队，恰到好处地调节着小提琴背后的声浪。此时他的神情和动作，是雄狮走钢丝，是猛虎舔幼犊。梅塔和帕尔曼两人在音乐中交流眼神的情景，使我心弦颤动。而这种交流，融化在神奇的音乐里，把春天的万种风情铺展在我的面前。

说到梅塔，很自然地想起了德国的指挥家富特文格勒。有人把他称为幽灵，有人索性认为他就是贝多芬的代言人，是贝多芬的灵魂再世。因为，从来没有一个指挥家能像他那样深刻地理解贝多芬，能像他那样将贝多芬的交响曲诠释得如此精妙而震撼人心。在他面前，后世的几乎所有指挥大师都自叹不如。在二十世纪前半叶，他曾经独领风骚。与富特文格勒合作过的乐手这样回忆：他只要往那儿一站，音乐的神性便会涌来，人们几乎本能地要往他的棒下"跑"。阿巴多说：

赵　丽　宏
散 文 精 选

"富特文格勒走上台的那瞬，时空像是凝固了，观众和乐队如遭闪电袭击、撼动。"然而在希特勒时代，这位指挥大师被魔鬼缠身，他曾是纳粹的一分子，成为希特勒最赏识的音乐家。战后，富特文格勒被送上审判台，他难以为自己的行为开脱。有人把他比作歌德笔下的浮士德，为了追求世俗的欲望，不惜把灵魂出卖给魔鬼。我看过以富特文格勒为原型拍摄的电影《糜菲斯特》，把纳粹时代一个音乐家灵魂的扭曲展现得惊心动魄。

由才华而来的荣耀，以及为保持这荣耀的曲意逢迎，使一个音乐家失去了纯洁和纯粹。

我无法听到富特文格勒指挥的贝多芬交响曲，更无法看到他站在乐队前舞动指挥棒的姿态，也无法想象贝多芬的灵魂曾经怎样附在他的指挥棒上。说他空前绝后，我不相信。因为贝多芬之魂不会消失，只要人类的情感会继续被他留下的音乐震撼，就一定会出现新的大师更出色更传神地诠释贝多芬。而富特文格勒留在我心中的，只能是一个面目不清的背影。

在中国，除了音乐界的人们，有谁知道瓦莱里·捷尔吉耶夫？但他无愧于大师的称号。他以自己的勇气和魄力，也以自己的才华和魅力，使一个衰落的乐团重振雄风。我曾两次听他指挥的音乐会，一场是他指挥马林斯基交响乐团的音乐会，演奏柴可夫斯基的《B小调第六交响曲》和马勒的《D小调第三交响曲》，另一场，是歌剧《叶甫根尼·奥涅金》。这是一个激情洋溢的指挥，高高的个子，瘦削的脸，一双眼睛深陷在眼眶中，目光炯炯逼人，脸上虽然留着短短的络腮胡子，却依然显得年轻英俊。他站在乐队前，只要一开始动作，浑身上下便洋溢着生命的活力，散发出阳刚之气。他的鬈发和胡子、他的深邃的目光、他的动作，都使我联想起诗人普希金。在圣彼得堡的普希金故居，我见过一幅普希金的油画像，画像上诗人的形态和神情，都非常像这位俄罗斯指挥。捷尔吉耶夫站在乐池里指挥歌剧《叶甫根尼·奥涅金》时，我听着音乐和歌声，眼前仿佛出现了幻觉：我看到

普希金正背对着我，有声有色地朗诵着自己的诗篇，天地间回响着他深情的吟哦。

大师们使人间的梦幻成真，使遥远的历史失去了空间和距离。

永恒

长江边，采石矶，有李白的墓。后世诗人凭吊李白墓后，留下无数诗篇。我记忆中印象深刻的是白居易的一首："采石江边李白坟，绕田无限草连云。可怜荒冢穷泉骨，曾有惊天动地文。"

白居易和李白生活的年代相隔不远，凭吊景仰的先人，有些伤感。也许，当年的李白墓，野草丛生，一派荒凉，白居易睹物生情，为李白鸣不平。他见过长安城外那些豪华的帝王陵寝，和简朴荒凉的诗人墓地，有天壤之别。当时皇家搜刮到的民脂民膏，很大一部分都用来建造皇陵，世人习以为常。我相信，白居易心里还有一层意思，没有说出口，尽管面前的诗人墓地只是一个荒冢，但人人都记得才华横溢的李太白，记得他的那些美妙诗篇。诗人的墓地是否豪华，是否能保存千古，其实没有什么关系。关键，是"曾有惊天动地文"，诗人的生命，不在坟墓中，而在他创造的美妙文字中，他的诗活着，在被人吟咏传诵，他的生命就在延续。这样的永恒，比刻在石碑上的文字，生命力不知要强大多少。这样的情形，李白曾用两句诗形象深刻地表达过：

屈平词赋悬日月，楚王台榭空山丘。

屈原生前为了获得楚王的信任,为了说服楚王采纳他"美政"的主张,忍辱负重,不屈不挠,不惜奉献自己的生命。而楚王生前高居宫堂,俯瞰众生,掌握着所有臣民的生杀大权,三闾大夫屈原,在他眼里不过是棋盘上一个可有可无的卒子,屈原的声音,也只是风过耳,不管是他的谏告,还是他的辞赋。然而千年之后,谁还记得楚王?屈原的诗,却一代又一代地传下来,成为中国人智慧、情操和想象力的结晶。

白居易凭吊李白的那首诗中,用了"可怜"两字,我以为大可不必。可怜的不是李白,而是和李白同时代的那些曾经不可一世的权贵们。后人陶醉在李白的诗篇中时,谁也不会去想念那些早已在地下化为泥土的昔日王公。

又想起了莎士比亚的诗句,和李白有异曲同工之妙:

> 没有云石或王公们金的墓碑,
> 能够和我这些强劲的诗比寿;
> 你将永远闪耀于这些诗篇里,
> 远胜过那被时光涂脏的石头。

松风

　　二十多年前游黄山，在山上的小旅店过夜。那是一个无云的夜晚，星月清朗，踏着星光在旅店外的小径散步。小径边上，是一大片黑松林，月光为起伏的树冠镀上一片晶莹的银光，如雪压松影。突然起风，虽只是微风，却使路边的松树集体摇动，飒然作声。风似乎是从地下冒出，在松林里盘桓回旋，撼动了每一片枝叶，然后从松林中飘出，把我包裹。这风有点神奇，它仿佛挟带着松树的呻吟和呼喊，嘈杂而深沉，如潮汐之韵。这时，脑子里突然想起三个字："风入松"。这是一个古琴曲的曲名，我没有听过这支古曲，此时听这月下松林传来的奇妙风声，觉得这就是《风入松》的韵律。如此奇妙的天籁之声，人类的乐器能重现它们吗？我很怀疑。

　　《风入松》，相传是嵇康创作的古琴曲，后来成为词牌名。古人的诗中，常出现"松风"两字，也常常将这两个字和琴声联系，大概就是起源于此。我记忆中最熟悉的，是刘长卿的五绝《弹琴》："泠泠七弦上，静听松风寒；古调虽自爱，今人多不弹。"还有王维的诗句："松风吹解带，山月照弹琴。"李商隐的诗中也有类似句子："欹冠调玉琴，弹作松风哀。"宋词中，也有松风和琴声的交会，如张抡的《阮郎归》："松风涧水杂清音，空山如弄琴"，是很传神的句子，松风和流泉之声交融，在山中回旋，整座空山，犹如一挂巨大的古琴在

鸣响。

有过黄山夜过松林的经历,对古诗中写到的松风,便有了形象的认识。其实,古人的诗中,写到"松风"时,未必和琴声相连,那是对自然和天籁的描绘,在文人的眼里,松树是值得讴歌的形象,也是可以亲近的生命。譬如唐诗人裴迪的《华子岗》中有这样两句:"落日松风起,还家草露稀",诗中的"松风",和"草露"对应,写的是日常生活景象。李白的《下终南山过斛斯山人宿置酒》一诗中,写到松风时颇带感情色彩:"长歌吟松风,曲尽河星稀。我醉君复乐,陶然共忘机。"山间松风,居然值得诗人以"长歌"吟咏。

《清诗别裁》中有清初诗人赵俞的七绝《溪声》:"结庐何日往深山,明月松风相对闲。但笑溪声忙底事,奔流偏欲到人间。"读此诗,感到面熟,很自然想起李白的《山中答问》:"问余何意栖碧山,笑而不答心自闲。桃花流水窅然去,别有天地非人间。"两首诗,韵同,意境也差不多,毫无疑问,这是赵俞模仿李白,不过,他用"松风"取代"桃花",诗中的画面和色彩,翻出了一点新意。

春在溪头荠菜花

满眼不堪三月喜,举头已觉千山绿。

这是辛弃疾《满江红》中的两句诗,把春三月的气象写得气韵十足。举头满眼春色,千峰万岭皆绿。以这样阔大的气势表现春色,体现了这位豪放派诗人的风格。不过,我更喜欢他另一阕写春光的《鹧鸪天》:"陌上柔桑破嫩芽,东邻蚕种已生些。平冈细草鸣黄犊,斜日寒林点暮鸦。 山远近,路横斜,青旗沽酒有人家,城中桃李愁风雨,春在溪头荠菜花。"

这是一幅描绘春景的工笔画,有远景,有近景,有天籁声色,也有人间烟火。最让人读而难忘的,是最末一句:"春在溪头荠菜花。"春天的脚步,就落在溪边那些不起眼的小小荠菜花上。在乡间,我见过河畔路边的荠菜花,那是米粒大小的白色野花,星星点点,可亲可近,它们在使我感受春色降临的同时,很自然地想起辛弃疾的这句诗。古人写春天的诗词中,"春到溪头荠菜花"是最动人的诗句之一,如此朴素平淡,却道出了春天铺天盖地而来的魅力。

韩愈的《早春呈水部张十八员外》,和辛弃疾的荠菜花有异曲同工之妙。韩愈诗中写的是春天的小草:"天街小雨润如酥,草色遥看近却无。最是一年春好处,绝胜烟柳满皇都。"此诗中,最妙一句,是"草色遥看近却无",春雨中,绿草悄然萌发细芽,远看一片青翠,

赵丽宏　绘

音乐伴我行走,
身体和灵魂都被神奇的旋律笼罩,
那是全身心地沉浸。

近处却看不真切，若有似无，撩人遐想。韩愈认为，这样的乡野草色，远胜过京城烟柳。

古人咏春，注重自然细节的变化，辛弃疾的荠菜花，韩愈的草色，都是成功的范例。春风中，天地间万物复苏，到处是生命的歌唱，在古老的《诗经》中，已能听到诗人在春色中抒情："春日迟迟，卉木萋萋。仓庚喈喈，采蘩祁祁"，春日来临时，花木葳蕤，百鸟鸣唱，一派生机盎然。宋人姜夔游春，被麦田中的绿色陶醉："过春风十里，尽荠麦青青。"唐人李山甫咏春景，也写得有趣："有时三点两点雨，到处十枝五枝花"，这是清明时节的风景。朱熹的《春日》中有名句："等闲识得东风面，万紫千红总是春"，那是春深似海的景象了。

李贺也曾被春天的美景陶醉，他那首题为《南园》的七绝写得优美细腻："春水初生乳燕飞，黄蜂小尾扑花归。窗含远色通书幌，鱼拥香钩近石矶。"诗中写到春水、乳燕、蜜蜂、花、鱼，意象缤纷，春意灵动。

古人的咏春诗中，有不少写人和自然的交融，这又是另一番情韵。杜牧的《江南春》，可谓妇孺皆知："千里莺啼绿映红，水村山郭酒旗风。南朝四百八十寺，多少楼台烟雨中。"这首诗中，自然美色和人间风景在春日烟雨中融为一体，犹如一幅彩墨长卷。清人高鼎的《村居》，也是写春景，却是另一种风格的风情画："草长莺飞二月天，拂堤杨柳醉春烟。儿童散学归来早，忙趁东风放纸鸢。"青绿山水中，孩童在柳烟中奔跑，风筝在蓝天上飘飞，春天把生机和欢乐带到了人间。

不熄的暖灯
——怀念冰心

前几天，我在新加坡出席一个国际文学研讨会，来自世界各地的作家聚集一堂，对文学与自然环境的关系各抒己见。这本是一次欢悦的聚会。3月1日早晨，研讨会的东道主，新加坡作家协会主席王润华见到我，满脸肃穆。他告诉我："昨天晚上，冰心去世了。"这不幸的消息，使参加研讨会的作家都沉浸在悲伤中。参加会议的作家，不管是来自中国的还是来自海外的，大多都是热爱冰心的读者，很多人曾面聆她的教诲。多年前拜访过冰心的日本女作家池上真子叹息道："她是一个了不起的人。"

听到冰心去世的消息，我很难过。离开会场，我一个人面对葱翠的热带雨林，遥望着北方，默立良久。一位一生笔耕的老人，以九十九岁的高龄辞世，可以说是一个奇迹。然而我相信，此刻，所有的中国作家，所有喜欢冰心作品的读者，都会为她的离去而惋惜悲痛。冰心这个名字，代表着一个时代，她是20世纪中国新文学的高峰之一，她的那些洋溢着博大爱心的优美文字，影响了中国的几代读者。在20世纪的最后二十年中，她和巴金一起，以自己的真诚而独特的声音，向世人展示了中国知识分子深邃的良知。他们是时代的良心，是人们心中的明灯。

在我的印象中，冰心是一位慈祥智慧的老人，想起她，我的心里

总是荡漾着一种难以言喻的亲切感。那几天，新加坡的报纸都以很大的篇幅刊登冰心的照片和有关她的报道。看着她的照片，我情不自禁地想起了我和她的一次难忘的会面。那是1990年12月9日下午，我到她家里去看望她，冰心在她的书房里接待我。在见到她之前，我心里既激动又不安，唯恐自己打搅了她。见面时，她拉着我的手，笑着说："久仰久仰，我读过你的文章。"我问她身体怎么样，她又孩子般调皮地一笑，答道："我嘛，坐以待毙。"她的幽默驱散了我的紧张。

那天，她的兴致很好，我们谈了一个多小时，她一直在不停地说，话题从文学、历史谈到时下的社会风气。老人思路清晰，对社会生活非常了解，对国内外的事件和人物有深刻独到的见解。我谈到自己从她的作品中得到的教益时，她说："你读过我最短的一篇文章吗？只有五十个字。你不会看到的，给你看看吧。"说着，她从书橱里拿出一本书，书名为《天堂人间》，是一本很多人怀念周恩来的书，她为这本书写了一篇极短的序文，全文只有三句话："我深深地知道这本集子里的每一篇文章，不论用的是什么文学形式，都是用血和泪写出他们最虔诚最真挚的呼号和鸣咽。因为这些文章所歌颂的哀悼的人物是周恩来总理。周恩来总理是我国20世纪的十亿人民心目中的第一位完人！冰心泪书。"她喜欢这篇写于1988年初的短文，大概是因为这些文字也表达了她对周恩来的感情。她对我说："文章不在乎长短，只要说真话，短文也是好文章。"

冰心的书房很简朴，家里的陈设也极简单。她说："有人建议，要我把家里弄得豪华一点。我不知道什么叫豪华。不过有现成的标本。前些日子有一位海外来客，访问我之前先去拜访了一个领导人，他说，那领导人家里的豪华，不亚于日本天皇。"说这些话时，冰心的脸上露出不屑的神情。我们谈到了社会风气，谈到了老百姓深恶痛绝的腐败，她用忧虑的口吻议论道："古人说，大丈夫'威武不能屈，富贵不能淫'，前面一条，很多人做到了，后面一条，我看现在很多人做不到。"我们还一起议论了很多其他事情，老人兴致勃勃，谈笑风生，说了一些流传在民间的笑话，引人发笑，她自己也忍不住笑。临走的时候，我把自己刚出版的一本散文选送给她，我在扉页上这样写："敬爱的冰心老师：在风雪弥漫的日子里，你的正直和诚实为我们点燃了温暖的灯。"这些话发自我的肺腑。她仔细看了我的题字，微笑着说："谢谢你写得这么好。"说罢，从书橱里拿出一本《冰心文集》第五卷赠我，并在扉页上为我题写了一句话："说真话就是好文章。"

我和冰心的会面，仅此一次，我永远也不会忘记。她对我说的那些话，至今常常在我的心头萦绕。这次会面的一年之后，我写完了反思"文革"的散文集《岛人笔记》，想请冰心为这本书写一篇序。我给她写了信，并寄去了其中的部分文章。不久后，老人就给我回了信，信写得很短，然而含义幽邃，引人深思。她在信中说："'文革'是大家的灾难，我们都有同感，现在回想起来，这件事使我大彻大悟，知道'尽信书则不如无书'的古训，个人崇拜是最误人的东西。"她在信中告诉我，她身体不好，住了几天医院，"恕我不能写序了，写个书字，如何？"信中寄来了她用毛笔写在宣纸上的《岛人笔记》四个字。我的《岛人笔记》虽然没有冰心的序文，但有了她为我题写的书名，使我欣慰。书法家周慧珺看到冰心为我题写的书名后，称赞她的字写得好，说冰心的字清秀脱俗，有骨力，就像她的为人。

最近几年，每次去北京，都很想去看望她，知道她生病住院，不敢随便打扰她，只能在心里默默地祝愿她健康长寿。现在，这位可敬的老人已经离我们而去，谁也无法改变这令人心痛的事实。然而，一个伟大的作家，她的精神是不死的。她留给世界的智慧和情感，绝不会随她的生命结束而消失，它们犹如一盏不熄的暖灯，映照在人类的道路上。冰心不仅属于20世纪，她的璀璨才华和高尚人格，将伴随我们这个民族走向未来。

音乐散步

近来，每天晚上在延安路高架边的花园里散步。夜晚花园里人少，尤其是天寒之时，约会的恋人也不在这里停留。而散步，这里是好地方。沿着林中曲径疾步行走，踏遍了花园中的每一个角落，认识了路边的每一株花木，还有灌木丛中的一群野猫。行走时，尽管可以让思绪随夜风飞扬，但一圈一圈地走，总有些寂寞，于是想到让音乐做我的散步伴侣。方法很简单，带一台随身听，每次散步，听一盘CD。踏进夜色迷蒙的花园，音乐就在耳畔响起。音乐是何等奇妙，它们永不重复，每次聆听，都会有变化，因为，听者的心情不一样，周围的环境也可能不同。它们时而激越，时而温柔，时而如涛声轰鸣，时而如微风和煦，时而如壮士的高声呐喊，时而如情人的委婉倾诉……

音乐伴我行走，身体和灵魂都被神奇的旋律笼罩，那是全身心地沉浸。

一

2003年4月6日。晴。听巴赫的无伴奏大提琴组曲。演奏者是俄罗斯大提琴家罗斯特洛波维奇（Mstislav Rostropovich）。由EMI公司录制于1995年。一把大提琴，孤独地在黑暗中鸣响一个多小时，如同一个沉思者优美而饱含忧伤的吟唱，不时拨动我的心弦。对巴赫来说，写这样的曲子时，心情大概和写交响曲和协奏曲完全不一样。这是静夜里一个人的冥想。他想起了什么？是从小就困扰着他的那些百思而不得其解的疑问？是迷离飘忽而无望的爱情？是梦中听见远去的故人在低声叹息？是走出教堂后看见人间的炊烟在天上飘舞？是幽密山林中没有结果的追寻？是孤身一人在湖波中游泳，湖水冰凉，必须奋力击水，才能游向远方朦胧的湖岸？……他是否想起这些，我不知道，也许都是，也许都不是。

罗斯特洛波维奇我见过一次，也听过他的一场演出，虽然过去好几年，至今记忆犹新，仿佛就在眼前。那晚他拉的是海顿和德沃夏克的大提琴协奏曲，站在他身旁指挥的是小泽征尔。拉完了节目单上的曲子，在无法停息的掌声中，他加演了巴赫的无伴奏大提琴曲，是这盘CD中的一段。此刻听他的琴声，眼前自然出现他拉琴的形象，出现他那双灵活的手，出现那把在四根弦上滑行蹦跳的弓……

走出花园时，抬头但见新月如钩，挂在晃动的树梢上，悬在灯火通明的大楼腰间。这是神秘而又奇妙的景象。

二

4月7日，有薄云。昨天听大提琴，今天听小号。那是日本一家唱片公司翻录苏联的一张唱片，演奏者是俄罗斯天才的小号手多克谢特沙（Timofei Dokshitser），由莫斯科室内管弦乐团伴奏。两首小号协奏曲，都是降E大调小号协奏曲，一首是海顿的，另一首是胡梅尔的，是我熟悉的曲子，从前曾无数次听过。海顿的这首小号协奏曲，是小号曲中的经典之作，表达的是一种优雅平和的情绪，但也有激愤和忧郁掺杂其间，就像一个绅士漫步山林，本想保持着他的优雅风度，却被脚下的崎岖所扰，引出心中的愤懑。这是真实的人生和艺术家生涯的状态。穿着宫廷服装的海顿，其实心态和宫廷外的平头百姓一样。

这曲子中，有婉转的倾吐，有低回的沉思，也有高亢的呼喊。大概世界上所有小号演奏家都吹过这曲子，我收藏的就有三种不同的版本。而胡梅尔的曲子，似乎更为开阔明朗，激情也更甚于海顿。胡梅尔和海顿是同时代人，都是十八世纪重要的作曲家。但胡梅尔生前身后的名声都远不如海顿，存世的作品也少得多。这两首小号协奏曲，创作的年代相隔不远，海顿在前（1796），胡梅尔在后（1803），但它们的命运却大相径庭。海顿的曲子自问世以后便被无数人演奏着，成为两个世纪以来最有名的小号协奏曲。而胡梅尔的这支协奏曲，却默默地在他的曲谱稿中沉睡了一百五十余年。1958年，美国小号演奏家阿曼多·奇塔拉（Armando Ghitala）首演了这支协奏曲，当时的反响，如同石破天惊，所有人都惊异，如此美妙的作品，为什么会沉寂这么久？我没有听过奇塔拉的演奏，他已经在两年前去世。我想，作为一个音乐家，他发现了胡梅尔的这部遗作，并向世人展现了它的非同凡响，就凭这一点，他就应该名垂千古。而在他的艺术生涯中，最重要的事件，就是首演胡梅尔的小号协奏曲。因为奇塔拉，这首曲子不胫而走，成为小号手们最喜欢的作品。它的旋律，也成为人类最熟悉的美妙旋律之一。也许，在古典作曲家写的小号曲中，这两首降E大调协奏曲是两座比肩的高峰。

　　我不知道用什么来形容多克谢特沙的演奏，他那把小号的音质，是其他小号手所没有的，他的风格，既有将军的狂野和锐气，也有文人的清灵和细腻。在他的号声中，仿佛有一伟汉顶天立地，昂然独立，俯瞰天下，正用他骄傲而独特的声音指点江山。那两首协奏曲有几段无伴奏的小号独白，飘忽在高音区的号声晶莹而圣洁，如一把钻石在阳光下飞撒而过……

　　今晚有雾，夜空中看不见星星，那一弯新月也显得朦胧不清。但听着多克谢特沙的小号，犹如看见一道道耀眼的剑光从眼前划过，劈碎了黑暗和云雾。

面对永恒

在荷马之后,豪尔斯·路易斯·博尔赫斯也许是世界上最了不起的盲人作家。太阳每天慷慨地普照着阿根廷的平原和群山,却无法照亮博尔赫斯眼前的道路。他必须被人搀扶引导着,一步一步小心翼翼地走向他的目的地。然而他却用光彩四溢的文字,把一条宽广奇异的大道展现在人们的面前。他在自己的诗歌中写道:"上帝同时赐给我黑暗和智慧。"他的智慧在黑暗中闪烁着耀眼的光芒。面对着他的浩如烟海的著作,人们不知道究竟称他什么更合适:诗人、小说家、评论家、哲学家、学者……每一种称号,对他都切合,但又不全面。记得多年前我读他的一首题为《瞬间》的诗歌,深深地被他在诗歌中营造的那种玄妙幽深的气氛吸引,奇特的意象,令人回味无穷的哲理,使我领略了他精神世界的多姿多彩。"现时孤孤单单,记忆建立着时间。""转瞬即逝的今天是微弱的,永恒的;你别指望另一个天堂和另一个地狱。"这些诗句经过翻译大概已失去了原有的韵律,但还是能让人读而难忘,因为,它们蕴藏的精神触角和哲理光芒,并未随语言的转换而消失。

这几年,我至少在不下十位中国作家的小说或散文中看到博尔赫斯的名字。中国的作家们或是在自己的作品中引用他的语言,或是在文章中传播他的见解。这使我想起了博尔赫斯的一段话:"每当我们

重温但丁或莎士比亚的一句诗，我们在某种意义上就回到了莎士比亚或但丁创作这句诗的那一时刻。总之，永生存在于其他人的记忆中和我们留下的作品中……从某种意义上说，我们每个人就是从前死去的一切人。不仅是和我们血统相同的人。"现在，他自己的话在世界各地被不同血统的人重温引用着，用他自己的理论来解释这样的现象，他已经活在了后人的心里，已经获得了永生。

其实，在生活中，永恒并不是什么至高无上的东西。永恒的状态，在这个世界不会消失，它们可能辉煌夺目，也可能极其平淡。当你在贝多芬的交响乐中激动不安时，你可能是体验到了那种辉煌的永恒，文明人类生存一天，这样激情磅礴的音乐就会使人激动一天。而当你走在崎岖的道路上饥肠辘辘时，其实也是体验到了一种永恒，人活着，就会有饥饿发生，永远如此。当我们在生活中感动或困惑，当我们在读到一篇精彩的文章时击节赞叹，心有共鸣时，我们便面对了某种永恒的状态。我们平平淡淡地活着，却每时每刻都面对着永恒。不过，一个写作者，如果心里老想着如何使自己的文字成为永恒，那大概有点滑稽，他的文字大体会在速朽之列。一个优秀的作家，写作时绝不会想着如何使自己的文字不朽，他要想的是，如何用最独特最自然的方式，把他的观察和思考，把他的憧憬和感悟，把他的故事表达出来，而这一切，都是因为生活中永恒的现象在他心中激起了波澜。博尔赫斯的一生，便是在用文字不断揭示他从生活中感受到的永恒。另一位杰出的阿根廷作家埃内斯托·萨瓦托曾经说："当在博尔赫斯的作品中挖掘的时候，就会发现各种不同的化石：异教创始人的手稿、'摸三张'牌戏的纸牌、克维多和斯蒂文森、探戈歌词、数学证明题、刘易斯·卡罗尔、埃利亚的芝诺、弗朗兹·卡夫卡、克里特岛的迷宫、布宜诺斯艾利斯郊区、斯图尔特·米尔、德·昆西、戴绷紧软帽的美男子……"这些"化石"，有些我熟悉，有些我认识，有些我完全陌生。但是，在阿根廷，在拉丁美洲，在世界各地，它们拨动了无数人的心弦。不同地域的不同的人，在他的不同的作品中寻找到了不同的共鸣。这就是博尔赫斯的魅力所在。

　　我想起了博尔赫斯的一篇散文《长城和书》。在博尔赫斯黑暗的世界里,中国的长城也在他智慧的视野之内。在这篇文章里,他谈到了中国的历史,谈了他对秦始皇焚书和筑长城的看法。在他的心目中,万里长城也是一种永恒。秦始皇为了炫耀帝国的强盛,为了塑造自己的形象而筑的长城,远比他的帝国和他的生命长久。岁月的风沙有一天会把长城湮没。然而作为历史,作为古代人类力量和智慧的象征,长城永远不会消失。人类精神的长城,是任何力量也无法摧毁的。读着这样的文字,我觉得博尔赫斯离我并不遥远,我甚至觉得他的形象已和我熟悉的长城叠合在一起,他正用他那双苍劲的手,抚摸着长城古老的城墙,一级一级往上攀登……

爱的魔力

爱是人类有别于其他生物的最重要的标志。爱使人世间产生了很多奇迹。浪子回头,哑巴说话,盲人重见光明,植物人恢复知觉……这样的奇迹,大量地被表现在文学作品中。爱也是很多悲剧的起因,莎士比亚在《罗密欧和朱丽叶》和《奥赛罗》中把这样的悲剧表现到了极致。

爱是人类心灵中最恒久的一种激情,这种激情自古以来一直是文学创作的动力和催化剂。

1911年春天,一个阴郁的黄昏,在智利中部的小城斯冷纳街头,突然响起了一记枪声。枪声中,倒下了一个年轻的小伙子。人们闻声赶来,只见他手中握着一支手枪,发热的枪管还在冒烟。年轻人失神的眼睛怅望着天空,脸上笼罩着悲伤和绝望。这个青年是谁?他为什么要自杀?人们在他的衣袋里发现了一张明信片,明信片上有他的名字:罗米里奥·尤瑞塔。写这张明信片的是一位姑娘,名字是加勃里埃拉·米斯特拉尔。明信片的内容很简单,文字也极冷静,是一封拒绝爱情的信。谁也不会想到,这一出爱情的悲剧,会成为一个伟大诗人走向文学的起因和开端。这位写明信片的姑娘,二十多年后将登上诺贝尔文学奖的领奖台,成为"拉丁美洲的精神皇后",成为闻名世界的诗人。

赵丽宏
散文精选

米斯特拉尔十七岁那年遇到年轻的铁路工人尤瑞塔，两人真诚相爱，却又因志趣不同而分手。尤瑞塔对米斯特拉尔念念不忘，然而米斯特拉尔不愿意和纵情酒色的尤瑞塔重新和好。痴情的尤瑞塔竟然走了绝路。尤瑞塔的死，在米斯特拉尔的心里留下了难以愈合的创伤。在哀伤和痛苦中，米斯特拉尔找到了倾吐感情、诠释灵魂创痛的渠道：写诗。她创作了怀念尤瑞塔的《死亡的十四行诗》，诗中那种刻骨铭心的爱，那种发自灵魂深处的真情，使所有读到它们的人为之心颤。她在诗中写道："我要撒下泥土和玫瑰花瓣，我们将在地下同枕共眠"，"没有哪个女人能插手这隐秘的角落，和我争夺你的骸骨！"她以这组诗参加圣地亚哥的花节诗赛，荣获第一名。人们由此记住了她的诗，记住了她的名字。

《死亡的十四行诗》充满了孤苦哀伤的气息，犹如绝望的爱情誓言。米斯特拉尔一生未婚。据说，除了尤瑞塔，她没有再爱过第二个男人。然而爱情却成了她毕生讴歌的主题。她在《我喜欢爱情》中这样写：

它给你缠上长长的绷带，你必须忍受创伤。
它献给你温馨的翅膀，你却不知它飞向何方。
它走了。你将神魂颠倒地尾随，尽管你发现：
你必须追随它，直到死亡……

作为一个杰出的诗人，米斯特拉尔并没有无止境地沉浸在个人的哀痛中，由痛苦而产生的爱，如同在风雨中萌芽的种子，在她的心中长成了一棵枝叶葳蕤的大树。这棵大树，向世人散发出智慧的馨香和博爱的光芒。米斯特拉尔在她的诗歌中讴歌男女间的爱情，也歌颂母亲和母爱，歌颂孩子和童心，歌颂气象万千的大自然，她把爱的光芒辐射到辽阔的地域。她的诗歌，流露出女性的温柔和细腻，表现出悲天悯人的博大情怀。爱人，爱生活，爱自然，这些就是她的诗歌的永

恒主题。我读过她的散文诗《母亲之歌》，在诗中，她把一个女人从十月怀胎到生下孩子的过程和柔情描写得婉转曲折，动人心魄。读这样的文字，使人感受到一颗善良的母亲之心是多么美丽动人。在她之前，大概还没有一个作家把女人的这种体验表现得如此深刻，如此淋漓尽致。发人深思的是，写出这作品的诗人，自己并没有生过孩子，没有当过母亲。其实，其中没有什么秘密，因为米斯特拉尔胸中拥有作为一个女性的所有爱心。1945年，米斯特拉尔获得诺贝尔文学奖，奖状上以这样的话评价她："她那由强烈感情孕育而成的抒情诗，已经使得她的名字成为整个拉丁美洲世界渴求理想的象征。"对于这样的评价，她当之无愧。

读米斯特拉尔的诗歌时，我会很自然地想起另一位获得诺贝尔文学奖的智利诗人聂鲁达。如果说，米斯特拉尔的诗是人类女性精神的美妙结晶，那么，聂鲁达的诗便是雄浑刚健的男性气质的荟萃。然而他们两人诗作的内核是共同的，那便是对人和自然的爱，对真理和理想的追求。智利这片狭长而多彩的国土，哺育了这样两位杰出的诗人，这是智利的光荣。

米斯特拉尔也常常使我联想起中国的一位了不起的女作家：冰心。六十多年来，冰心始终以博大而细腻的爱心面对世界，面对读者，使无数人沉浸在她用纯真高尚的爱构筑的艺术天地中。冰心的声音，也是中国知识分子和中国文学良心的一种象征。

表达了真爱的美妙艺术，是不会过时，也不会黯淡的。只要文明人类还在追寻这样的爱，米斯特拉尔和冰心，她们的作品就永远会有新鲜的生命力。

真幻之间

"每部好小说都是一个关于世界的谜。"加西亚·马尔克斯这么说。

世界各地的评论家都认为,马尔克斯的长篇小说《百年孤独》,写的是布恩蒂亚家族的传奇故事,影射象征的却是拉丁美洲近百年的血泪历史。这种情形,就像很多中国的评论家在《红楼梦》中读到了"封建社会的盛衰史"一样。我不是评论家,对拉丁美洲的历史和现状大概也谈不上熟悉。面对着《百年孤独》这样的小说,我只是一个好奇的读者,使我感兴趣的是小说中那些性格鲜明的人物,是他们跌宕起伏、难以预测的命运,是那些怪异的事件,荒诞的气氛,那些斑驳陆离的浓郁地方色彩,还有小说那种既流畅又独特的叙述方式。读《百年孤独》,似乎是在读一部纪实小说,却又不时离开现实进入神话的境界。在小说中,把神话和现实如此奇妙地交织为一体而不使人感到牵强,实在是大师所为。另外一位南美作家若热·亚马多的小说,也以怪异魔幻闻名,然而读他的小说,常常会想到这是作家挖空心思在编一个荒诞的故事,感觉是在读现代人写的神话。离奇则离奇矣,可读完之后,值得回味的东西反而不太多了。亚马多的长篇名著《弗洛尔和她的两个丈夫》,留给我的就是这样的印象。

优秀的小说家人人都应该是虚构故事的能手,形形色色的人物在

他们的故事中歌哭言笑、悲欢离合,无所不能。一个人,或者一个家族的经历和命运,往往就构成了一幅色彩旖旎的巨幅风俗画。这样的画,引人入胜,却未必一目了然。那些能引起读者无穷联想、猜测,而又不至于叫人费尽心机,最终失去耐心和兴致的,必定是传世佳作。《百年孤独》便是这样的小说。太简单,或者太繁复,都会使读者失去兴趣。太简单的小说,故事平淡,作者也没有才情,当然绝不可能成为名著。而太繁复的小说(也就是马尔克斯说"玩花招玩过了头"的小说),即使为作家带来盛誉,却仍然难以亲近一般的读者,譬如詹姆斯·乔伊斯的《尤利西斯》。

拉丁美洲的不少小说家都是制造繁复的高手,如墨西哥的鲁尔福,危地马拉的阿斯图里亚斯,阿根廷的科塔萨尔,智利的多诺索,秘鲁的略萨,等等,然而他们大多掌握了一个不至于让人生畏的适度。胡安·鲁尔福的《佩德罗·巴拉莫》,也许是这种能被人接受的繁复中的极限,假如再"魔幻"一点,读者就可能会生畏以致生厌。

马尔克斯在谈创作时,曾经这样说:"事情,无论是普通的还是神奇的,我幼年时候都经历过。""我生长在加勒比,我逐国逐岛地了解它,也许我的失败就来源于此,我从来没有想到也未能做到任何比现实更为惊人的事,我能做的最多也只是借助于小说把现实改变一下位置,但我的任何一本书中没有一个字是没有事实根据的。"这样的话,使我感到了他的严谨,也使我产生了疑惑。"没有一个字不是没有事实根据的",那些死而复生的古人,那些对未来无所不知的方士,那些神话般的故事……可能吗?其实,问题是,马尔克斯所谓的"事实",究竟指什么。是可以用现代科学加以验证的客观现象,还是指曾经在生活中发生过,在人群中流传过,在人心中翱翔过的各种各样的现象、传说和想象?马尔克斯所指,定然是后者。在另一篇谈创作的文章中,他自己证实了这样的观点。他说:"对我来说,最重要的问题是打破真实事物同似乎令人难以置信的事物之间的界线,因为在我试图回忆的世界里,这条界线是存在的。"在讲那些荒诞的故事时,

赵 丽 宏
散 文 精 选

"必须像我外祖父母讲故事那样老老实实地讲述。也就是说，用一种无所畏惧的语调，用一种遇到任何情况、哪怕天塌下来也不改变的冷静态度，并且在任何时候也不怀疑所讲述的东西，无论它是没有根据还是可怕的东西，就仿佛那些老人知道在文学中没有比信念本身更具有说服力的了。"确实，在读《百年孤独》时，我感觉到了他的这种心态。小说中的故事，绝不是上海人笑着说"像真的一样"，而是在用一种不容置疑的态度在说："这是真的。"

没有人说曹雪芹是"魔幻现实主义"，其实，《红楼梦》中有很多魔幻的情节，譬如"贾宝玉神游太虚境"，"贾天祥正照风月鉴"，等等。相信曹雪芹写这些情节时和马尔克斯有着相类似的心态。曹雪芹摇头叹息："假作真时真亦假。"马尔克斯却笑着说："假作真时未必假。"有事实为证：马尔克斯曾声称，在《百年孤独》中，只有一个情节是没有事实依据的想象，那便是小说结尾处的那个长着一条猪尾巴的婴儿。他本以为这种荒唐的想象与事实巧合的可能性最小。想不到，小说问世后，关于"猪尾巴"的真实故事从四面八方向他传来，有人在报上承认自己带着那样的尾巴出生，有人还给他寄来了一张来自韩国的照片，照片上有一个长着"猪尾巴"的小女孩。这使想象力过人的马尔克斯始料不及。

大千世界，无奇不有。小说家们，站在自己的土地上，大胆想象吧，千姿百态的生活是小说的基础，也是艺术的后盾。

流水和高山

在宁静的西湖畔，凝视波光潋滟的水面，我的心里回荡着音乐。

在九寨沟，欣赏那些水晶一般清澈晶莹的流水时，我的心里回荡着音乐。

在黄山，惊叹着群山千姿百态的变化时，我的心里回荡着音乐。

在黄河边上，看那混浊的急流翻卷着旋涡滔滔奔泻，我的心里回荡着音乐。

在峨眉山顶，俯瞰着在翻腾的云海中起伏的群山，我的心里回响着音乐。

坐船经过长江三峡的时候，面对着汹涌的急流和峻峭的危岩，我的心里回响着音乐。

……

面对着流水和高山，我想起了人类历史上两位最伟大的音乐家，他们是贝多芬和莫扎特。

也许有人会说，置身于中国的山水，你的心里为什么会回荡外国人的音乐？我想，答案其实很简单，美好的音乐没有国界，它们无须翻译，无须解释，便能毫无阻拦地逾越语言和民族的藩篱，沟通人类的心灵，拨动情感之弦。在大自然奇妙的韵律中，想起这两位音乐家，在我是情不自禁的事情，听他们的音乐时，我不觉得他们是外国人，

赵　丽　宏
散　文　精　选

只感觉他们是和我一样的人，他们用音乐表达对世界和生活的看法，用音乐抒发他们心中的诗意。他们的音乐感动了我，激动了我，他们的音乐把大自然和人的情感奇妙地融合为一体，使我恍然觉得自己也成了大自然的一部分，成了音乐中的一个音符。记得很多年前，在一些愁苦的日子里，我把自己关在屋子里，一遍又一遍倾听莫扎特的钢琴协奏曲，从他儿时创作的第一钢琴协作曲，一直到他晚年写的第二十七钢琴协奏曲，听着这些优美的钢琴曲，如同沿着一条迂回在幽谷中的溪涧散步，清凉晶莹的流水洗濯着我的疲惫的双脚，驱散了我心头的烦恼。

莫扎特的音乐如同清澈的流水，在起伏的大地上流淌。这流水时而平缓时而湍急，然而它们永远不会失去控制，始终保持着优美的节奏，它们在风景如画的旅途上奔流，绿荫在它们的脚下蔓延，花朵在它们的身边开放，百鸟在它们的涛声中和鸣，有时，也有凄凉的风在水面吹拂，枯叶像金黄的蝴蝶，在风中飘舞……这样的景象，绝不会破坏它们带来的美感。莫扎特的旋律中有欢乐，也有悲伤，但，没有发现他的愤怒。莫扎特可以把人间的一切情绪都转化为美妙动人的旋律，甚至他的厌恶。这是他的神奇所在。他的追求，何尝不是艺术的一种理想的境界？在人类艺术的长河中，有几个人能达到这样的境界？莫扎特为法国圆号写过几首协奏曲，都是为当时的一个业余法国圆号演奏家所作。莫扎特看不起这个没有受过多少教育的演奏家，在写给他的曲谱上，莫扎特用"笨驴、牛、笨瓜"这样的词儿来称呼这位演奏家，其厌恶之心溢于言表。然而不可思议的是，他在曲谱上写出的旋律，却是人间少有的优雅的音乐，这些音乐当时就让人着迷，它们一直流传到现在，能使现代人也陶醉在它们那迷人的旋律中。所以有人说，莫扎特是上帝派到人间来传送美妙音乐的特使。我想，只要人类存在一天，莫扎特的音乐就会存在一天，人世间的变化再大，人类也不会拒绝莫扎特的音乐，就像人类永远不会离开奔濯的流水。

曾经听到一些自称喜爱音乐的人宣称：不喜欢莫扎特。莫扎特太

甜美。仿佛喜欢了莫扎特,就是一种浅薄。这样的看法使我吃惊。在人类的历史上,有哪个音乐家为这个世界创造了如此丰富众多的美妙旋律?创造美,竟然可以成为一种罪过,岂不荒唐。我听过莫扎特生前创作的最后几部作品,他的第四十交响曲,他的《安魂曲》。这些在贫病交迫的境况中写成的音乐,把忧伤和困惑隐藏在优美迷人的旋律中,听这些旋律,只能使人对生命产生依恋,只能对生活产生憧憬。一个艺术家,面对着穷困和死神,依然为世界唱着美丽的歌,这是怎样的一种境界?把这样的境界称之为"浅薄",那才是十足的浅薄。

听贝多芬的交响曲,很少有人不被他的激情所振奋。即便是那些对音乐没有多少了解的人,也能在他气势磅礴的旋律中感受到生机勃勃的力量,感受到一种居高临下、俯瞰大地的气概。就像读杜甫的《望岳》,"会当凌绝顶,一览众山小"。音乐家把心中的音符倾吐在乐谱上时,灵魂中涌动着多少澎湃的激情?贝多芬的其他曲子,也有相似的特点。我很难忘记第一次听贝多芬的第五钢琴协奏曲时的印象,当钢琴高亢激昂的声音突然从协奏的音乐中迸出时,我的眼前也出现了流水,不过这不是莫扎特的那种缓缓而动的优雅的流水,而是从悬崖绝壁上倾泻下来的飞瀑,是从高耸入云的阿尔卑斯山上一泻千里的急流,这急流挟裹着崩溃的积雪和碎裂的冰块,它们互相碰撞着,发出惊天动地、惊心动魄的轰鸣。我无法理解,这样的音乐,为什么会有《皇帝》这么一个别名,不喜欢皇帝的贝多芬,难道会喜欢用《皇帝》来为这样一部激情铿然的作品命名?如果用"阿尔卑斯山"作为这部钢琴协奏曲的名字,该是多么贴切。在莫扎特的音乐中,似乎很少出现这样强烈的、激动人心的声音。如果是莫扎特的河流,他不会让流水飞泻直下,也不会让那些冷冽的冰雪掺和在他的清澈的流水中,他一定会寻找到几个平缓的山坡,让流水减慢速度,委婉地、迂回曲折地向山下流去。这样的流水,当然也是美,不过这是另外一种韵味的美。

在贝多芬的音乐中,我很自然地联想起那些高耸入云的山峰,它

赵丽宏
散文精选

们以宽广深沉的大地为基础,以辽阔的天空为背景。它们像自由不羁的苍鹰俯瞰着大地,目光里出现的是大自然的雄浑和苍凉,是人世间的沧桑和悲剧。只有那些博大的灵魂,才可能描绘这样气势浩大的景象。

然而,贝多芬的山峰绝不是荒山。他的山峰上有蓊郁的森林,也有清溪流泉。他的钢琴奏鸣曲《月光》,便是倒映着清朗月色的高山湖泊,他的那些优美的钢琴三重奏,便是清澈的山涧,在幽谷中蜿蜒流淌……当音乐跌宕起落、震天撼地时,他的山峰便成了洪峰汹涌的峡谷,轰然喷发的火山。

曾经听一位西方的指挥家这样评论贝多芬:他把心中的愤怒、焦灼和困惑直接用音乐宣泄出来。在他之前,还没有人这样做。这就是现代音乐和古典音乐的分界。这样的结论,对于音乐史或许有些武断,但作为对贝多芬的评价,却一点没有错,这大概正是贝多芬对现代音乐的贡献。把心中那些复杂焦虑的情绪化为音乐的旋律,也许改变了古典的和谐优雅,使有些人觉得惊愕,觉得不那么顺耳,然而这种复杂心情,绝非贝多芬一人心中所独有,他用如此强烈激荡的形式把这种心情表达了出来,当然能使无数人产生共鸣。对那些萎靡不振、沮丧悲观的灵魂,贝多芬的音乐是一帖良药。正如萧伯纳在《贝多芬百年祭》中所说:他不同于别人的地方,就在于他那令人激动的性格,他能使我们激动,并把他那奔放的激情笼罩着我们。贝多芬的音乐是使你清醒的音乐。

如果有人问我:面对着这样的流水和这样的高山,你更喜欢谁?我很难回答这个问题。最近读法国钢琴家大卫·杜波的《梅纽因访谈录》,书中,大卫·杜波问梅纽因:在贝多芬和巴赫、莫扎特之间,谁更伟大?这个问题使梅纽因颇费神思。他这样回答:"我没有必要把他们摆到同一水平线上去衡量,但我的生活中的确不能缺少他们之中的任何一位,除了贝多芬,我也不能没有莫扎特、巴赫、舒伯特及其他许多人。"我想,在音乐的世界里,不能没有贝多芬,也不能没

有莫扎特，少了他们两位中的任何一位，这世界就是残缺的。在这两个音乐大师中，谁也无法下结论说哪个更伟大，更了不起。就像在评价中国的唐诗时，你很难说李白和杜甫这两位大诗人中，谁更伟大，谁更了不起。如果把莫扎特比作流水，那么，贝多芬就是高山。流水和高山，都是大自然中最精彩的风景，流水的活泼清逸和高山的峻拔秀丽，同样令人神往。我们的大地上，不能没有流水，也不能没有高山。高山和流水，常常是那么难以分割地连在一起。高山因流水而更显其伟岸，流水因高山而更跌宕活泼。没有高山，也就不会有流水，而没有流水的高山，则必定是荒山。我并不关心人们怎样为莫扎特和贝多芬的音乐风格定义。古典主义也罢，浪漫主义也罢，这些帽子，怎么能罩住音乐塑造的丰富形象和复杂微妙的情感？

听莫扎特的音乐，你可以坐下来，静静地欣赏，犹如面对着水色潋滟、风光旖旎的湖水。你会情不自禁地陶醉在他的音乐中，让想象之翼做彩色的翔舞。

听贝多芬的音乐，令人激动，令人坐立不安。在那些跌宕起伏的旋律中，你仿佛疾步走在崎岖的山道上，路边万千气象，让你目不暇接。你也很可能产生这样的担忧：前面，会不会突然出现一个悬崖，会不会一失足跌落进万丈深渊？

这样的境界，都是诗意盎然的人生境界。

是的，莫扎特和贝多芬，常常使我想起中国的李白和杜甫。李白和杜甫虽然都生活在盛唐，却是一前一后，擦肩而过。然而两个人的诗歌一起留了下来，成为那个时代留给世界的最响亮最美妙的声音。李白和杜甫相处的时间极短，却互相倾慕、互相理解，并将文人间这种珍贵的友谊保持终生。"白也诗无敌，飘然思不群"，"笔落惊风雨，诗成泣鬼神"。这是年轻的杜甫对李白的赞叹。"不愿论簪笏，悠悠沧海情"。这是诗人对诗艺和友情的见解。而李白一点也没有因为年长于杜甫而摆架子，两人结伴同游齐鲁，陶醉于山水，分手后，互寄诗笺倾诉别情。李白诗曰："思君若汶水，浩荡寄南征。"杜甫也以诗抒

111

赵丽宏
散文精选

怀："寂寞书斋里，终朝独尔思。""罢琴惆怅月照席，几岁寄我空中书？"李杜之间的友情一如高山流水，绵延不绝。莫扎特和贝多芬也是同一时代的两位大师。对贝多芬来说，莫扎特是长者，是前辈，在艺术上，贝多芬对莫扎特满怀敬意，称他是"大师中的大师"。尽管他对莫扎特的生活态度不以为然。而莫扎特生前听到尚未出道的贝多芬曲子后，也曾真诚地预言说："有一天，他会名扬天下。"较之李白和杜甫，莫扎特和贝多芬之间的交流也许更少，两人之间大概也谈不上有什么友谊，但是作为音乐家，他们的心是相通的。在莫扎特《天神交响曲》震撼天地的旋律中，贝多芬大概终于忘记他所有的成见，因情感共鸣而手舞足蹈了……

莫扎特和贝多芬的时代早已远去。欣赏音乐的现代人恐怕不会去计较作曲家当时的身份，也不会去追索他对当时的皇帝持什么态度，更不在乎他当时穿的是"宫廷侍从的紧腿裤"，还是"激进共和主义者的散腿裤"。重要的是音乐本身，如果音乐家在作品中阐述了他对美的特殊理解，倾诉了他美妙的真情，那么，他的音乐就会长久地拨动听者的心弦。因为，他留下的旋律，是人类的心声，是美好感情的结晶，它们不会因为岁月的流逝而消失，也不会因为世事的更迁而变色。最无情的是时间——多少名噪一时的艺术，被时间的流水冲刷得一干二净，原因无他，因为它们不是真正的艺术。最公正最有情的也是时间——生时被误解，被冷落，死时连一口棺材也买不起，然而他的音乐却随岁月之河晶莹四溅地流向了未来。时间对他们来说绝不是坟墓，而是功率无穷的扬声器。

高山巍巍。流水潺潺。能在莫扎特和贝多芬的音乐中徜徉于美妙的高山流水，真是人类的福分。

第三辑　天籁和回声

光阴

谁也无法描绘出他的面目。但世界上到处能听到他的脚步声。

当枯黄的树叶在寒风中飘飘坠落时,当垂危的老人以留恋的目光扫视周围的天地时,他还是沉着而又默然地走,叹息也不能使他停步。

他从你的手指缝里流过去。

从你的脚底下滑过去。

从你的视野你的思想里飞过去……

他是一把神奇而又无情的雕刻刀,在天地之间创造着种种奇迹。他能把巨石分裂成尘土,把幼苗变成大树,把荒漠变成城市和园林。他也能使繁华之都衰败成荒凉的废墟,使闪亮的金属爬满绿锈,失去光泽。老人额头的皱纹是他镌刻出来的,少女脸上的红晕也是他描画出来的。生命的繁衍和世界的运动全都由他精心指挥着。

他按时撕下一张又一张日历,把将来变成现在,把现在变成过去,把过去变成越来越远的历史。

他慷慨。你不必乞求,属于你的,他总是如数奉献。

他公正。不管你权重如山,腰缠万贯,还是一介布衣,两袖清风,他都一视同仁。没有人能将他占为己有,哪怕你一掷千金,他也绝不会因此而施舍一分一秒。

你珍重他,他便在你的身后长出绿荫,结出沉甸甸的果实。你漠

赵　丽　宏
散　文　精　选

视他，他就化成轻烟，消散得无影无踪。

有时，短暂的一瞬会成为永恒，这是因为他把脚印深深地留在了人们的心里。

有时，漫长的岁月会成为一瞬，这是因为风沙淹没了他的脚印。

记忆中的光和雾

— 西窗语丝

一

走在人流汹涌的大街上，眼前晃动着无数个面孔。这些面孔，我都不认识，但又好像都似曾相识。记忆中的很多事件，很多瞬间，很多场合，和其中的一些面孔有着关联。我想细究其中的秘密，但他们只是在我的眼前一晃而过，留不下任何痕迹。

二

记忆有时是刻在石头上的线条，那么深刻，岁月的流水无法将它们磨平。譬如童年时，一次在铁路轨道边上行走，突然有火车从后面奔驰过来，巨大的火车头喷吐着白烟，裹挟着可怕的旋风，从我的身边呼啸而过，那雷鸣般的声音，几乎将我的耳膜震破，而那旋风和气流，差点把我卷进车轮。虽然只是一个瞬间，但再无法忘记。此后，看到铁轨便害怕，一直到成年。现在想起来，那个可怕的瞬间依然清晰如初。

有时记忆却像云雾，飘忽在遥远的山谷里。

赵 丽 宏
散 文 精 选

三

生命犹如一本画满风景的长卷。可是在丰富的色彩中,一定会留有很多空白。用什么来填补这些空白呢?也许是一声叹息,是无奈怅惘的一瞥,是迷途中无望的呼喊和挣扎。也许是一段音乐,我曾在不同的时候,不同的地点反复地聆听,我的心弦不断被它拨动。但我却至今不知道这是谁写的曲子。

四

那盏旧台灯,终于不再能发出光亮。但我仍然让它站在我的书桌上,仍然在读写时习惯地看它一眼,尽管它已经不能为我照明。发光的是另一盏新的灯,光亮也胜过旧灯。

可是我总在想,曾经为我驱逐过黑暗的那一缕光明,还在这个世界上吗?

五

为什么我喜欢青花?它们在古老的瓷器上散发着沉静的光芒。线条是活泼的,图纹是优雅的,浮躁的思绪会被那蓝色融化,使我想起宁静的湖,想起烟雨笼罩的青山,想起从竹林中飘出的琴瑟之音。

譬如我桌上那一只小小的青花瓷盘,上面描绘着飞禽走兽,鹿、喜鹊、鹤、蝈蝈、鱼,完全不照比例和常规来画,鱼在天上,鸟在水中,鹿在云湖之间。绘画者是明代的民间艺人,画盘上的景物,只用了寥寥数笔。先人的灵巧和智慧,以如此奇妙的方式凝固并留了下来。

六

从远方归来，行囊中只增添了一件物品：一块石头。

石头从河滩上捡得。在一片灰杂之色中，它以莹润的光泽吸引了我的目光。它的表面光滑，棱角早已被千百年的流水磨平，石色是纯净的鹅黄，莹润如玉，使人联想起昂贵的田黄，但它只是一块普通的河中卵石。仔细看这石头，发现其中有深褐色肌理，细密有致，如水波，如云纹，如画家恣意描画的曲线。我喜欢这样有内涵的石头，把它放在电脑边上，虽无言，却使我的心神为之飘游。伸手抚摸它，它清凉着我的掌心，于是想起在山涧中奔濯的清流，想起曾经在它身边游动的鱼，曾经倒映在它周围的兰草、树荫、星光、月色……

水的韵味，山的气息，大自然的瞬息万变和亘古如一，都萦绕在它的身上，也萦绕在我的手中。

七

那杆用羊毫制成的毛笔，已经老了，秃了。在笔筒里，它像一个颓丧的老人，孤苦寂寥地守候着，却不会再有人理会它。它和现代人的生活似乎是风马牛不相及，它的身边是电脑，是打印机，是经常扰人的电话。我觉得奇怪，我这个不怎么写毛笔字的人，居然也把它原来丰润饱满的笔锋磨秃了。我曾经用它无数次临《兰亭序》，写陶渊明的《桃花源记》和《五柳先生传》，默李杜的诗篇，也用它写信。"一得阁"的墨汁因它而一瓶一瓶在我案头消失。

也许有人会以为我在附庸风雅，会笑话我的墨迹。其实，谁知道我的心思呢？用键盘代笔，久而久之，竟忘记了怎样写字。那些天天面对的汉字，我熟悉它们，也可以用键盘飞快地将它们打上屏幕，然而，当我要用笔书写它们时，它们却一个个变得遥远而生疏，我居然忘记了很多汉字的结构和笔画!

这就是我为什么要经常用毛笔写字的原因。当然,我又备下了新的毛笔,只是仍然舍不得将这旧笔遗弃。

八

一棵梧桐树上,挂着一只风筝。风筝是一只鸟的形状,彩色的,做得很精致。那是一只断了线才掉下来的风筝,它曾经随风高飞在天,而放飞它的,也许是一个孩子吧。孩子牵动手中的绳子,看它在蓝天中越飞越高。一阵狂风吹来,风筝的线断了,它像一只鸟,挣脱羁绊获得了自由,悠然消失在空中。孩子的手中还攥着那根断线,眼睛里一定会有迷惘和失落。于是他会知道,对一只不受束缚的风筝来说,这世界实在太大。

微风吹来,风筝在树上动了几下,但断线缠在树枝上,它怎么也飞不起来了。

九

那本老邮册的主人早已离开人世。我不知道他的身世,也不知道他的经历,只记得他的模样,戴一副玳瑁边眼镜,常常是一副沉思的表情。他将邮册留给我时,我还是一个不谙世事的孩子。他出国远去,一直到老死异域,再也没有回来。老邮册里有很多邮票,发黄的纸张,模糊的邮戳,叙说着它们的古老。邮票上有我永远也不可能认识的人物,异国的皇帝、将军、科学家、诗人……也有我无法抵达的许多纪念地,或是巍峨的巨厦,或是古老的废墟和金字塔……它们来自世界各地,邮戳上的时间跨越一个世纪。每一枚邮票都曾经历过千万里的旅行,连接着人间的一份悲欢的情怀,关系着一份亲情或者友谊,传递着一个喜讯或者噩耗,或者只是平平淡淡的一声问候。

而我，面对这些邮票，总是会想象它们原来的主人，想象他拆读一封封远方来信时的表情，想象他如何小心翼翼地将它们从信封上剥下。那是一张年轻的脸，脸上有过渴望和惊喜，那是一双年轻的手，它们曾经果敢而敏捷……我不知道他出国后的经历，也没有收到过他的一封信。在我的记忆里，他的年轻的脸和那些古老的邮票叠合在一起。而他的记忆中如果有我，大概只是朦朦胧胧的一个好奇的孩子吧。

十

有一次在黑夜中迷了路。一个人急匆匆地走在曲折的陋巷里，远处有一盏昏暗的路灯，将黄色的光芒镀在高低不平的路上。路灯的阴影中突然出现一个人，他背着灯光，脸是黑的，看不清他的表情，也无法断定他的年龄，唯一能看见的是他黑暗中闪烁的目光。我问路，他凝视着我，却不回答。我再问，他还是不应声。我想或许是遇见了聋子。我和他擦肩而过。走出几步，背后传来了低沉的声音："朝有路灯的地方走，就能找到路了。"我回头想谢他，看见的只是他匆匆远去的背影。和那黑而模糊的脸不同，他的背影是清晰的，路灯的光芒虽然昏暗，却将他的略显佝偻的背影清晰地勾勒在我的视野中。

朝路灯走去，我很快就找到了出路。

在黑暗中，有时只需一点点光亮，便能将人引出困境。

十一

在一条热闹的路上，一个中年妇人拦住了我。

"先生，我的男人今天早晨刚刚在医院里死去，我要回家乡去，身边剩下的钱不够买一张火车票，还缺六元钱。你能不能借我六元钱，回去后我会寄还给你。"

她有着一头稀疏的灰白头发，发黑的眼圈显示着夜晚的失眠，她

赵　丽　宏
散 文 精 选

的眼神中含着悲苦，但绝无乞怜的神情。

我从钱包里掏出十元钱递给她。她要我留下地址，我向她摆了摆手，匆匆离去。她的道谢从背后传来，声音里含着由衷的感激。能给这个不幸的女人一点小小的帮助，我有一种难言的快感。

回到家里，向妻子说起这件事，没等我说完，她突然大喊起来："那是个骗子，刚才她也这样对我说过，我已经给过她六元钱！"

妻子的愤怒先是感染了我。我纳闷，那个满脸悲苦的女人，竟会是个骗子？她说她刚死了男人，她为什么要以这样的诅咒骗取区区几元钱？不过我很快平静了，即便她骗了我，又怎么样，我已经以我的方式表达了一份同情。而且，她的真实的悲苦眼神，在我的记忆中不是一个骗子的表情。

向世人展示不幸博取同情，向不幸者布施同情，两者也许都是人性的流露。我想，这些其实无关高尚或者卑微，展示不幸，是无奈，也需要勇气，布施同情，有时也是为了抚慰自己的灵魂。

十二

乘车在高速公路上疾驰的时候，风声在耳畔呼啸，路边的景物飞一般往身后退却。如让古人复生，坐在我这个座位上，他一定会以为这就是《西游记》中神仙们腾云驾雾的景象。从前花一整天走不到的地方，现在只要一个小时就可以抵达。现代化的科技缩短了时空的距离，遥不可及的目标，可以在瞬间抵达。

飞驰在现代的大道上，我脑子里产生的联想偏偏是昔日的羊肠小道。记得儿时去乡下，走过穿越田野的小路，夏天，小路被两边的芦苇和玉米掩盖，看不到路的尽头。走在这路上，脸颊和身体不时被翠绿的芦叶和玉米叶抚摸着，从绿荫深处传来鸟雀的鸣唱，不知道它们是什么鸟，那百啭多变的鸣唱使周围的天地变得无比幽深。虽然无法看见这些鸟雀，不过有奇妙的鸣唱，它们在我的想象中翩然多彩。走

赵丽宏 绘

无论在北方还是在南方,
我们的周围,
总是有一些美好的东西在默默生长着,
不管世界对它们多么严酷。

在这样的小路上，植物泥土的清香和天籁的音乐，笼罩了我的整个身心，这是亲切奇妙的感觉。初春时多雨，小路便变得湿滑泥泞，走路时常常被泥泞的路面黏掉了鞋子，还不时会滑倒在路上，摔得满身泥水。事后回想，这大概也是人和土地的亲热吧。秋后，小路渐渐赤裸在空旷的原野中，它不再神秘，一直通达天边，天边有村庄，有在寒风中依然保持着绿色的大树。那景象虽然有点单调，却引发阔大宽广的想象，使我的心在困顿中滋生美好的憧憬。这小路，就像人的生活，不同的时节，不同的心情，便会生出不同的感受和不同的故事。

如果要用自己的双脚去寻找一个遥远的目标，我宁愿走崎岖曲折的小路。路边的风景会使艰辛的跋涉充满了诗意和情趣。也许，寻找的过程比抵达目标更令人神往。

十三

有些风景，可远观而不可近玩，譬如雪山。

远眺雪山，让人心胸豁朗。在蓝天下，雪山闪烁着银色的光芒，峻拔、圣洁、高傲、神秘。大地的精华，天空的灵性，仿佛都凝聚在它们晶莹的银光之中。它们是连接天地的桥梁。

如果是晴天，在蔚蓝色天空的映衬下，银色的雪山格外迷人。即便是阴天，远眺雪山也不会使你失望，它们藏匿在云雾中，忽隐忽现，仿佛在讲述一个神话，虽然遥远，却令人神往。

在云南，我登上过一座雪山。这座远眺如神话般奇丽的雪山，登临它的峰巅时，我却无法睁开眼睛，那铺天盖地的积雪中似乎有无数把锋利的芒刺和刀箭射出，刺得我眼睛发痛。在雪坡上，我始终无法睁大眼睛正视地上的雪，印象中，只留下一片耀眼的白色，还有那万针刺穿般的灼痛。

十四

　　长江边上有一座很著名的楼阁，古时有文人为之作赋，千百年来脍炙人口，诗文中的楼阁也因此活在了人们的想象中。其实，那楼阁早就在战火中倒塌，江边连它的残柱颓垣也无迹可寻。

　　现代人喜欢仿造古时的名建筑以弘扬历史和文化，当然更是为了招徕游客。长江边上，那座消失的楼阁也重新耸立起来了，但那是现代人按照自己的想法重建的，是一座和古人诗文中的气息完全不同的新楼。雄伟的钢筋水泥大厦，被粉饰了古时的色彩和外套，怎么看也是一个伪古董。我曾经登上那座金碧辉煌的仿古楼阁，却没有引出丝毫怀古的幽情，想到的是现代人对历史的曲解和阉割。值得玩味的是，这样一件假古董，居然得到那么多人的赞美。

十五

　　据说从梦境可以测知一个人的智慧和想象力。有的人梦境永远是黑白两色，有的人却可以做彩色的梦。别人的梦我不知道，我的梦似乎是彩色的。童年时的有些梦境，直到现在还记得。譬如有一次曾骑上长有羽翼的白色骏马，在蓝色的天空里飞舞，从天上俯瞰大地，大地七彩斑斓，云霞在身边飘动。也有关于海洋的梦，在梦中乘帆船远航，也曾梦中变成了一条鱼，在海底游弋，深蓝色的涌流中荧光点点，它们变幻成绮丽的大鱼，从远处游过来，把我包围，把我吞噬……日有所思，夜有所梦，梦境和白天的经历有时确实有关系。也是在儿时，有一次白天跟父亲上街，在一家帽子店盘桓许久。父亲选帽子时，橱窗里那些戴帽子的模特脑袋以默然的目光凝视我，无聊至极，那些模特脑袋是用石膏做的，都是外国人的脸，长得一个模样。那晚的梦境很可怖。走进家门，门廊的长桌上放着一个帽子店里的外国模特脑袋，

他戴的是一顶中国乡村的毡帽。我走过他旁边时，他突然对我眨了眨眼睛，头也开始摇摆起来，接着，那脑袋从桌上跳下来，在地上一颠一颠地向我扑来。我吓坏了，拼命往屋里逃，可是脚下却像是被绳索套住，跨不出一步，只听见那跳跃的石膏脑袋在我的身后发出"咚、咚、咚"的声响……

　　长大成人后，梦境却常常变得模糊不清。不过还是常常有故人入梦。有时也会回到童年，睁开眼睛后，在那似醒非醒的瞬间，会不知自己身在何时何地，有时仿佛仍在孩时，有时却觉得自己已经成为一个耄耋老者，蹒跚在崎岖的小路上……

十六

　　一个古盘子，粉白色的盘面上，画着一枝腊梅。腊梅的枝干是弯曲的，三四朵绽开的红梅，五六个含苞欲放的花骨朵，画得精细玲珑，令人赞叹。盘子背后有青花落款："大清乾隆年制"。这样的盘子，以前有一套八个，每个盘子上的梅花都画得姿态各异。如果它们能完整地保存至今，大概也是价格昂贵的宝贝了。

　　只剩下一个，而且也不能算完好无损了。山盘子上有一道淡淡的裂痕。这一道裂痕，在收藏家的眼里，便是身价大跌的致命伤。我不是收藏家，不会将它和钱的数额联系在一起。那道裂痕在我的眼里并未破坏了盘子的形象。更令我注意的是盘子表面的釉色，那是一种被称为"橘皮釉"的瓷釉，釉面凹凸不平，犹如橘皮，虽不光滑，却给人浑厚拙朴的感觉，一看就是有年头的古物。盘子底部最显眼的地方，釉彩有被磨损的痕迹，薄薄的一片，露出了瓷盘洁白的本色。要把这一片釉彩磨去，绝非一两日之功，必定有人天天以筷箸匙勺触摸，长年累月，才会留下如此痕迹。我常常在想，是谁一直在用这盘子用餐？是我的列祖列宗中的哪几位？他们曾经怎样议论过这盘子和盘中之餐？而我的联想总是无法转化成具体的人和景象，岁月的云雾笼罩着它，

125

赵　丽　宏
散　文　精　选

朦胧而含混，云雾散开后，清晰在我眼帘中的，依然是那一株花开满枝的腊梅。于是想，大概是自己的联想太俗，应该想一想那个在盘子上画梅的画工，他虽然没有留名，却留下了这株腊梅，可以让人想起大自然的春色。

冰霜花

一

你从南国来信，要我描绘北方寒冷的景象，这使我为难了。在地图上，我们这个城市是在中国的南北之间，冬天，远不如东北寒冷，比起你们花城，自然冷多了，凛冽的北风，也能刺人骨髓。然而很难告诉你，什么是这里冬天的特征。你想象中的冰天雪地，这里没有。对了，有一个很有趣的现象，值得向你描绘一下。

早晨醒来，我的窗上总是结满了晶莹的冰霜。这是一些奇妙的花儿，大大小小，姿态各异：有六个瓣儿的，像一朵朵被放大了的雪花；有不规则的，无数长长短短呈辐射状的花瓣布满了玻璃窗格。仿佛有一个身怀绝技的雕刻大师，每天晚上，都在窗上精心雕刻出新鲜的花样，使我一睁开眼睛，就得到一种美的享受，就感受到大自然和生活的多姿多彩……

大自然的创造，是人工所无法模拟的。窗上的这些冰霜花，实在是一个奇迹，每天出现，却绝不重复，千奇百怪，翻不尽的花样。看着它们，我总是感到自己的想象力太贫乏。它们似乎像世上所有的花儿，又似乎全都不像，于是，我想到了天女的花篮，想到了海底的水晶宫……如果是画家，他一定会从这些晶莹而又变化无穷的花纹中得到许多灵感和启示的。而我却只有惊叹，只有一些飘忽迷离的想入非非。我觉得它们是一朵朵有生命的花，是一首首无比精妙的诗……

二

太阳出来后，窗上的冰霜花便会渐渐融化，使窗户变得一片模糊，再也没有什么动人之处了。所以我有时竟希望太阳稍稍迟一些出来，能使这些晶莹的花儿多保留一些时候，让我多看几眼，多驰骋一会儿想象。

这些美妙的小花，只和寒冷做伴。我刚才说的那个雕刻大师，就是它——寒冷，呼啸的北风是它的雕刻刀。在人们诅咒着严寒的时候，它却悄悄地、不动声色地完成了它举世无双的杰作。大概很少有人看见过冰霜花开放的过程，这也许可以算一个秘密，只有风儿知道，只有水珠儿知道。当那些游荡在温暖的屋子里的水汽，在窗上凝结成小水珠时，窗外的寒流便赶来开始了它的雕刻。对小水珠儿来说，这种雕刻，可能是一场痛苦的煎熬，是一次生死的搏斗——柔弱而纯洁的小生命，面对强大的寒流，顽强地坚守着自己的营地，勇敢地抗争着。寒流终于无法消灭这些颤动的小生命，只是使它们凝固在玻璃上，成了一朵朵亮晶晶的花儿。

能不能说，冰霜花，是一场搏斗的速写，是一群弱小生命的美丽庄严的宣言呢？你可能会笑我牵强附会。但我从这些开放在严寒之中的小花儿身上，悟出了一个道理：美，常常是在艰难和搏斗中形成的。

三

是的，严寒为世界带来了灾难，却也造就了美。假如你看到被雪花覆盖的洁净辽阔的田野，看到北方人用巨大的冰块镂刻出千姿百态的冰雕冰灯，你一定会惊喜得说不出话来。而冰霜花，似乎是把严寒

所创造的美全部凝集在它们那沉静而又精致的形象之中了。面对着它们，你也许再也不会诅咒寒冷。看着窗上的冰霜花，我也曾经想起南国的那些花，那些在炎阳和热风中优雅而又坦然地绽开的奇葩：凤凰花、茉莉花、白兰花、美人蕉、米兰……以及许多我从未曾有机会见识的南国花卉。在难耐的酷暑中，它们微笑着，轻轻地吐出清幽的芳馨。我想，它们，和这里的冰霜花似乎有着共同的性格，一个在严寒中形成，一个在高温下吐苞，都曾经历了艰难、痛苦和搏斗，却一样地美丽，一样地使人赏心悦目。无论在北方还是在南方，我们的周围，总是有一些美好的东西在默默地生长着，不管世界对它们多么严酷。也许，正是因为形成在严酷之中，这些美，才不平庸，不俗气，才会有非同一般的魅力。

四

你看，我扯得远了。还是回到我要向你描绘的冰霜花上来吧。

然而遗憾得很，暖洋洋的阳光已经流进了我的屋子。窗上的冰霜花早已融化了，像一行行泪水，在玻璃上无声无息地流淌，仿佛是因为失去了它们的美而悲哀地哭泣着。不错，冰霜花，毕竟不能算真正的花，看着玻璃窗上那一片朦胧的水雾，我心中不禁有几分怅然。不过，到明天清晨，它们一定又会悄悄开放在我的窗上，向我展现它们那全新的容颜。

秋兴

秋风一天凉似一天。风中桂花的幽香消散了，菊花的清香又飘起。窗外那棵老槐树，不知什么时候有了黄叶，风一紧，黄叶就飘到了窗台上。在热闹的都市里，要想品味大自然的秋色，已经不是一件容易的事情。在都市人的观念中，季节的转换，除了气温的变化，除了服装的更替，似乎再也没有别的什么了。

而我这个爱遐想的人，偏偏不愿意被四处逼来的钢筋水泥囚禁了自己的思绪。听着窗外的风声，我想着故乡辽阔透明的天空，想着长江边上那一望无际的银色芦花，想着从芦苇丛中扑棱着翅膀飞上天空的野鸭和大雁，想着由翠绿逐渐变成金黄色的田野……唉，可怜的都市人，就像关在笼子里的鸟，只能用可怜的回忆来想象奇妙的自然秋色了。

小时候，背过古人吟咏秋天的诗句："秋风起兮白云飞，草木黄落兮雁南归"，"落霞与孤鹜齐飞，秋水共长天一色"，"秋阴不散霜飞晚，留得枯荷听雨声"，"落叶西风时候，人共青山都瘦"，"采菊东篱下，悠然见南山"……这些诗句使我对自然的秋色心驰神往。想起来，古人虽然住不进现代都市的深院高楼，享受不到很多时髦便捷的现代化，但他们常常被奇妙的大自然陶醉，他们的心境常常和自然融为一体，世俗的喧嚣和烦恼在青山绿水中烟消云散。这样的境界，对久居都市的现代人来说，大概只能是梦境了。

年轻时代，我的生命也曾和大自然连成一体。在故乡崇明岛"插队落户"多年，日出而作，日落而息，晒黑了皮肤，磨硬了筋骨，闻惯了泥土的气味，从外表上看，我曾经和土生土长的乡亲们没有了区别。然而骨子里的习性难改。当我一个人坐在江边的长堤上，面对着浩瀚的长江，面对着银波荡漾的芦苇的海洋，倾听着雁群在天空中发出的凄厉呼叫时，我总是灵魂出窍，神思飞扬。我曾经想，在我们这个星球上，所有的生命都应该是有知觉的，其中包括一滴水，一株芦苇，一只大雁。我躺在涛声不绝的江边，闭上眼睛，幻想自己变成一滴水，在江海中自由自在地奔腾，变成一株芦苇，摇动着银色的头颅，在秋风中无拘无束地舞蹈，也变成一只大雁，拍动翅膀高飞在云天，去寻找遥远的目标……我曾经把自己的这些幻想写在我的诗文里，这是对青春的讴歌，是对人生的憧憬，是对生命和自然天真直率的诘问。如今再回头聆听年轻时的心声，我依旧怦然心动。当年的涛声、雁鸣、飞扬的芦花、掺杂着青草和野艾菊清香的潮湿的海风、荡漾着蟋蟀和纺织娘鸣唱的清凉的月光，仿佛仍在我的周围飘动鸣响。故乡啊，在你的身边，这一切都还美妙一如当年吗？

然而一切都很遥远了。此刻，窗外流动的是都市的秋风，没有大自然清新辽远的气息。今年夏天回故乡时，我从长江边采了几枝未开放的芦花，回来插在无水的盆中，它们居然都一一开出了银色的花朵，使我欣喜不已。这些芦花，把故乡的秋色送到了我的面前。这些芦花，也使我联想到自己鬓边频生的白发，这是人生进入秋季的象征，谁也无法阻挡这种进程，就像无法阻挡秋天替代夏天、春天替代冬天一样。不过我想，人的心灵和精神的四季，大概是可以由自己来调节的。当生存的空间和生理的年龄像无情的网向你罩过来时，你的心灵却可以脱颖而出，飞向你想抵达的任何境界，只要你有这样的兴致，有这样的愿望，有这样的勇气。

是的，此刻，聆听着秋声，凝视着芦花，我在问自己：你，还会不会变成一只大雁，到自由的天空中飞翔呢？

井

《都市童话》之一

虽然人们仍旧把我称作井，但其实我早已失去了作为一口井的效用。我已经被封顶多年，只是不合时宜地独立于热闹的市声之中，只是默默地在无穷无尽的黑暗中做着古老的梦。我的水面上不会有一丝波纹，生命的声音和色彩已经远离我而去，连井壁上那些暗绿色的苔衣，也不知在什么时候剥落，无声地飘进水里，融化在我暗无天日的幽寂中……

如果问那些七八岁的孩子：井为何物？井是用来做什么的？从前的人为什么要在城市里挖井？孩子们也许会对你大睁着迷茫的眼睛，回答不出一个字来。在他们的眼里，我不过是一个高出地面的水泥疙瘩，他们可以在我的头顶上打牌、蹦跳，可以把我当作他们游戏中的一个旧时代的碉堡，可他们不会想到，在我的心里，也曾涌动过温暖的流水，也曾渴望着看见他们的笑脸，渴望着听见他们的呼喊吵闹。然而这一切都已经过去，我的眼前只有一片无穷无尽的黑暗，倘使心里曾经有过灿烂的光明，如果被黑暗笼罩得太久，这光明也会逐渐消失。唉，我大概真的是没有用处了，过时了，是应该被人遗忘，被人遗弃了……

记不清了，我已经多少日子没有看见过天光。从前，人们爱在井栏边探出他们的头，把他们的脸映到我的脸上，我曾经看到过无数不

同的脸庞,看到过这些脸庞上许多不同的表情。人们把我当作真实清纯的镜子,来照他们世俗的脸。他们在我的清澈中欣赏他们自己的表情,看他们自己的嘴脸。老人的混浊,姑娘的羞涩,小伙子的热烈,孩子们的天真和惊喜,都一清二楚地映照在我的水面上,这些表情的背景,都是深远的天空。这天空时而晴朗,时而阴晦,然而不管是蓝色还是灰色,都是辽阔明亮的背景,尽管我只能看见其中小小的一块。我听见过人们的笑声和哭声,那些遭遇不幸的女人曾把她们的泪珠滴落在我的水面,发出轻幽的回声。我最喜欢听孩子们对着我放开嗓门喊叫,听他们稚嫩的声音在我的面前悠悠荡漾……当然,最使我兴奋的,是那只被一根绳索系着的木桶,飘飘荡荡从天上悠然落下,在我的胸中激起轰然的回声,水花溅湿了砖砌的井壁,青绿的苔草在水的喧哗中微笑着目送水桶升向天空。这升向天空的清水,将把我的激情和梦想都泼洒在大地上……这一切都已是那么遥远,那么陌生。此刻,我的周围唯有沉寂和黑暗。

在刺耳的喧嚣里,沉静是一种幸福;在长久的沉寂之中,有时也会使人向往生命的声息。这些日子,总有些声音袭扰着我。我不知道,从地面上传来的是什么声音,这声音由远而近,由幽弱而浊重,一阵又一阵地震荡着我,使我死寂的水面上漾起细微的涟漪……也许,属于我的那一份宁静将不复存在?

我无法向世人讲述我此刻的不安和紧张。和这声音一起到来的,将是什么?我忐忑地等候,我的目光茫然而又焦灼地注视着头顶上那一片深不见底的黑暗……

随着震耳欲聋的一声巨响,一道亮光闪电一般从我的头顶射入……啊,光明,久违的光明啊,你为什么如此刺眼?在你的闪耀之中,我什么也看不见,眼前一片眩晕。从天空纷纷落下的,是泥土和石块,如同一张灰蒙蒙的网,呼啸着向我罩来,几乎使我窒息。过了很久,我才喘过气,渐渐看清了我头顶出现的景象,六七张陌生的面孔,在井口探头探脑地往下看。我不明白,比起先前的人们,这些面

133

赵丽宏
散文精选

孔为什么如此肥硕臃肿，这些面孔上的眼睛为什么如此咄咄逼人？面孔上的嘴巴们一张一合地翕动，他们在说话：

"哦，是一口井！"

"嘿，还有水哪！"

"是什么陈年老井，老古董，大概早发臭了吧？"

"谁晓得呢？不过里面的水好像还清得很。"

"清得很？你敢喝？"

"算啦，别说废话！"

"怎么办呢？"

"那还用问，填掉拉倒！"

嘴巴、眼睛、脑袋们一下子消失，井口露出了天空。这天空是陌生的，天空中看不见太阳和云彩，只有一幢幢我从未见过的高楼大厦，示威似的在空中晃动。

又是一声巨响在我的头顶轰然而起，我感到整个世界都在摇晃，天旋地动，古老的井壁发出可怕的开裂声，砖石在我的面前崩塌，泥土和巨石从天而降，钢铁的机械和高楼大厦们纷纷向我倒下来，压过来……

在机械和砖石的喧嚣声里，谁也听不见我最后的呻吟。人们将忘记我，忘记在楼群的谷地中，曾经有过一口小小的古老的水井。不过我想，我大概永远不会从这个世界上消失，我的激情，我的幻想，我的追寻和向往，在毁灭的同时，又获得了新生，它们将沿着砖石的缝隙，无声地流向四面八方……

历史

一

历史是什么？

它看不见摸不着没有固定的形态。然而它涵盖所有流逝的岁月。没有人能够躲避它的剖视。就像一个人在海里游泳无法摆脱海水的拥抱，你跃出海面潜入海底，海水还是要淹没你，哪怕你变成一条飞鱼，展翅在天空滑翔，最后免不了仍会落进海里。没有人能够超越历史。

那么，历史是什么呢？

二

一片土地的沧桑变迁可以是一部历史。

一个民族的盛衰兴亡可以是一部历史。

一个家庭的悲欢离合可以是一部历史。

一个人的生活旅程可以是一部历史。

一场战争可以是一部历史。

一场球赛可以是一部历史。

……

赵丽宏
散文精选

历史可以很长很长，长如黄河扬子江，生命的旅途有多么漫长它就有多么漫长，人类的年龄有多么古老它就有多么古老。

历史可以很大很大，大如东海太平洋，世界有多么辽阔它就有多么辽阔，宇宙有多么浩瀚它就有多么浩瀚。

历史可以很短很短，只是一个冬天或者一个夏天，只是抽一支烟的片刻，甚至只是眨眼瞬间。

历史可以很小很小，小到一个庭院，一孔窑洞，甚至小到一个蚁穴。

过去的一切，都是历史。

三

历史不是一张白纸，你想涂成什么颜色就可以是什么颜色。

历史不是一块橡皮泥，你想捏成什么模样就可以是什么模样。

历史不是一块绸缎，任你随心所欲剪裁成时髦的衣裳装饰自己。

历史不是一把吉他，任你舞动手指在弦上弹出你爱听的曲子。

历史是出窑的瓷器，它已经在烈火的煎熬中定型。你可以将它打碎，然后还原起来，它仍然是出炉时的形象。

历史是汹涌的潮汐，它呼啸着冲上沙滩时人人都为之惊叹。它悄然退落时，许多人竟会忘却它的磅礴，忘却它曾经汹涌过，呼啸过，然而海滩忠实地记录着它的足迹，没有什么力量能将这足迹擦去。

白蚁可以将史书蛀得千孔百疮，但历史却不会因此而走样。装潢精致堂皇的典籍未必是真历史。墨，可以书写真理，也可以编织谎言。谎言被重复一千次依然是谎言，真理被否定一万次终究是真理。

四

是的，历史是起伏的潮汐。涨潮，未必是历史的峰巅；落潮，也

不是历史的中断，更不是历史的倒退，落潮之后，必定会有新的潮汐。

在历史的潮汐中，个人只能是其中的一簇浪花。有人一生都想做一个冲浪者，脚踏着冲浪板，在迭起的浪峰上做种种令人惊叹的表演。然而他们不可能永远凌驾于浪峰之上，潮头总要把他们打入水中。而那些企图逆流而行的弄潮者，在历史前进的惊天动地的涛声中，他们的呼喊留不下一丝回声。

历史将前进，这是必然。

心灵是一棵会开花的树

我说人的心灵是一棵树,你是不是觉得奇怪?

真的,心灵是一棵树,从你走进这个世界,从你走进茫茫人海,从你睁开蒙昧的眼睛那一刻开始,这棵树就已经悄悄地发芽、生根,悄悄地长出绿叶,伸展开枝丫,在你的心里形成一片只属于你自己的绿荫。难道你不相信?

你不知道,其实你已经无数次看见这样的花在你身边开放。

当你在万籁俱寂的夜间突然听到一曲为你而响起的美妙音乐……

当你在冰天雪地的世界中遇到一间为你而开门的小屋,屋里正燃烧着熊熊的炉火……

当你在十字路口彷徨徘徊、举棋不定,有人微笑着走过来给你善意的指引……

当你的身体因寒冷和孤寂而颤抖,有一双陌生而温暖的手轻轻地向你伸来……

当你发现有一双美丽的眼睛用清澈的目光默默凝视你……

我无法一一列举各种各样的"当你",当你欢乐,当你迷茫,当你为世界的壮阔和奇丽发出惊奇的赞叹,当你被人间的真情和温馨深深地感动,当你面对世间残存的丑恶、冷漠和残暴忍不住愤怒呼喊……

当你的灵魂和感情受到震撼,受到感动,不管这种震撼和感动如闪电雷鸣般强烈,还是像微风一样轻轻从你心头掠过……

每逢这样的时刻,便是你观赏到心灵之花向你怒放的时刻。每当这样的时刻,你的心灵之树也在悄悄发芽,在长叶,在向辽阔的空间伸展自由的枝干。没有一个画家能用画笔描绘出这样的景象,没有一个诗人能用诗句表达这样的过程,这是一种无声无形的过程,但是它所引起的变化,却悠悠长长,绵延不尽,改变着你生命的历史,丰富着你人生的色调。

相信么,你的心灵一定会开一次花,一定的。也许是繁然的一大片,也许只是孤零零的一朵;也许是举世无双的美丽奇葩,也许只是一朵毫不起眼的小花……你的心灵之花也许开得很长,常开不败;也许只是昙花一现,稍纵即逝的鲜艳……

谁也无法预报心灵之花开放的时辰,更无法向你描述它们怒放时的奇妙景象,但我可以告诉你,这样的花,每时每刻都在人间开放。当有人在向世界奉献爱心,这样的时刻,就是花开的时刻。

愿你的心灵悄悄地开花。

愿我们的世界是一个心花怒放的世界。

沉默

无声即沉默。沉默有各种各样——

腹中空泛，思想一片苍白，故而无言可发，这是沉默。

热情已如柴薪尽燃，故而冷漠处世，无喜无悲，无忧无愤，对人世的一切都失去兴趣和欲望，这也是沉默。

有过爱，有过恨，有过迷茫，有过感悟，有过一呼百应的呐喊，有过得不到回报的呼唤，然而却守口如瓶，只是平静地冷眼察看世界，这是沉默。

饱经忧患，阅尽人世百态，胸有千山万壑的履痕，有江河湖海的涛声，然而却深思不语，这也是沉默。

一把价值连城的意大利小提琴和一支被随手削出的芦笛，不去触动它们，便都是沉默，但沉默的内涵却并不一样。即便永远不再有人去触动它们，你依然可以凭想象听见它们可能发出的截然不同的鸣响。

一块莹洁无瑕的美玉和一块粗糙朴实的土砖，放在那里也都是沉默。然而谁能把它们所代表的内容画一个等号呢？

其实，对活着的生命而言，真正的沉默是不存在的。沉默本身也是一种思想和心境的流露，是灵魂的另一种形式的回声。

有的人以沉默掩饰思想的空虚。

有的人以沉默叙述迷茫和惆怅。

有的人以沉默表达内心的愤怒和忧伤。

……

沉默常常是暂时的。就像古塔檐角下的铜铃，无风时，它们只是一种古色古香的装饰，一起风，它们便会发出奇妙的金属音响，似乎是许多古老故事的悠远的回声……

沉默的人们不也一样？

"沉默是金"，是怎样的一种"金"呢？这个"金"字中，可以包含正直、善良，可以代表淡泊、超脱，也可以是虚伪、圆滑、怯懦的一种托词……金子的光泽，未必是世界上最动人的光泽。

是不是只有死亡才是永远的沉默？

也许，死亡也未必是真正的沉默，灵魂的载体可以化为尘土，那些真诚睿智的心声，却会长久地在人心的海洋中引起悠长的回声……

宁静

一

当汽笛、引擎、车轮声潮水般涌来的时候……

当各种各样的立体声互相碰撞着,暴风雨般袭来的时候……

当喧嚣的市声像铺天盖地的冰雹,噼噼啪啪在我的四周碎裂的时候……

当那些饶舌的男人和女人扯开粗的、细的、尖亮的、沙哑的嗓门,喋喋不休地在我耳畔喧嚷的时候……

我渴望宁静。

我渴望宁静像一片深邃无垠的夜空,闪烁着晶莹的星星,在我头顶展开。星星是一些安详和善的眼睛,我喜欢默默地注视它们,静静地想我的心事。星星呢,它们会用无声的语言,告诉我许多有趣的事情……

我渴望宁静像一片清凉澄澈的湖水,荡漾着美丽的涟漪,在我的脚下缓缓流动。我要在清澈的湖水中洗涤旅途的灰尘。我的烦躁和疲惫,也会像那些灰尘一样,悄悄地融化在湖水的清凉和澄澈之中……

我渴望宁静像早晨的云霞,在我的视野里优美地飘动。面对这些缤纷的彩霞,我永远是一个稚憨的孩子,我会痴痴地凝望着它们,在

它们无声无息地变幻着色彩和形状的表演中，找到我的骏马、我的骆驼、我的嫦娥、我的圣诞老人……

我渴望宁静呵。

二

宁静有时候是有声音的呢！

——春天的黄昏，三两点稀疏的雨滴，落在阔大的白玉兰树叶上，落在亭亭玉立的荷叶上，落在微微摇曳的芭蕉叶上，落在盛开着菱花的池塘里……那是一群蒙着头纱的古代女子在弹琵琶。我并不想听懂她们弹的是什么曲子，只是觉得这动人的曲子使我陶醉……

——微风不知从什么地方慢慢地踱着碎步走来。他走过茂密的竹林，似乎被那些修长苗条的青竹迷住了，他在竹林里久久徘徊。我不知道那沙沙沙的声响究竟是他的足音，还是竹子们的窃窃私语，或许，是他斜靠在竹荫下，吹起了深情的洞箫……

——清泠泠的月光里，一把小提琴幽幽地拉着《思乡曲》……

——夜深人静的时候，远远飘过来一阵婴儿的啼哭……

——两只不知名的小鸟，在熹微的曙色里喁喁私语……

——潮水有节律地拍打着沉默的长堤……

——蝉在幽林中鸣叫……

三

是的，声音太大太杂，便失去了宁静；所有声音都消失了，你能得到宁静吗？

哦，我盼望宁静，盼望那些纯净的、优雅的、像诗一样能使我安静的声音。

真的，宁静需要有声音呢！

赵 丽 宏
散 文 精 选

冬夜，关紧窗户，拉上厚厚的窗帷，似乎万籁俱寂了。为什么我会在静谧中听到一些神秘的声音呢？

我听见水的精灵们在玻璃窗上描画着千奇百怪的冰霜花，在为脱尽了树叶的树枝裹扎着雪白的毛茸茸的绷带……

我听见屋檐下的冰凌正在一毫米一毫米地往下长，就像神话中那些老人的胡须，窸窸窣窣地往下长着……

我听见雪花姑娘们正在高高的云堆中集合，她们轻声轻气地商议，如何趁着夜色神不知鬼不觉地飘入人间，覆盖大地，让第二天一早在阳光下醒来的人们面对着雪白晶莹的世界大吃一惊……

——唉，在尘嚣和喧闹中，你只想超然物外，甩脱一切声响，而在寂然无声的环境里，你怎么又自己想象出那么许多声音呢？

——因为，因为我渴望宁静呵！

四

坟墓里的宁静不是宁静，真空里的宁静也不是宁静。

如果失去了所有的声音——大自然的声音、心灵的声音，那只能是死寂！

如果没有生命优美的运动和歌唱，世界还有什么意义呢！

但愿，那些不该有的喧嚣会逐渐平静下来；但愿，那些美丽的声音永远陪伴着我。

我渴望宁静。

诗意

诗意是什么？

不同的人可能有不同的理解和回答。大概永远也不会有一个公式化的标准答案。不过我以为有一点是没有疑问的，诗意是一种美，是一种美的精神之光的闪烁，是自由的心灵在广阔世界飞翔撞击出的美丽火花。

只要生命存在，诗意就不会消失。

大自然给予人类的诗意是丰富而缤纷多姿的。如果你愿意去寻找去感受，每时每刻它都会出现在你的眼帘，荡漾在你的心胸。

烂漫春光里有诗意，萧瑟秋景中也能找到诗意。诗人可以为春日暖雨中蔓延的新绿写诗，也可以面对秋风中飘舞的金色落叶发出动情的咏叹。

夏日的炎阳照耀着一朵初绽的莲花是一首诗，初冬的冷雨敲打湖面衰败的残荷也是一首诗。

诗意的产生，常常是突然而又自然，你无法预知它的到来，而当它出现时，你总是深深为之陶醉。譬如在冰天雪地中行走时，蓦然见到一株粲然开放的梅花；譬如在乌云弥漫时，一缕耀眼的阳光突然穿

赵丽宏 散文精选

过云层的缝隙照亮地面；譬如早晨从奇妙的梦中醒来，发现惊醒你的是窗外一只不知名的小鸟在唱歌……

我想，这样的例子，是永远也举不完的，因为在不同的自然环境中会感受到不同的诗意。而我们所拥有的大自然是何等的辽阔多彩。

现代人，尤其是都市人，面对古诗中所描绘的大自然的机会似乎是越来越少。我们更多的是面对各种各样的钢筋水泥建筑，面对茫茫人海，面对着无数熟悉的或者陌生的人。

人群中当然也能找到诗，这种诗意往往比大自然的诗意更温馨更深沉，更使人为之心弦颤动。

有人说："世界上最美丽的风景，是人。"这种说法，本身就富有诗意，是对人世间美好景象的一种诗意的解释。

有些只是从人的外表中发现诗意，譬如少女的明眸和秀发，譬如在音乐中翩翩起舞的青春肢体……而真正韵味悠长，意境幽深的，是出自心灵的诗意。这样的诗意无须用语言解释，譬如母亲聆听新生婴儿的啼哭，譬如热恋中的情侣互相凝视的目光，有时甚至只是会心的莞尔一笑，只是一声含泪的叹息……

是的，在人群中寻觅诗意，其实是一种对真诚的渴望，渴望真诚的友情，渴望爱和被爱，渴望真诚的呼唤能得到真诚的回报。有时候，相识几十年的熟人会形同陌路，对方的灵魂永远被一堵无形的厚墙封锁着。有时候，陌生的心灵却会在一瞬间碰撞出美丽璀璨的火星。那一瞬间，可能是茫茫人潮中一次邂逅。目光似乎是不经意地相遇，却毫无阻隔地看见了对方的心灵。也许从此便消失在人海中，永远再无相逢的机会，可是记忆中却点燃起一盏不灭的灯。只要你想起人海中那一缕清澈透明的目光，心中的这盏灯便会发出晶莹动人的光芒。

诗意是一种激情，这种激情的抒发常常如喷泉涌动、瀑布飞泻，它是人类良知和智慧情不自禁的流露。

因幸福和欢乐忘情歌哭是诗意，譬如亲人久别重逢时泪眼相向、抱头失声，譬如游子返乡时捧起故乡的泥土深情长吻……

面对同类的灾祸和危难，见义勇为、奋力相助，这也是诗意。曾经看过一部难忘的电影：一个幼儿失足跌落在深井中，无数素不相识的人从四面八方赶来，为挽救在黑暗的井下挣扎的幼小生命，齐心协力，不分日夜地拼搏，终于驱逐了死神。孩子被救出地面时，欢呼和泪水汇成一片激情的海洋……这样的故事和场面，在地球的每个角落都可能发生，谁说这不是诗意呢？

面对残忍和凶暴，发出愤怒的呼喊，目睹人间惨剧后，迸洒出悲戚的热泪，发出哀恸的长叹，也可以是诗意的绝响……

有时候，在孤独中同样能寻求到诗意。

陶渊明的"采菊东篱下，悠然见南山"，王摩诘的"独坐幽篁里，弹琴复长啸。深林人不知，明月来相照"，就是这样的意境。远离尘嚣，陶醉于大自然永恒的宁静，当然是诗意盎然，现代人几乎已无法体会这种独酌天籁、陶然忘机的快乐，而这种快乐是多么迷人。

现代的喧嚣常常使人心灵疲惫。寻求诗意的心灵却可以在喧嚣中进入一种孤独的状态。这种孤独不是与世隔绝、超凡入圣，而是暂时忘却尘世的喧闹和烦恼，独自一人默默地遐想。诗人好比夜莺，坐在漆黑之中用优美的声音唱着自己的孤独。现代人生活空间的狭窄和闭塞，无法封锁心灵的翱舞，自由的思绪和幻想的翅膀可飞向任何你想抵达的目标。也许有人会哑然失笑：这不是白日做梦吗？不错，为什么不能做梦呢？美妙的梦不常常是美妙现实的序曲和雏形吗？

梦和现实当然不能同日而语，梦醒之后现实依旧，尘世的喧嚣依然会扑面而来。然而你在幻想中经历过的美妙片刻却再不会从心中消失。即便现实严酷，你却不至于忘记了理想的境界是何种模样，你会从头开始去寻找……

是的，没有梦的人生，才是真正长夜漫漫、暗无天日的人生。

赵　丽　宏
散 文 精 选

诗意，是活泼的生命在生活中发现或者创造的一种情调。不管生活的节奏发生多么巨大的变化，酿成这种情调的土壤永远存在着。

当然，并不是所有的心灵都能感受诗意、撒播诗意。当你的心被浮躁或者冷漠笼罩，当你沉溺于泛滥的物欲，当你对生活和人生丧失了激情和爱，那么诗意便会离你而去，就像小鸟毫不迟疑地飞离凋零的枯枝。

一位西方的哲人曾这样说过：我愿把未来的名望寄托在一首抒情诗上，而不是十部巨著上。十部巨著可能会随着时光的流逝被人忘记得干干净净，一首优美而真挚的小诗却可能长久地拨动人们的心弦，只要人们的心中还存有诗意。

不一定非要用分行押韵的文字写诗，我们都可能成为诗人。当你面对辽阔的世界高扬灵魂的旗帜，当你无拘无束地让发自内心的欢笑、歌哭、呐喊和叹息在人海中激起回声，当你的心弦因真情的呼唤而颤动……

是的，假如你能够感受到生活中的诗意，你就永远不要悲哀，你可以和骄傲的先哲们一起，吟诵那首童话一般的诗：

　　诗人是世上唯一的君王，
　　他的节杖可伸及最遥远的地方，
　　当帝王在被遗忘的宝座边变成尘土，
　　诗人的感情却依旧被人们缅怀。
　　即便是在风沙弥漫的荒漠。
　　他的诗也会长成一排翠绿的白杨。

除夕诗意

去年除夕夜,手机中收到来自天南海北的贺年短信,这是新时代的贺年方式。女诗人舒婷发给我的短信与众不同,不是时髦的祝词,而是孔尚任的一首七律:

> 萧疏白发不盈颠,守岁围炉竟废眠。
> 剪烛催干消夜酒,倾囊分遍买春钱。
> 听烧爆竹童心在,看换桃符老兴偏。
> 鼓角梅花添一部,五更欢笑拜新年。

孔尚任这首诗,题为《甲午元旦》,其实还是写除夕夜的欢乐情景:全家围炉守岁,喝酒,发压岁钱,放爆竹,换桃符,诗中的气氛欢乐而浓郁。这是我喜欢的一首写除夕守岁的诗。古人诗中,表现除夕之夜欢乐景象的诗不少,譬如白居易的《三年除夜》:"晰晰燎火光,氲氲腊酒香。嗤嗤童稚戏,迢迢岁夜长。堂上书帐前,长幼合成行。以我年最长,次第来称觞。"白居易的除夕诗,和孔尚任的《甲午元旦》异曲同工,描绘了一个大家庭一起喝酒守岁的情景,有火光,有酒香,有歌声,好不热闹。此诗的后四句,朴素如白话,却是一幅过年的风俗画:全家老幼按辈分排着队,来给最年长的诗人敬酒拜年。

　　不过，读古诗多了，发现古人写除夕的诗，还是情绪悲苦的居多。动荡战乱年代，每逢过年，更添几分愁思。且看唐人高适在旅途中写《除夜作》："旅馆寒灯独不眠，客心何事转凄然？故乡今夜思千里，霜鬓明朝又一年。"这样的除夕，没有一点过年的欢乐气氛，身在异乡，孤身羁旅，面对寒灯思念故乡，感慨岁月飞逝，霜染鬓发，生命老去。另一位唐代诗人来鹄也写过《除夜》："事关休戚已成空，万里相思一夜中。愁到晓鸡声绝后，又将憔悴见春风。"这首诗，和高适的《除夜作》情绪和意境相近，一个哀叹"霜鬓明朝又一年"，一个担心天亮后"又将憔悴见春风"。戴叔伦也曾在旅途中过除夕，他的《除夜宿石头驿》，和前面两首诗情调类似："旅馆谁相问？寒灯独可亲。一年将尽夜，万里未归人。寥落悲前事，支离笑此身。愁颜与衰鬓，明日又逢春。"在除夕之夜，如果读到的都是这样的诗，恐怕会破坏了过年的喜气。然而国难兵灾之时，过年总是忧患多于喜气。记得当年在乡下"插队落户"时，一次偶然读到清人黄景仁的《癸巳除夕偶成》："千家笑语漏迟迟，忧患潜从物外知。悄立市桥人不识，一星如月看多时。"在海岛长堤上独自仰望星空，吟诵着这样的诗句，心里生出愁绪，也生出感动和共鸣。

　　文人过年，还是不忘文章事。明代才子文徵明写过《除夕》，是一个文人生活的写照："人家除夕正忙时，我自挑灯拣旧诗。莫笑书生太迂腐，一年功事是文词。"在书房里读这样的诗，使我面对着书和电脑会心一笑。

天籁和回声

为编散文选集,从箱底翻出年轻时代的旧笔记。纸张早已发脆泛黄,字迹也开始模糊,然而当年在孤独中面对自然产生的种种疑惑和遐想,今天读来依然心有共鸣。如果再年轻一次,再回到我的岛上,再住进那间临河的茅屋,我能不能重温这些奇妙的天籁,能不能在大自然中排遣我的孤独和惆怅?

然而当年听到看到想到的一切,却飘出这些旧笔记,亲切地把我笼罩,使我依稀又回到了遥远的从前……

——题　记

桃　花

早晨,有人轻敲我的窗户。那扇小小的窗户,面对着小河,河边没有路,是谁在敲窗?抬头一看,是一枝桃花,风吹桃树,树枝晃动,碰到了我的窗户。枝头的桃花含苞待放,露水在花蕾上闪动,早霞照在花枝上,一片玫瑰色的殷红……

花枝敲窗,是什么美妙的预兆?

"人面桃花相映红",我的苍白的脸,能被这不期而遇的桃花映红?

我起床，开窗，让结满蓓蕾的树枝进入我的小草屋。你好，春天，谢谢你用这样的方式来到我的身边。

风中树

大风摇动了田边那棵大杨树，绿色的树冠倒向一边，像一个怒发冲冠的古人伫立在风中，狂风撩起他一头乱发。

被风打乱的树叶在疯狂舞蹈，它们拼命地顺着风去的方向逃窜，仿佛是想造反，是想脱离树干。然而一次又一次，树干又把它们拽回来……

平时那么安静的绿树，此刻成了一个狂躁的疯子。满树的枝叶都在风中呼啸作声，宣泄着他内心的不安。

风和的日子多么好，在田边，他静静地站着，像一个心地平和善良的绿衣人，含笑注视着过往的农人。风改变了他。风撩动了他心里所有的辛酸和悲哀，使他忍不住一吐为快。

树欲静，而风不止……

夜　色

在城市里永远也看不到这么美妙的夜色。城里的夜空被楼房割裂成一条条一块块，它们残缺不全，使人产生一种压抑的感觉。

这里的夜空是那么辽阔，浩浩瀚瀚，无边无际，遥远的地平线才是它的边缘。星星自由地散落在四面八方，像无数闪烁的眼睛，凝视着大地。深邃的夜空像清澈见底的海洋，星星们是晶莹闪亮的珍宝，在海底发出幽暗的光芒。飘动的薄云犹如荡漾的水波，使水底的珍宝显得无比神秘。谁也说不清楚它们已经闪烁了多少年，人类无法打捞这些珍宝，只能在梦中想象它们的美妙。可望而不可即的海底珍宝啊……

月亮是夜空里的魔术师,它天天都有变化。新月和残月像被农民磨得锋利雪亮的镰刀,也像《天方夜谭》里阿拉伯强盗的弧形腰刀。更奇妙的是满月,它刚刚出现在地平线上的时候,显得那么大,像是开在天上的一扇巨大的圆窗,天上的秘密都可以在这扇圆窗里看到。凝视那一轮清辉流洒的满月,我觉得它和我之间的距离很近,仿佛睁大眼睛就能看清楚月亮上的河流和高山,能看见传说中的树林、宫殿、仙女……然而每当我想看清楚它们时,它们就变得朦胧,变得遥不可及。

被月光照耀的大地,也出现了白天所没有的奇妙景象。田野、树木、竹林、河流,此刻都成了银色的雕像,它们失去了原来的色彩,全都变得晶莹透明。人间的幸福和欢乐、烦恼和苦难,都凝结在这清冷而纯净的月色里。

也有阴云密布的夜晚,夜空中一切都消失了,只剩下一片漆黑。这时,想象的翅膀也被黑暗折断。

芦 花

刚到乡下的时候是深秋,正值芦花开放。在河边沟沿,到处是它们银色的身影。秋风萧瑟时,它们集体晃动的姿态,是世上少有的奇妙形象。那起伏的银波,轰轰烈烈,浩浩荡荡,没有一点媚态,也没有一点矫揉造作,看到它们,我的视野里一片清朗。最壮观的是在日出或者日落时,它们随太阳和彩霞的色彩变幻,时而变成一片绚烂的绸缎,时而变成一片燃烧的火焰。有时候,突然从芦苇丛中飞起几只野禽,它们欢叫着,翅膀扇动着掠过芦花。这情景,色彩虽不算丰富,却使我想起了古人的那些凄清苍凉的诗,想起那些格调幽远的中国画。

它们很难被风雨摧毁。秋风秋雨的时节,它们使我感受到生命的蓬勃和昂扬。入冬后,如果芦苇仍未被收割,河边沟沿的景象便逐渐显得凄凉。经过几番秋雨的摧残,它们稀疏了,有些枝干已被折断,寒风吹来,再形不成轰轰烈烈的气势。然而,辉煌的银色依旧,那一股清气依旧。在冬日的残阳里,它们依然会成为殷红的火苗,燃起我心中的遐想……

世界上,还有比它们更长久的花朵吗?

喜鹊和乌鸦

喜鹊和乌鸦,是体形类似的两种大鸟。

喜鹊常在屋顶上鸣叫,乌鸦却躲在树林里聒噪。

喜鹊的歌声带给人们的是喜悦,是美丽的期望。乌鸦的叫声却是不祥之兆,谁也不喜欢听。

我喜欢喜鹊,并不是因为它们是吉祥的象征,也不是因为它们的歌唱。它们的歌喉实在很平常,还不如天真的小麻雀,无法打动我。我喜欢的是它们飞翔时的姿态,张开的翅膀又宽又长,黑色的羽毛中夹杂着几点雪白,长长的尾翎优美地拖在身后,从空中掠过时,使我想起矫健的鹰。它们是一种美丽的大鸟,即便没有那些传说和象征,它们也值得人们喜欢。

我也不讨厌乌鸦,它们的鸣叫固然不动听,那单调沙哑的"哇哇"之声,听了让人心烦。不过,它们乌黑的形象却并不丑陋。只要沉默地停栖在树枝上,它们的黑色形象便威严而端庄。小时候读过《狐狸和乌鸦》的寓言,在寓言中,愚蠢的乌鸦没有自知之明,狐狸的花言巧语使它忘乎所以,当它想炫耀自己的歌喉时,随着"哇"的一声,那块肉骨头就到了狐狸的嘴里。小时候还读过一个故事:一只渴极了的乌鸦,找到一只水瓶,里面有半瓶水,水瓶的瓶颈很小,乌鸦的嘴只能伸进一半,喝不到瓶里的水。这只乌鸦很聪明,它把地上的石子一颗一颗地衔到瓶子里,瓶里的水溢了出来,乌鸦如愿以偿,喝到了瓶里的水。还听说过乌鸦反哺的故事:老乌鸦垂危时,小乌鸦们把找来的食物喂到它们嘴里。这样孝敬父母、回报长辈的行为,在

虽垂首独立 却心忧天下
朱耷善画此类禽鸟 令
观者遐想
　　赵丽宏

赵丽宏　绘

乌鸦在我心里的形象是复杂的，愚蠢、聪明、孝顺，而且可怜。

人类社会也是美德，在动物中，更是极其罕见。也是在小时候，有一次，看到一个船夫的老婆，抓到一只飞到河岸上的乌鸦，那女人只用了不到一分钟，就拔光了乌鸦的一身黑毛，使它成为一个光秃秃小肉团，在女人手中绝望地挣扎。这只乌鸦成为她的午餐。那女人饥饿的目光、麻利的动作和乌鸦在被拔毛过程中发出的惨叫，留给我极深刻的印象。乌鸦在我心里的形象是复杂的，愚蠢、聪明、孝顺，而且可怜。到乡下后，小时候的所有印象就渐渐淡漠，在我的视野中，它们和喜鹊并没有太大的差别，它们一样地自由，一样地保持着独立。它们张开翅膀飞翔时，同样使我联想到鹰。现在，对乌鸦的叫声，我也已经习惯。"哇"，像一声惊叹，突然响在寂静中，使我忍不住走出我的小茅屋，欣赏门外的天空和树林，欣赏掠过河面的飞鸟和游动在清波中的鱼……

云中的鸟鸣

从遥远的天空传来一阵鸟鸣。

我抬头寻找，却什么也看不见，只有压得低低的乌云，在天空缓缓滚动。这鸣叫的鸟，难道是在云中飞翔？

鸟鸣忽隐忽现，终于渐渐远去，消失在天的尽头。

只听见它的声音，看不见它的身影，就像我心里的希望……

露　珠

荷叶上的露珠在这里看不到，因为这里不种荷花。

芋叶上的露珠也许更奇妙。早晨，露珠在芋叶上颤动，几颗小的，合并成一颗大的，像稀世的大珍珠，晶莹夺目，雍荣华贵，似乎把满天的霞光都凝聚在自己的身上。

早晨干活时，凝视脚下的泥土，我发现，只要是从泥土里长出来的植物，只要这植物有叶瓣，不管这叶瓣多么窄小，上面总有一颗或者几颗露珠。

稻茬

收割过的稻田，失去了波浪起伏的金色，失去了丰收的辉煌，失去了随风飘荡的清香。

农民用镰刀为稻田剃了光头。稻穗，连同稻草，已经被运走，只留下可怜的稻根，在寒风中瑟瑟发抖。稻子的欢乐和情感，都是由这些稻根孕育的，稻子对于人类的价值，也是由这些稻根培养的。现在，它们的功绩和成就统统都被收获，人们再也不注意它们的存在。

拖拉机开进来了，雪亮的犁刀划破了稻田。稻根随着浪花般翻卷的泥土被翻出地面，又被埋入地下。它们将变成泥土，成为下一代稻谷们的养料。

世上没有人会为这些稻根唱赞歌的。稻根们若有知，也许会生出一些悲哀。

悲哀吧，这悲哀，会酝酿成明年的欢悦。

抚琴

昏昏沉沉，从幽暗中睁开眼睛，面前亮着一盏青灯。冷色的灯光里，坐着一个着古装的女子，手上抱一把黑色的古琴。她抬起头来，冲我嫣然一笑，然后低下头来，纤细白皙的手在琴弦上轻轻一拨，琴声凌空而起，喊喊喳喳，在灯光里回旋。这女子不是绝色美人，她的琴声也并非荡气回肠，只是喊喊喳喳地重复着相同的旋律。不过，她的微笑，她的琴声，我都不觉得陌生。她是谁？可是白居易《琵琶行》里那个在船上弹琵琶的女子？

琴声急促起来，那女子两只手忙不迭地在琴弦上翻飞滚动，喊喊

喳喳的琴声也一阵急似一阵……突然，一片青白色的光芒闪了一下，亮得扎眼，光芒照亮了女子的脸，那张苍白的脸顿时大惊失色。只见她的手颤抖了一下，哗啦一声，琴弦绷断，琴身开裂，发出惊天动地的巨响……

我从床上跳起。是在我的茅屋里，周围一片漆黑，没有暖色的灯光，没有弹琴的女子，什么都没有。是我的一场梦。只有那喊喊喳喳的声音仍在继续。外面，正在下雨。

这雨不知是什么时候开始下的，是那个女子低头抚琴时吧。

青　虫

一条透明的青虫，沿着湿漉漉的树枝向上爬动。它爬动的姿态多么稀奇，身体的蠕动犹如优美的舞蹈，尖而小的脑袋一起一伏，好像在和天上的什么人打招呼。

树枝不长，青虫很快就爬到了顶端。它用尾部缠住细细的树枝，奋力抬起身子，仰望着天空上下扭动，仿佛在对天朝拜。树枝随青虫的扭动摇摆着，终于，它被摇摆幅度越来越大的树枝弹落在地。

青虫在地上待了片刻，又开始用它那稀奇的动作爬动。

它的目标仍然是树，找到树干，毫不犹豫地往上爬，最后，竟然在丛生的树杈中又寻觅到刚才的那根树枝，然后重新开始它的登攀……

这小青虫，它要寻找什么？

日　出

一个老农用奇怪的眼光看着我，问："你为什么盯着太阳看？有什么好看的？"

是的，我正忘情地盯着那轮初升的太阳看得出神，看得忘记了我

赵丽宏
散文精选

身边的世界。初升的太阳是那么大，那么红，那么新鲜，那么新奇，那么活泼，那么变化无穷……早晨，看她在我面前升起来，我觉得她总是显露出不同的面孔。每天，她都换上不同的彩色衣裳，那些瞬息万变的云霞，像是她围在身上的纱巾，在风中优美地飘动……她在向世界卖弄她的无与伦比的青春姿色。这青春姿色是多么迷人！如果早上没有这样的太阳，这世界将会是何等的惨淡！

老农用困惑的眼光看我，我微笑着看着他，用我的沉默作回答。我看到，在太阳的辉煌中，老农的眼睛里也映射出灿烂的光线，他脸上那蛛丝般密布的皱纹，像一道一道辐射开来的光芒……

不管夜晚多么黑，想到每天早上太阳都会以不同的面貌美丽地升起，这是多么令人安慰。

问 鸟

一只不知名的鸟，停在枝头上默默地看着我。

红色的胸脯，蓝色的颈项，灰褐的翅膀，金黄的尾羽。一对眼睛是乌黑的，一动不动地凝视着我，好像有很多思想，有很多奇妙的念头……

造物主啊，你是多么神奇，竟能创造出如此精致美丽的小生命。面对这鸟，我觉得自惭形秽。树下有清水，我能照见自己：灰头土脸，打过补丁、沾着泥巴的破衣服下面，露出粗糙的身体……

枝头上的鸟似乎窥探出了我的心思，在树上移动了两步，突然张开翅膀飞到空中。天上传来了它的鸣叫。那是对我的嘲笑吗？

我感到脸颊上一凉，好像有雨点落到了脸上，用手一抹，原来是一滴鸟屎！

我扑哧一声笑了。美丽的生灵也要拉屎，我有什么可以自贱的呢？

对着传来鸣叫的天空，我大喊：喂，会飞的朋友，你知道我心里想些什么吗？我的念头也会飞起来的！

雨　声

　　雨声，彻夜在我的耳边响着……

　　它们是从天上伸下来的无数手指，抚弄着黑暗的大地。在淅淅沥沥、喊喊喳喳的声响中，我默默地倾听它们和大地的接触。

　　它们轻轻拍打着我的茅屋的屋顶，茅草在夜色中留下细微的咝咝声，这声音是轻柔的，犹如低声的叹息……

　　它们落在我窗外的树叶上，发出噼噼啪啪的声响，像是很多人在远处鼓掌。掌声一阵接一阵，这不是热情的掌声，而是温和的、有节制的，似乎是被一种无形的力量驱使，不停地继续着。在这寂寞的寒夜，有什么值得如此鼓掌呢？

　　它们落在河里，发出清脆的沙沙声。这是水和水的接吻，晶莹而清澈，天和地的激情在这千丝万缕的交接中蔓延扩展……

　　它们也敲打着我的门窗，这没有规律的声音仿佛是在不停地对我絮语：哎，你龟缩在屋顶下干什么？到雨里来吧，我们会洗净你身心的疲惫。你出来吧！

　　突然，它们走进了我的屋子。起先是在地上，"滴答"一声，又"滴答"一声，清晰嘹亮，像交响乐中的小号。是我的屋顶漏雨了，雨水浸湿了屋顶上的茅草，渗进了屋子。很快，这清脆的"滴答"声扩展到我床边的桌子上，变成浊重的"笃笃"声，又扩展到我的蚊帐顶上，变成沉闷的"噗噗"声……接下来，就该扩展到我的被褥和身体脸面了。

　　我不想阻止它们的造访，也无法阻止它们的进入，由它们去吧，让这屋子里的声音，和屋外天地间的千万种声音融为一体，让我也变成雨的一部分，湿润自己的同时，也湿润了世界……

赵丽宏
散文精选

大　雁

一群大雁从我的头顶飞过。

在蓝色的晴空中，它们排列成整齐的队伍，一会儿是一个"一"字，一会儿是一个"人"字。在小学的语文课本里，曾经读到过这样的情景，此刻，在天地之间，我亲眼看见了。

这些不知疲倦的候鸟，不可思议地把"一"和"人"写在天空，是要向人类昭示一些什么呢？很遗憾，我无法和它们对话。

一次，在一片芦苇丛中，见到一只大雁，它受了伤，折断了翅膀，无法再飞上天空。它在芦苇丛中扑打着，哀叫着，那叫声使人听了心里难过。更惊心动魄的，是它的伙伴们的表现：它们成群结队地在天空中盘旋哀号，久久不忍离去，好像是在呼唤它回到空中，回到它们的阵营里……这景象，使我联想到人间的很多悲剧。

雁群最后还是飞走了，它们没有因为一个同伴的掉队而放弃它们的远征。然而它们在天空中盘旋时留下的哀号，却无法从我的记忆里消失。

那只受伤的大雁怎么样？不用说的，它成了农民锅里的食物。为了生存，人类可以把一切憧憬和哲理都咽下肚皮……

乌　云

我凝视着头顶上的那一团乌云。

它沉重地浮动在空中，离开地面那么近，好像已经压在我的头顶上，只要伸出手，就能摸到它、抓到它。它像一头奇形怪状的巨兽，穿一件深灰色的袍子，大腹便便，睡眼惺忪，正用奇怪的表情俯视着大地。因为它的窥视，大地显得异常紧张，竹林、树、田野里高低起伏的植物，停止了所有的动作，变得极其安静。

它和被它俯视着的大地就这样在静谧中默默地对峙着,无法预料在这两个阵营之间会发生什么。

一阵微风拂过,大地颤抖了一下,大地的羽毛——那些绿色的树木花草,纷纷摇动着它们的枝叶,发出一声声长吁短叹。它们在风中解除了因紧张引起的沉默。而天上的乌云,也开始匆匆忙忙运动起来,它以极快的速度变化着,那件灰色的袍子,魔术师般地在它身上飘舞,使得它瞬息万变。只要动用想象力,它几乎扮演了世界上所有的动物:象、骆驼、马、狮子、鹰、孔雀、熊、狐狸……更有许多无名的怪兽附在它身上,使人看得目瞪口呆。它身上的灰袍渐渐泛出了白色,仿佛有很多沸腾的溶液在它的肚子里翻滚,它们不时突破那件灰袍的束缚,在它的身体的某个部位一亮,又一亮。终于,那件臃肿的灰袍再也无法包裹那些闪亮的溶液,它们沸腾着,膨胀着,在灰袍上撕开一个大口子,白光四射的溶液从那口子里汹涌而出,那口子迅速扩大,很快就将灰袍吞噬殆尽。从白光中,露出了蓝色的天,阳光耀眼地一闪,向四面八方辐射开来……

乌云就这样地消散了。乌云背后,是一个阳光朗照的晴天。

风敲打着门窗

连续几夜风雨不断。

风敲打着我的门窗,一阵紧急,一阵缓慢……

大风呼啸时,茅屋简陋的门窗被敲得砰砰作响,像有一群强盗在门外急着闯入,漏风的木窗和门板随时都会被撞裂。我也把他们想象成游荡的冤魂,正在寒夜中追索着他们的仇人;或者是被追逐的流浪汉,在荒野里惊慌失措地寻找庇护之地;也像是杀气腾腾的"造反队",冲到了我的门前……冤魂和流浪汉都不可怕,我可以打开门窗放他们进来;可怕的是强盗和"造反队",我无法和他们讲理。

微风吹拂时,好像是一个彬彬有礼的绅士在外面叩门。他极有耐

赵丽宏
散文精选

心地一下又一下轻叩着我的门。我不开门，他就会轻轻地叩上一夜。睡意蒙眬中，我幻想是我的意中人随风飘到了门外，她调皮地拍着门、敲着窗，在黑夜中窥视我赤裸的睡态……我很想打开门，如果门外站着文雅的智者，我要请他进来，我们不妨彻夜长谈；如果门外是我的恋人，我当然要将她拥入怀中，所有的凄苦和寂寞都会烟消云散……

风敲打着我的门窗，也撩拨着我的想象。我知道，我不是躲避尘嚣的隐士，我的关于风的想象中，有着那么多人物。我希望这世界上我不是孤独的一个人。

无风的夜晚，万籁俱寂，我却依然听得见风，它在远方游荡，也在我心里徘徊……

鹭鸶

鹭鸶，一个多么美妙的名字。

它们的形象和它们的名字一样动人。

早晨，太阳还没有升起，薄雾像若有若无的轻纱在湖面上飘来飘去。湖心那片稀稀朗朗的芦苇丛里有雪花似的小白点一闪一闪，那就是它们了。这时候它们是朦胧的，只是一点点白色的小精灵，是昨夜梦境的残片，飘荡在宁静的空气中。

薄雾散去，玫瑰色的朝霞热热闹闹地落了一湖，鹭鸶的叫声从芦苇丛里传出来。看见它们在水面上扑腾的翅膀了，白色的翅膀悠然舞动，像从红色的霞光里浮出的一片片白云。它们不时飞离水面，在苇丛上空飞翔一圈，然后落下来，又细又长的脚轻轻地点着荡漾的水波，又不慌不忙地站定了引颈长唳，好像是在欢呼黎明的到来……

这些无拘无束的水鸟，这些自由自在的生命，我羡慕它们！

两只罱泥的小船出现在湖面上，划船人挥动长长的竹篙，小船犹如两只不怀好意的大甲虫，晃动着触须向湖心爬去……

鹭鸶们似乎是受了惊吓，纷纷展翅飞离苇丛，飞离得那么仓促，

转眼间便消失得无影无踪……

你们到哪里去了呢，鹭鸶？明天早晨，你们还会不会回来？

芦　芽

芦芽使我惊讶了很久。

芦芽是淡红色的，很嫩。我用手掰过，没花什么力气，那细而尖的嫩芽就折断了，有乳白色的汁液从断面渗出来。

使我惊讶的是，它们怎么能从那些还没有化开的冻土中钻出来？河沿上那些冻土，简直就像石头，可以使锋利的铁锹卷刃。每天早晨，白森森的寒霜覆盖着冻土，看不见生命的色彩从中显露。只有去年秋天枯萎了的芦苇和败草，在冷风中瑟瑟发抖，宣告着一个个弱小生命的衰败和死亡。这死亡是寒冬带给它们的。整个冬天，冻土都以威严强悍的面貌傲视着世界。阳光的照射可以使它们融化于一时，但只要夜幕降临，只要寒风一起，它们便悄然封冻，成为铁板一块，连顽强的蚯蚓也无法突破它们对大地的封锁。

而又嫩又小的芦芽却倔头倔脑地从冻土下钻出来了。这是生命创造的奇迹。它们没有屈服。我无法想象芦芽钻出冻土的过程，这过程一定是痛苦而又漫长的，需要韧性，需要恒心，需要忍，需要日复一日的等待……

寒风依然刺骨，太阳还躲在灰色的浓云背后。我感到冷，我甚至能听见从口中呵出的热气在空中凝结成霜的声音。这是冬天的声音。芦芽，以你们嫩弱的身躯，能在这样冷酷的环境中继续生存吗？

芦芽不会回答我。它们的沉默是一种自信而又宁静的微笑，它们的微笑将在大地上蔓延。不会很久了，它们的微笑会蔓延成一片青翠，一片在春天的暖风中洋溢着生机的绿色海洋……

赵丽宏
散文精选

鬼　火

　　晚上一个人走夜路，没有月亮，黑暗中几乎看不到脚下的小路。经过一片坟地，坟堆在黑暗中起伏闪动，使人情不自禁想起农民中流传的很多鬼的故事。可是我却一点也不害怕。

　　看见了三两点绿色的磷火，忽明忽灭，忽隐忽现，忽高忽低，忽近忽远……

　　这就是鬼火？有人说它们是在野地里游荡的幽灵，是幽灵们蒙眬的眼睛。农民们提到它们时脸都会变色。可是，为什么我没有恐惧的感觉产生？

　　这些绿色的光点，这些流浪的星星，这些快乐的精灵，你们，在夜色里自由自在地飞舞，你们一定唱着动人的歌，可惜我听不见。

　　我想，你们从前一定是一些失去了自由的生灵，你们被凌辱过，被压抑过，被黑暗的牢笼囚禁过，是不是？要不，你们为什么这样彻夜不停地飘游飞舞？

　　很好，你们这些死而复生的生命形态。如果消逝的生命都能变成这样的发光体，我们这个黑暗的世界将会变得怎样地明亮！

初　吻

　　雨天时在泥路上留下的脚印，到了晴天，便凝固了。我一个人走着，看着路上的脚印，想象人们在雨天时步履维艰的样子。

　　路蜿蜒在一大片玉米地里，绿色的枝叶为曲折的小路搭起清凉的屏障。路的尽头是海堤。总是这样，每次在登堤看海之前，先沐浴浓郁的生命之绿。这些玉米，我看着它们发芽，看着它们从幼苗一天一天长高长大，长成这样一片生机盎然的绿色海洋。生命是多么奇妙！

　　从玉米地里传来一片窸窸窣窣的声音，循声望去，是一男一女两

个年轻人，躲在那里接吻。他们都有些害羞，你看着我，我看着你。我看到他们时，两个人的嘴唇正好凑在一起。我的突然出现使他们大吃一惊，他们像触了电似的，猛地跳起来，两个人之间仿佛有一个弹簧，一下子把两个人弹出好大的距离。两个人紧张地看着我，姑娘满面通红，小伙子脸色苍白，好像是行窃的小偷突然被人发现。

"你、你看到了？"小伙子结结巴巴地说，他无法掩饰他的惊慌和急切。"我……我们是头一次，我们什么也没有做，什么也没有！"

姑娘则用绝望的眼神看着我，仿佛我一开口，便能判他们死刑。

我想笑，面对着如此紧张的一对恋人，却尴尬地笑不出来。我一边慢慢地走开，一边讷讷地说："我什么也没看见，什么也没看见。你们……随便吧。"说着，加快脚步离开了他们。

我的身后，那片玉米地里再也没有发出任何声响。我知道，那一对恋人，依然紧张地站在老地方，保持着距离，你看着我，我看着你……

唉，该死，我破坏了他们美丽的情绪，使他们羞涩的初吻被恐惧和惶惑笼罩，我真不该！小伙子和姑娘我都认识，他们在谈恋爱人们也都隐约知道，没什么见不得人的。可他们为什么害怕，为什么紧张，为什么像做了贼一样？

我急匆匆地走着，宽大的玉米叶撩拂着我的身体和脸，可我已经没有什么感觉。走到尽头，是一堵高墙，不，是堤岸。辽阔的涛声，正越过堤岸，冲击着我的麻木的感官……

第四辑 沉船威尼斯

异乡的天籁

夜晚,在离开上海数万里外的南太平洋之岸,看半个残缺的月亮从海面上静静升起。天空是深蓝色的,而天空下面的海水,是墨一般的漆黑,星光和月色洒落在海面上,泛起星星点点的晶莹。远方有一条白色的细线,在黑黢黢的水天之间扭动,这是海上卷起的潮峰,它们集聚了大自然神秘的力量,正缓缓地向岸边涌来。风中,传来隐隐的涛声。一只白色的鸥鸟从我身边飞过,像一道闪电,倏忽消失在黑暗之中。

这是澳大利亚维多利亚州一个名叫凯尔斯的海边小镇。这个小镇,离繁华的墨尔本二百多公里,在地图上未必能找到,镇上只有几家小店和旅馆闪着灯火。离开小镇,穿越一片草坪就是海滩。我一个人站在海滩上,站在星空下,站在望不到边际的夜色里,沉浸于奇妙的遐想。和我一起伫立于海边的,是一棵古老的柏树。斑驳的树皮,曲折的枝干,树冠犹如怒发冲冠,月光把古柏巨大的阴影投在海滩上,如同印象派画家异想天开的巨幅作品。这样的古柏,在中国大多生长在深山古庙,想不到在异域海岸上也能遇到这样一棵古树,这是奇妙的遭遇。树荫中传出不知名的夜鸟的鸣啼,低回婉转,带着几分凄凉。

古树,残月,孤鸦,星光荡漾的海,这样的景象,神秘而陌生,却似曾相识。它们使我联想起唐诗宋词中的一些情境,但又不雷同。

169

赵丽宏
散文精选

这是我以前从未看到过的风景。我就着月光看腕上的手表,是夜里九点。此时,中国是傍晚七点,在我的故乡上海,正是华灯初上的时刻,淮海路上涌动着彩色人流,南京路上回荡着喧闹人声,灯光勾勒出外滩和浦东高楼起伏的轮廓……而这里,完全是另外一种景象。久居都市,被人间的繁华和热闹包围着,很多人已经失去了抬头看看星空的欲望,也忘记了天籁究竟是怎么一回事。此刻,大自然正沉着地向我展示着它本来的面目。

能够沉醉在大自然幽邃阔大的怀抱中,是一种幸运。在天地之间,在浩瀚的海边,我只是一粒微尘,只是这个小镇、这片海滩上的匆匆过客。然而这样的夜晚、这样的情境,却会烙进我的记忆。

在澳洲,很多天然的景象使我陶醉,也使我心灵受到震撼。旅行途中一些不经意间看到的景色,让人难以忘怀。一位澳洲作家曾经这样提醒我:"在澳洲,请你多留意这里的海洋。"在飞机上,我曾经观察过澳洲的海岸线,这里有世界上最曲折逶迤的海岸,海岸边有平缓的沙滩,也有峻峭的岩壁。在阳光下,金黄的沙滩映衬着蓝得发黑的海水,海滩的金黄是天底下最辉煌的颜色,而海水的蓝色则是世界上最深沉的颜色,这样鲜明强烈的对比,在任何一个画家的笔下都没有出现过。我也一次又一次走到海边,看海浪在礁石上飞溅起漫天雪浪,听涛声在天地间轰鸣。面对着激情四溢的海洋,我却感受到一种无法言传的宁静。也有平静的海湾,海水平静得像一块蓝色水晶,白色的游艇在海面滑动,悠然如天上的白云。凝望着平静的海洋,我却想起了风暴中的海,想起了我曾经在文学作品中读到过的最汹涌激荡的海。海的运动,遵循的是自然永恒的法则,没有人能改变它。这是地球上最神秘的力量。在悉尼的邦迪海滩,我看到了海洋永无休止的运动。不管气候是晴朗还是阴晦,不管是有风还是无风,在这片海滩上永远能看到滔天巨浪。潮头如崩溃的雪山,成群结队呼啸而来,前面的刚刚在海滩上溃散,后面的又轰然而起。冲浪者在潮峰上滑翔,展现着人的勇敢和灵巧。如果把大海的运动比作一部壮阔的交响曲,人在其

中的活动只是几个轻巧的音符。

在澳洲的海边旅行时，我也常常被突然出现在眼帘中的大树吸引。很多树我都无法叫出它们的名字，它们千姿百态地站在海边，眺望着波涛起伏的海洋，也向过路人展示着生命的魅力。这些大树的形状没有一棵是雷同的，也没有一棵是丑陋的，无论怎样生长，无论是粗壮的还是清瘦的，高大的还是低矮的，所有的树都显得生机勃勃，树上的每一根树枝都像自由的手臂在空中挥舞，在拥抱清新的阳光和海风。即便是那些枯死的老树，我依然能在虬结的树干和峥嵘的枝杈上感受到生命的力量，能从中想象它们当年的茂盛风华。澳洲的树木中，最常见的是桉树，它们有的独立在草原中，有的成片成林，白色的树干在绿叶中闪烁着光芒。在国内，我也看到过不少桉树，印象中它们都清清瘦瘦，像苗条的少女。而澳洲的桉树却完全不一样。在离菲利浦湾不远的公路边，我见过一棵巨大的桉树，树干直径将近两米，四五个人无法将它合抱。树冠覆盖的土地超过一亩，几十个人站在这棵巨大的桉树下，只占据了树荫的一小部分。我曾经走进一片幽深的桉树林，因为树和树挨得太近，白色的树干互相缠绕着，密集的树叶遮住了天光，空气中弥漫着桉树叶的清香。在树上，能看到考拉，也就是树袋熊，这是澳洲人最喜欢的动物。它们悠闲地坐在树杈上，不慌不忙地嚼着桉树叶，并不理会生人的来访。

海边的牧场也是悦目的景观，草原的起伏形成了大地上最柔和的线条，而在草地上吃草的羊群和牛群，仿佛是静止不动地被贴在绿色屏幕上。如果海上有风吹过来，吃草的牛羊应该能听到浪涛拍击海岸的声音，应该能听到树林在风中的低语。但这些草原上的生灵，大概早已习惯了身边的那种安宁，它们已经没有了奔跑的念头。只有野生的袋鼠，箭一般出没在灌木丛中。

一天黄昏，我离开海边一个著名的景点，在暮色中坐车回墨尔本。公路穿越一片丘陵时，车窗外出现了我从未见过的奇妙景象：西方的地平线上，残阳颤动，晚霞如血；东方的天边，金黄的月亮正在上升。

赵丽宏
散文精选

道路两边，是广袤无边的草原，羊群、牛群和马群仍站在那里吃草，它们沉静地伫立在自己的位置上，在夕阳和月光的照耀下，入定一般贴在墨绿色的草地上，天色的昏暗丝毫没有引起它们的不安。这是一幅色彩深沉、意境优美的画，一幅世界上最平和幽静的油画。

天上和人间

那是一个秋日的下午,我身在塞尔维亚。贝尔格莱德的国际书展,新书如斑斓秋叶,在眼帘中缤纷闪烁。我被人簇拥着漫步在争奇斗艳的书柜之间,有点惶然失措,不知看什么书才好。那些用我不认识的文字印成的书籍,对我来说好比天书,看不懂。而这个国际书展上,也有我的一本小书要首发,这是一本被翻译成塞尔维亚文的诗集《天上的船》。我跟着这本诗集的译者、塞尔维亚前文化部长、诗人德拉根先生,穿行在书海和人流中。要在茫茫书海中找到为我举办首发式的场地,不是一件容易的事。

走过一排书柜时,我似乎听到一个女人的声音从地下传来:"Mr. Zhao! Mr. Zhao!"这声音细微而清晰,仿佛是来自很深的地底下。"Mr. Zhao",难道是在和我打招呼?周围并没有熟悉的人。那声音不停地从地下传来,竟然还是我的名字。

我循声低头看去,不禁吃了一惊。在一个书柜下面,有一位佝偻成一团的女士,坐在一辆贴地而行的扁平轮椅上,正仰面和我打招呼呢。

这是一个高位截肢的残疾妇女,她没有双腿,小小的躯干举着一颗大大的脑袋,还有一双挥动的手。她费力地抬头看着我,瘦削的脸上,两只深陷的眼睛中闪烁着清亮的光芒,这目光使她的表情显得快

赵丽宏
散文精选

乐而开朗。她看到我注意她,咧开嘴笑了笑,随后吐出一连串我听不懂的语言。看她激动兴奋的样子,我感到莫名其妙。她在对我说些什么?

站在我身边的德拉根先生却跟着这位女士一起激动起来。他告诉我:"这是一位诗歌爱好者,她从国家电视台的新闻节目中看到你,她祝贺你在斯梅德雷沃获得金钥匙国际诗歌奖呢。她说,她听到你用中文朗诵诗歌了,很动人。她很高兴是一个中国诗人获得这个奖,她全家人都为此高兴。"

德拉根为我翻译时,她还在继续说着。德拉根俯身问了她几句,抬头对我说:"她说,她正在读你的诗呢。"

我低头凝视这位没有双腿的女士,看着她真挚的微笑和兴致勃勃的表情,她的声音如同从地下涌出的喷泉,在我的耳畔溅起晶莹的水花。我无法用言语描述我的惊奇和感动。这位活得如此艰辛的残疾女士,居然还有兴致关心诗歌,居然还能从人群中认出我这个外国人,并呼叫出我的名字,实在不可思议。只见她从轮椅边挂着的一个小包中拿出一本书,蓝色的封面上,海浪汹涌,白云飞扬,这正是我在这里刚刚出版的诗集《天上的船》。

她请我为她签名。我俯下身子,在诗集的扉页上写下"宁静致远"四个字。她看着这些她并不认识的汉字,脸上露出满足的微笑。

我们离开时,她的声音继续从后面的地下传过来。我不忍回头看她。德拉根叹了口气,感慨道:"她在为你祝福呢。"

我在人海中往前走着,去寻找举办诗集首发式的场地。我的心情突然变得有点沉重。她的模样和声音,在我的眼前晃动……我不知道她是什么人,不知道她为什么原因残疾,不知道她的生活状况,不知道她如何面对残酷的现实。她的生存,也许是一个传奇,也许是一个辛酸的人间悲剧。然而毫无疑问,这是一个热爱生命的人,她在为诗而迷醉的时候,生命在她的眸子里燃烧出奇异的光芒。

诗集的首发式,来了不少人。我站在人群前面,目光情不自禁地

投向地面，但是没有看到她。首发式很热闹，有人朗诵，有人提问，也有人索要签名……而我的眼前，依然晃动着她残缺的身体，还有那双闪烁着清亮光芒的眼睛。我的耳畔，久久回旋着她来自地下的声音，我想，这样的声音，和很多不同的声音混合，交织着人间的悲喜忧乐。这是人间的声音。

诗人可以坐上飞翔的船，去逐云追月，自由翱翔于奇思妙想的天空，然而不可能飞离人间。和心灵联系的，应该是脚下的大地，是生活着的人间。来自人间的声音，才是诗的灵魂和根。

在柏林散步

早晨醒得早,起身出门散步。沿着宾馆对面的花园无目的地行走。花园尽头,是一个十字路口,见一片被围起来的废墟,荒草丛生,似乎有点煞风景。回宾馆后听人介绍,才知这片废墟当年就是纳粹党卫军冲锋队总部,纳粹的头领带着他们的随从常常在这里进出。对生活在柏林的犹太人来说,这就是地狱之门。盟军和苏联红军攻打柏林时,这里当然是主要的轰炸目标,炸弹将这一片楼房夷为平地。二战结束后,被摧毁的柏林很快开始重建,德国人在废墟上重新建造起一座新的柏林,但纳粹冲锋队遗址却一直被废弃着。我想,这是一种姿态,也是一种警示。这样疯狂地镇压人民的武装机构,不应该再恢复。这废墟触目惊心地横陈在闹市中,也可以提醒人们这里曾发生过什么,提醒人们德国在二战中曾犯下的深重罪孽,提醒人们不要再重蹈覆辙。我很自然地想起二战后德国总理勃兰特访问波兰时的一幕,在被纳粹杀害的犹太人纪念碑前,他含着眼泪下跪。全世界都记住了德国总理的这个情不自禁的动作。一个敢于直面历史、勇于反思、记取教训的民族,是可以获得谅解并赢得尊敬的。同样在二十世纪对人类犯下战争罪孽的日本,他们的很多政客对历史的看法便大不一样。在日本,这样的姿态和提醒,似乎少见。

上午继续在城中漫步。离我们的宾馆不远,就是当年的柏林墙。

隔离东西方的高墙早已倒塌，但遗迹还在。当年围墙的唯一通道，是一个壁垒森严的检查站，两面都有全副武装的军人把守。检查站的岗楼还在，楼边竖立着一块高大的广告牌。我们从东柏林一侧看，广告牌上是一个苏联军人的大照片。如从西柏林一侧看，则是一个美国军人的大照片，照片上的军人表情肃穆，目光中含着几分忧郁。那目光给人的联想是复杂的，它们折射出一段漫长的不堪回首的历史，它们和人为的分隔和敌对连在一起，和无谓的流血和死亡连在一起。柏林墙被推倒已经十多年了，在柏林城里，那道围墙的痕迹依然清晰地被留在地上，每个自由经过这里的人都可以看到地上那道用石头铺出的墙基。我们的汽车在当年的检查站旁边停下来，我发现，那里有一家商店，店门外的墙壁上，镶嵌着一块块柏林墙的残片，残片上是彩色的绘画局部，依稀可辨流泪的眼睛、扭曲的肢体，让人产生沉重的联想。

离柏林墙检查站不远，便是当年纳粹党卫军总部，那是一幢古希腊式的石头大厦，竟然没有被盟军的炸弹轰塌。大厦门口，有两尊石头雕像，雕的是谁已经无法辨认，当年的炮弹炸飞了雕像的上半身，我能见到的只是两个黑色的不规则残体。应该承认，这是一幢颇有气派的建筑，如果不是党卫军用来当总部，它应该也是柏林引以为自豪的建筑。然而它却成了凶暴残忍的象征。当然，建筑无辜，是入住此地的纳粹党徒们有罪。很显然，这也是没有被修复的一栋建筑，其用意，大概和我们宾馆对面的那片废墟是一样的吧。被岁月熏成黑黄色的墙面上，能看到累累弹痕，惊心动魄的历史，静静地凝固在这些沉默的弹痕里。

在纳粹党卫军总部对面，是古老的普鲁士议会大厦。这座大厦当年也曾毁于轰炸，但战后又修复如初。早就听说德国人修复被毁建筑的功夫惊人，在柏林，眼见为实了。普鲁士议会大厦前，有一座高大的青铜坐像，那人眉眼间颇觉熟悉，仔细一看，竟是歌德。青铜的歌德在这里大概也坐了一百多年了，街对面那座大厦里发生的事情，都

赵丽宏
散文精选

曾活动在他的视野中。崇尚自由讴歌人性的歌德，目睹自己的国度发生如此荒唐野蛮的故事，会有什么感想呢？

看到了著名的勃兰登堡门。当年，它属于东柏林。由于它紧贴柏林墙，一般人难以走近它。在很多人心目中，它已经和柏林墙连成一体，也是咫尺天涯的隔绝象征。柏林墙的墙基，很触目地横过勃兰登堡门前面的大街，每一个穿过街道的人都会看到它踩到它越过它，此刻，它只是地上的一道痕迹了。勃兰登堡门前的广场上，有不少游览拍照的人，阳光下，门顶上那组青铜雕塑闪闪发亮。柏林墙被推倒的那一天，欢庆的德国年轻人爬到了门顶上，雕塑的马腿和人像的手足都被扭歪了，事后费了很大的功夫才将它们修复。穿过勃兰登堡门往东，就是当年的东柏林，正对勃兰登堡门的是著名的菩提树大街。我们眼帘中那些方正高大的建筑，基本上都是二战后建造的，1945年前的老柏林，已经旧迹难寻了。

不过，在柏林还是到处能看到旧时建筑，少数是残存的，大部分是重修的，如那幢堪称巍峨的国会大厦。当年希特勒利用那场不知所终的国会大厦纵火案，清洗了德国共产党，国会大厦也因此名扬天下。在我的记忆中，与此有关的是苏联电影《攻克柏林》，有在这座大厦中殊死搏杀的场面。两个苏联红军战士将胜利之旗插上大厦圆形穹顶的镜头，令人难以忘怀。其实，这幢大厦当年也被战火严重损伤，那个巨大的绿色圆顶，几乎整个被炮火掀去。战后，大厦被修复，但那个圆顶，却只留下镂空的骨架。这是战争的纪念，也可以让德国人睹物思史，反思那段耻辱的历史。在国会大厦前的草坪上散步时，发现很奇怪的现象：在这个宽阔的草坪上走动拍照的，竟然大多是中国人。如果不看周围的建筑，真让人误以为是回到了中国。

洪堡大学也在菩提树大街边。车经过时我走进校门看了一下。洪堡大学是世界著名的大学，许多了不起的文学家、哲学家和科学家曾就教或就读于此，其中有诗人海涅、哲学家黑格尔和费尔巴哈、科学家爱因斯坦，马克思和恩格斯也曾在这里读书。曾先后有三十多个诺

贝尔奖获得者在这里上学或任教。因为是星期天，静悄悄的校园里看不见人影。两棵高大的银杏树将金黄色的落叶撒了一地，落叶缤纷的草地上，有一尊大理石雕像，是一位沉思的老人，我不认识被雕者是谁。看了雕像上的文字，方知是诺贝尔文学奖获得者特奥多尔·蒙姆森（Theodor Mommsen），这是德国历史学家，曾在洪堡大学讲授古代史，也曾任该校校长。因为他的《罗马史》写得文采斐然，获得1902年的诺贝尔文学奖。此刻，这位睿智的老人独自沉思在他曾经工作过的校园里，凝视着遍地黄叶……

万神殿的秘密

沿着罗马老城区蜿蜒曲折的街道，去拜访古老的万神殿。这是一座距今两千多年的建筑，历经如此漫长的岁月竟然能耸立至今，实在是奇迹。

脚下踩着的是石板路，路边是样式质朴的石头楼房。这些楼房，历史都在千年以上，建造这些楼房时，中国正是盛唐，长安城里也在大兴土木。长安城里当年唐朝人居住过的古宅，现在大概无迹可寻。而罗马城里，这样的千年古建筑随处可见，而且，里面还住着过日子的现代人。为什么有这样的结果？很重要的一个原因，是建筑材质的不同：中国古代砖木结构的建筑，大多无法承受千百年风雨的侵袭，而那些用花岗岩和大理石垒砌而成的古罗马建筑，却在风雨中岿然不动。

一条小路走到尽头，眼前豁然开朗，到了万神殿所在的罗通多广场。广场中心有一座方尖碑，那是古埃及人的杰作。埃及曾是罗马帝国的属地，现在欧洲能看到的方尖碑，都是从埃及漂洋过海运来的。简朴的方尖碑，被奢华精美的罗马雕塑底座衬托，守望着距离咫尺的万神殿。这个广场，是万神殿的前庭。

万神殿果然气势不凡，八根大立柱，支撑起一个拱形门楣，巍峨庄严，是典型的古希腊风格，使人想起雅典卫城上的帕特农神庙的正

门,也是八根立柱,也是拱形门楣,只是万神殿比帕特农神庙要完整得多。帕特农神庙只剩下一个骨架残垣,而万神殿却保持着建成时的模样,两千年的风雨沧桑,没有改变它的形状。不过万神殿和帕特农神庙还是大不相同的,帕特农神庙是一个巨大的矩形建筑,而万神殿的主体却是一个圆形建筑,是古希腊和古罗马建筑风格的一种融合。

上台阶,穿过被拱形门楣笼罩的门廊,经过那两扇大铜门,就进入了万神殿。这是一个巨大的圆形厅堂,地面的直径和厅堂的高度几乎相等。大殿墙上无窗,然而厅堂内日光灿烂,将四壁的景象映照得一片通明。光线何处而来?举头仰望,看见了光源:巨大的穹顶原来是镂空的,穹顶中央是一个圆孔,天光穿孔而入,照亮了厅堂。这可以说是古代建筑中的一个奇迹,直径将近五十米的圆形大厅中,没有一根柱子。圆形穹顶从建筑中腰开始向上收拢,到顶部露出直径九米的圆孔,整个大殿,仿佛是一个开天窗的巨大球体。这样的建筑设计,必须经过精密的力学和数学的计算,可以想象两千年前古罗马科技的发达。大殿的地面,是彩色的大理石镶嵌成的图案,光滑如镜。大殿中央的地面上,可以看到一些排列规则的小孔,它们是排水孔,下雨时,从天窗漏入的雨水,就从这里排走。

这座精美独特的恢宏建筑,最初是一个神庙,里面供奉着宇宙众神,神像环列四壁,被空中射入的天光均匀而柔和地映照着,让人瞻仰膜拜。公元609年,拜占庭皇帝福卡将这座神庙送给当时的教皇博尼法乔四世,教皇把它改为教堂,用以供奉殉难的圣母。神殿变成了教堂,这也是这座建筑得以保存至今的重要原因。而古罗马的历代皇帝,在这里找到了安眠之地。我沿着大厅走了一圈,看到的是我不认识的皇帝们的陵墓和他们的雕像。那些雕像,以严肃漠然的表情凝视着我,使我感到遥远和隔膜。然而我来这里,是想寻访一位伟大的艺术家,他选择这里作为他的长眠之地。他是文艺复兴时期的伟大画家拉斐尔。拉斐尔生前为教堂创作了大量壁画,在梵蒂冈的西斯廷教堂中,他的油画至今光彩耀目,和米开朗琪罗的作品比肩而立。据说拉斐尔临终时，向当时的教皇提出一个请求，希望死后能秘密埋葬在万神殿。教皇答应了他的要求。拉斐尔去世后，人们看不到他公开的墓地，他被悄悄埋葬在万神殿的一角，没有墓碑，没有人知道。但是后来人们还是发现了拉斐尔隐蔽的灵寝。灵寝低矮临壁，贴地而建，没有标识，如无人提示，绝不可能找到。拉斐尔灵寝上方，是一尊表情沉静的圣母像，出自拉斐尔的弟子洛伦泽托之手。圣母守护着的这位伟大的画家，他曾画活了《圣经》中的无数人物，使传说中的圣者和天使，成为可亲可近的凡人。

　　站在拉斐尔的墓前，我心中有一个疑问：拉斐尔为什么要选择万神殿作为他的长眠之地？是因为感慨作为一个艺术家，活着的时候地位卑微，所以梦想死后和那些天神和君王比肩？还是因为感慨万神殿的完美绝伦，是想默默葬身于此，对古代的建筑设计师、艺术家和工匠们表达他的尊敬？抑或他认为人世喧闹，只有在这神圣之地方能获一方净土安身？没有人给我答案。天光从万神殿的天窗泻入，照亮了拉斐尔墓上的圣母，圣母沉静的目光凝视着每一个寻访者。

　　万神殿在罗马是一个供人们免费参观的地方，人们可以随意出入这座古老伟大的建筑，在那圆形的穹顶下，仰望日光，遥想悠远的岁月。岁月匆忙，人生短促，不朽不灭的，是人类的智慧和艺术。

晨昏诺日朗

落日的余晖淡淡地从薄云中流出来，洒在起伏的山脊上。在金红色的光芒中，山脊上那些松树的轮廓晶莹剔透，仿佛是宝石和珊瑚的雕塑。眼帘中的这种画面，幽远宁静，像一幅辉煌静止的油画。

汽车在无人的公路上疾驶，我的目标是诺日朗瀑布。路旁的树林里突然飘出流水的声音。开始声音不大，如同一种气韵悠长的叹息，从极遥远的地方飘过来。声音渐渐响起来，先是如急雨打在树叶上，嘈杂而清脆，继而如狂风卷过树林时发出的呼啸。很快，这响声便发展成震天撼地的轰鸣，给人的感觉是路边的丛林中正奔跑着千军万马，人马的呐喊和嘶鸣从林谷中冲天而起，在空气中扩散、弥漫，笼罩了暮色中的天空和山林……绿荫中白光一闪，又一闪。看见了大瀑布！从车上下来，站在路边，远处的诺日朗瀑布浩浩荡荡地袒露在我的眼底。大瀑布离公路不到一百米，瀑布从一片绿色的灌木丛中流出来，突然跌入深谷，形成一缕缕雪白的水帘，千姿百态地垂挂在宽阔的绝壁前，深谷中则飞扬起一片飘忽的水雾。也许是想象中的诺日朗太雄伟，眼前这瀑布，宽则宽矣，然而那些飘然而下的水帘显得有些单薄，有些柔美，似乎缺乏了一些壮阔的气势。只有那水的轰鸣，和我的想象吻合。那震撼天地的声响，是水流在峭壁和岩石上撞击出的音乐。这音乐雄浑、粗犷，带着奔放不羁的野性，无拘无束地在山林里荡漾

赵丽宏
散文精选

回旋。

诺日朗，在藏语中是雄性的意思。当地藏民把这瀑布称之为诺日朗，大概是以此来象征男子汉的雄健和激情。人世间有这样永远倾泻不尽的激情吗？很想沿着林中的小路走近诺日朗，然而暮色已重，四周的一切都昏暗起来。远处的瀑布有些模糊了，在轰鸣不绝的水声中，在水雾弥漫的幽暗中，那一缕缕白森森飘动的水帘显得朦胧而神秘，使人感到不可亲近……晚上，住在诺日朗宾馆。躺在床上无法入睡，窗外飘来各种各样的声音，有风吹树叶的沙沙声，有山涧流水的哗哗声，有秋虫优美的鸣唱……我想在这一片天籁中分辨出诺日朗瀑布的咆哮，却难以如愿。大瀑布那震天撼地的声音为什么传不过来？也许是风向不对吧。

第二天清早，天刚微亮，群山和林海还在晨雾的笼罩之中，我便匆匆起床，一个人徒步去诺日朗。路上出奇地静，只有轻纱似的雾气，若有若无地在飘。忽听背后嘚嘚有声，回头一看，是两匹马，一匹雪白，一匹乌黑，正悠然自得地向我走过来。这大概是当地藏民养的马，但却不见牧马人。两匹马行走的方向也是往诺日朗。我和它们并肩而行时，相距不过一米。两匹马并没有因为遇见生人而慌乱，目不斜视，依然沉静而平稳地踱步，姿态是那么优雅，仿佛是飘游在晨雾中的一片白云和一片黑云。到诺日朗瀑布时，两匹马没有停步，也没有侧目，仍旧走它们的路。我在轰鸣的水声中目送两匹马飘然远去，视野中的感觉奇妙如梦幻。

诺日朗又一次袒露在我的眼前。和夕照中的瀑布相比，晨雾中的诺日朗显得更加阔大，更加雄浑神奇。瀑布后面的群山此刻还隐隐约约藏在飘忽的云雾之中，千丝万缕的水帘仿佛是从云雾中喷涌倾泻出来，又像是从地底下腾空而起的无数条白龙，龙头已经钻进云雾，龙身和龙尾却留在空中，一刻不停拍打着悬崖峭壁……

沿着湿漉漉的林间小道，我一步一步走近诺日朗。随着和大瀑布之间的距离不断缩短，那轰鸣的水声也越来越大，迎面飘来的水雾也

越来越浓。等走到瀑布跟前时，头发、脸和衣服都湿了。这时抬头仰观大瀑布，才真正领略到了那惊天动地的气势。云雾迷蒙的天上，仿佛是裂开了一道巨大的豁口，天水从豁口中汹涌而下，浩浩荡荡，洋洋洒洒，一落千丈，在山谷中激起飞扬的水花和震耳欲聋的回声。此时诺日朗的形象和声音，融合成一个气势磅礴的整体。站在这样的大瀑布面前，感觉自己只是漫天飘漾的水雾中的一颗微粒。我想起许多年前在雁荡山看瀑布时的情景，站在著名的大龙湫瀑布跟前，产生的联想是在看一条巨龙被钉在崖壁上挣扎。此刻，却是群龙飞舞，自由的水之精灵在宁静的山谷中合唱出一曲震撼天地的壮歌，使人的灵魂为之颤栗。面对这雄浑博大、激情横溢的自然奇景，人是多么渺小、多么驯顺！

然而大瀑布跟前实在不是久留之地，因为空气中充满浓密的水雾，使人难以呼吸。赶紧往后退，退入林间小道。走出一段路再往后看，诺日朗竟然面目一新：奔泻的瀑布中，闪射出千万道金红色的光芒，这是从对面山上射过来的早霞。飘忽的水雾又把这些光芒糅合在一起，缤纷迷眩地飞扬、升腾，形成一种神话般的气氛……这时，远处的山路上传来欢跃的人声。是早起的游人赶来看瀑布了。

上午坐车上山时，绕过诺日朗背后的山坡，只见三面青山环抱着一大片碧绿的湖水，平静的湖水如同一块硕大无朋的翡翠，绿得透明而深邃，使人怀疑这究竟是不是水。当地的藏民把这样的高山湖泊称为"海子"。陪我来的朋友指着一湖碧水，不动声色地告诉我："这就是诺日朗。"

这就是诺日朗？实在难以把这一片止水和奔腾咆哮的大瀑布联系在一起。朋友说的却是事实。三面环山的海子有一面是长长的缺口，这正是大瀑布跌落深谷的跳台，也就是我在谷底仰望诺日朗时看到的那道云雾天外的豁口。走近海子，我发现清澈见底的湖水正在缓缓流动，方向当然是那一道巨大的豁口。这汇集自千峰万壑的高山流水，虽然沉静一时，却终究难改奔腾活泼的性格。诺日朗瀑布，正是压抑

赵　丽　宏
散　文　精　选

后的一次爆发和喷泻。只要这看似沉静的压抑还在，诺日朗的激情便永远不会消退。

赵丽宏 绘

你说,要是做鱼多好,

做鱼,就能随波逐流,

在清澈的流水中幽会。

诗·梦·金钥匙

在塞尔维亚的古城斯梅德雷沃，我得到一把金钥匙，这是欧洲对中国诗歌的褒奖。对我而言，这是一个意外。在来自世界各地的诗人的注视下上台领奖，感觉犹如做梦。颁奖词中有这样的话："赵丽宏的诗歌让我们想起诗歌的自由本质，它是令一切梦想和爱得以成真的必要条件。"宣读颁奖词的是塞尔维亚作家协会主席拉多米日·安德里奇，也是一位诗人，他的颁奖词的题目是《自由是诗歌的另一个名字》。他的话在我心里引起了共鸣，这是对所有发自心灵的诗歌的评价。他在颁奖词中引诵了我四十多年前写的诗句：

> 你说，要是做鸟多好，
> 做鸟，就能比翼双飞，
> 在辽阔的天空里自由翱翔；
> 你说，要是做鱼多好，
> 做鱼，就能随波逐流，
> 在清澈的流水中幽会。
> 生而为人，你我只能被江海分隔，
> 日夜守望……

赵 丽 宏
散 文 精 选

想起了写这些诗句时的情景：一间小草屋，一盏昏暗的油灯，从门缝里吹进来的海风把小小的灯火吹得摇晃不定，似乎随时会熄灭。然而心中有期盼、有梦想，有遥远的呼唤在灵魂里回旋。在那样的岁月里，诗歌如同黑暗中的火光，如同饥渴时的一捧泉水。文字是多么奇妙，它们能把心里梦想画出来，固定在生命的记忆板上。不管岁月怎样流逝，它们都会留在那里，就像水里的礁石。流水经过时，礁石会溅起飞扬的水花。

从斯梅德雷沃市市长手中接过金钥匙之后，要发表获奖感言，我说了如下这些话：

能用中国的方块字写诗，我一直引以为骄傲。我的诗歌，被翻译成塞尔维亚语，并被这里的读者接受，引起共鸣，我深感欣慰。

诗歌是什么？诗歌是文字的宝石，是心灵的花朵，是从灵魂的泉眼中涌出的汩汩清泉。很多年前，我曾经写过这么一段话："把语言变成音乐，用你独特的旋律和感受，真诚地倾吐一颗敏感的心对大自然和生命的爱——这便是诗。诗中的爱心是博大的，它可以涵盖人类感情中的一切声音：痛苦、欢乐、悲伤、忧愁、愤怒，甚至迷惘……唯一无法容纳的，是虚伪。好诗的标准，最重要的一条，应该是能够拨动读者的心弦。在浩瀚的心灵海洋中引不起一星半点共鸣的自我激动，恐怕不会有生命力。"年轻时代的思索，现在回想起来，仍然可以重申。

感谢斯梅德雷沃诗歌节评委，给了我这么高的荣誉。这是对我的诗歌创作的褒奖，也是对中国当代诗歌的肯定。感谢德拉根·德拉格耶洛维奇先生，把我的诗歌翻译成塞尔维亚语，没有他创造性的劳动，我在塞尔维亚永远只是一个遥远的陌生人。

中国有五千年的诗歌传统，我们的祖先创造的诗词，是人类文学的瑰宝。中国当代诗歌，是中国诗歌传统在新时代的延续。

在中国，写诗的人不计其数，有众多优秀的诗人，很多人比我更出色。我的诗只是中国诗歌长河中的一滴水、一朵浪花。希望将来有更多的翻译家把中国的诗歌翻译介绍给世界。

谢谢塞尔维亚，谢谢斯梅德雷沃，谢谢在座的每一位诗人。

这是我的肺腑之言。

把我的诗集翻译成塞尔维亚语的德拉根·德拉格耶洛维奇是著名的诗人，他上台介绍了我的经历和诗歌。听不懂他的塞尔维亚语，但知道他说些什么：是他为我的诗集写的前言中那些睿智的议论。在这本双语诗集中，他的前言已经被翻译成中文。他的发言中有这样的话："人类几千年的诗歌体验已经证实：简练的语言，丰富的想象，深远的寓意，是诗歌的理想境界，永远不会过时。"

颁奖会的高潮，是诗歌朗诵。我站在台上，在灯光的照耀下，用我亲爱的母语慢慢地读自己的诗。我知道，今晚的听者大多不懂中文。但我看到台下无数眼睛在闪光，一片静寂。我的声音在静寂中回荡。其中一首诗的题目是《古老的，永恒的……》，这是我年轻时代对自然之美的向往。时过二十多年，不知这些文字是否还能拨动人心，而且还是在远离故乡的万里之外的异域。

掌声很热烈，持续得也很久。我想，这是礼节性的掌声，在这说着完全不同语言的遥远异乡，谁能听懂我的诗呢？当然，随后有人用塞尔维亚文和英文朗诵，朗诵者是这里的著名演员，我不认识。我的诗，变成了完全陌生的语音和旋律，重新在静寂中回旋……

诗歌毕竟不是音乐，还是会有语言的障碍。尽管我看到听众脸上的陶醉，但我相信，他们只是借景抒情，只是在联想，只是在陌生的旋律中，回忆着自己的梦。

典礼结束走出会场时，被当地的年轻人包围，他们拿着我的诗集要求签名、合影。一位满头银发的老太太走到我身边，喃喃地说了一番话。翻译告诉我：她说她被你的诗歌深深感动，她衷心祝贺你。一

赵丽宏
散文精选

位来自塞浦路斯的诗人走过来拥抱我,说今夜是中国诗人的夜晚,是你的夜晚。

在会场大门口,一个姑娘从后面走上来,把一个手提袋送到我手中,她羞涩地笑着说:"祝贺你,这是我的一点点心意。"说完,转身离去。手提袋里,是一束鲜花、一瓶红葡萄酒,还有一块巧克力。里面放着一张小纸条,上面写着:"谢谢您,给我们一个如此美好的夜晚!"

举头仰望,一轮皓月当空。万里之外的故乡,也应该是这样的明月照人吧。

以为一切都已过去,没想到诗的余韵竟袅袅不绝。

第二天早晨,在街上散步,经过一家超市,一位中年妇女从超市里出来,手里提着装满食品的袋子。看到我时,她惊喜地喊了一声,走到我面前停下来,面带微笑,叽里咕噜地说了一大段话。陪我散步的德拉根用英文告诉我:"她说,昨天晚上,她在电视里看到颁奖仪式了。她很喜欢你用中文朗诵的诗,尽管听不懂,但是她觉得非常优美,非常动人,她很感动。她祝贺你得到金钥匙奖。"

在酒店用午餐时,那位年轻的领班走过来,向我鞠了个躬,笑着称我"诗人先生",并祝贺我获得金钥匙奖。他从新闻里获悉我被翻译成塞语的诗集已经出版,所以向我索要诗集。他说:"我喜欢诗,很想读你的诗集。"我送了一本诗集给他,他凝视着封面上涌动的海涛,惊喜的目光中闪动着蓝色的波影。

接送我们的汽车司机,一个高大英俊的中年汉子,每次见面,只是微笑。颁奖典礼之后,他看到我笑着喊道:"Champion,Champion(英文:冠军)!"他用手比画着告诉我:这几天塞尔维亚网球选手德约科维奇在上海赢得了网球冠军,而你则在斯梅德雷沃赢得了诗歌冠军。他伸出大拇指上下挥舞着,不停地喊着"Champion",就好像自己也得了大奖。他当然是好意,但这样的类比是滑稽的,很不恰当。我笑着告诉这位快活的司机:"写诗不是打网球,诗歌是没有冠军的。"

所有发自心灵的诗歌,都是好诗。"

这位快活的司机,载着我在塞尔维亚展开了一场诗歌之旅。在幽静的古堡,在中学和大学,在国家电视台,在国际书展,在塞尔维亚作家协会的厅堂,我和来自世界各地的诗人一起朗诵,不同的语言的诗歌,汇合成奇妙的河流……

在贝尔格莱德大学孔子学院,面对着一群热衷于中文的大学生,我的演讲和朗诵无须翻译,他们能听懂,并能用纯正的中文和我交流。一个亚麻色长发的姑娘对我说:我们特别高兴,今年是一个中国诗人获奖。她的话,引起全场的掌声。大学生们有很多问题:诗歌在当代中国的命运怎么样?你为什么写诗?"文革"对你的创作有什么影响?诗歌表达的内容和诗歌的形式,哪个更为重要……

我很难详尽地回答这些问题,我说:"答案可以从中国当代的诗中寻找。希望你们都成为翻译家,把优秀的中国诗歌翻译成塞尔维亚语。在中国和塞尔维亚之间,需要你们构架起诗的桥梁。"大学生们笑着用掌声给我回应。

在贝尔格莱德国际书展,我在缤纷的书廊中漫步时,突然有一个奇怪的声音从一个书柜下面传来。低头看去,是一辆特别低矮的轮椅,轮椅上坐着一个残疾妇女,她失去了双腿,看上去像一个侏儒。她抬头看着我,脸上含着微笑,手里拿着一本书,竟然是我那本刚出版的塞、中双语诗集《天上的船》。旁边有人用英文告诉我:她祝贺你获得金钥匙诗歌奖,想得到你的签名……

数不清多少次在这里签下自己的名字。在遥远的异乡,人们并不认识这几个汉字,只因为它们和一把诗的金钥匙连在了一起。

在斯梅德雷沃博物馆,我看到了那把金钥匙的原型。这是一把古老的铜钥匙,五百年前,曾经用它开启壁垒森严的斯梅德雷沃城堡。经过五百年的岁月,它已经变成了一把锈迹斑驳的黑色钥匙,被陈列在玻璃展柜中,黯然无光。我得到的那把金钥匙,形状大小和这把古老的铜钥匙完全一样,但它是新铸的,装在精致的羊皮盒中,光芒耀

赵丽宏
散文精选

眼,象征着诗歌的荣耀。两把钥匙之间,有什么联系?是漫长曲折的岁月沧桑,还是陌生人类的交往融合?答案当然很简单,是诗,人类的优美诗歌,穿透了历史的幽暗,也开启着心灵的门窗。作为国际诗歌奖的斯梅德雷沃城堡金钥匙,应该是含着这样的隐喻和意蕴吧。

江南片段

江南好，
风景旧曾谙。
日出江花红胜火，
春来江水绿如蓝，
能不忆江南。

唐·白居易

江南的水

很多年前写过一篇文章，题目就叫《水做的江南》。在我的印象里，江南是水做的。

江南到处是水，池塘沟渠，溪涧流泉，江河湖泊……登高四望，如明镜般闪烁的，是水；如玉带般蜿蜒的，是水；如珍珠般滚动的，是水。多雨时节，江南就在雨的帘幕笼罩之下。绵长的雨丝把天和地连成一体，把江南织成一个水的世界……

江南是流动的水，是翡翠一样清碧的流水，是茶晶一般透明的流水，是云烟一样飘逸的水。这样的水，可以栽莲养荷蓄蛙鼓，可以濯足泛舟消春愁。这样的水，可以泡龙井茶，可以沏碧螺春，也可以酿

赵丽宏
散文精选

酒，酿清冽甘甜的米酒，酿芬芳醇厚的加饭、花雕、女儿红……

要说江南之水的清丽柔美，当然首推杭州西湖。被逶迤的小山环抱着的西湖，是一位性情柔和的南国美人。她的表情永远是那么温婉平和，或者面含微笑，明眸流盼，或者凝神遐思，目光沉静，或者愁容半掩，视野朦胧……西湖最美的时辰，当然是春天和秋日。春必须是初春，有雨有雾，湖光山色隐约在雨雾里，使人一时看不清她的真面目，而那种迷蒙空灵的景象，活脱脱就是写意的中国水墨画。这样的画面会很自然地叫人联想起宋人赵芾和夏圭描绘西湖烟雨的画。当然，还有名垂画史的宋代"米氏云山"，大书画家米芾和他的儿子，那位自称"戏墨"的米友仁，他们父子俩的山水写意画把烟雨迷蒙的湖山描绘得出神入化，使后人叹为观止。我想，米氏父子，当年一定常常在初春的雨中泛舟西湖，是千变万化的江南山水给了他们创作的灵感。不过，和变幻莫测的江南春色相比，画家的笔墨永远会显得贫乏。被画家用墨彩留在画纸上的，只是江南万千姿态的一二种。雨中的西湖美妙，晴天的西湖同样迷人。当娇艳的春日冲破云雾的阻挡，突然照到西湖上时，湖面上闪动着万点金鳞，湖光又反照到天上，把周围的群山辉映得一片灿烂。这时，倘若你正泛舟在湖中，从湖面蒸腾出的水汽氤氲飘升，明晃晃的湖光山色便全都在这无形的水汽中飘摇颤动起来，金色的阳光，翠绿的山林，缤纷的花卉，湖上泛动的小船，以及在苏堤、白堤和湖岸走动的游人，全在这氤氲水汽中晶莹透明地融为一体。秋日的西湖，最佳时刻是在深秋。湖上的暑气此时已散尽，湖周围青翠明丽的色彩开始显得深沉，翠绿的水杉变成了墨绿，倒映在湖面上的杨柳和梧桐的绿色浓荫变成了金黄和橙红。随风飘落的树叶犹如金色蝴蝶，在空中翩翩起舞，它们停落到湖上，便在水面弄出许多细微的涟漪。湖里的荷花早已花谢叶败，枯黄的荷叶以各种各样的姿态残留在水面上，使人情不自禁想到"留得残荷听雨声"这样的古诗。千百年过去，人间世事沧桑，今非昔比。然而将眼光凝视西湖，凝视江南的山水，却依旧能体会浪漫的古人面对自然时涌动的

诗情。在杭州生活多年的苏东坡，写出"若把西湖比西子，淡妆浓抹总相宜"这样的诗，实在是有感而发。

西湖的水，有时候总感觉是太静了一点，太安分了一点。这时，便会想起九溪十八涧那些清澈活泼的流水。在江南，有多少这样的活水，谁能计算呢？从江南的山野和田园里走来的人，几乎人人都能向你描绘出几处你从未听说过的清泉和溪流。不过，如果把江南的水都想成西湖这样的静水，或者是九溪十八涧这样的细弱之水，那也是错。江南的水，也有雄浑壮阔的气象。我在无锡太湖边住过不少日子，太湖的万顷波涛，常常使我想起浩瀚的海。碰到有风的日子，湖面翻涌起万顷波涛，涛声阵阵犹如浑厚的鼓号，让闻者顿生豪气，心中的慵困和委顿被荡涤得干干净净。如果这样的水还嫌气势不够，那好，还有更壮观的。到农历八月十八日，到海宁看"钱塘潮"去。那汹涌而来的大潮排山倒海，惊天动地，咆哮的浪涛崩云裂石，可以让胆怯者魂飞魄散，也可以让豪爽者心旷神怡。这潮水，不仅在江南，就是在中国，在世界，也是罕见的奇观。看过这样的潮水，有谁还会说江南的水都是柔弱之流呢。

水，是江南的血脉，没有这些晶莹灵动、雄浑博大的水，也就没有了江南。

关于桥

和水连在一起的，是桥。江南是水的世界，自然也是桥的世界，如果没有桥，江南就成了一片被流水分割成碎片的土地。是桥把这些被分隔开的土地连成一个整体。在江南，有不少城镇被人们称为"桥乡"，因为，在这些城镇，目之所及，到处是桥。桥，凝结着江南人的智慧。

在江南的乡间，从前有很多木桥。这些木桥，大多结构简单，桩柱、桥梁，都是未经雕凿的原木，桥面或者是木板，或者是拳头粗的

赵丽宏
散文精选

枝条。然而就是这些简单的桥，江南的人们可以把它们造得千姿百态，没有一座重复。记得小时候去乡下，见过一座小巧的木桥，长不过四五米，桥栏杆是用一些圆木棍搭成的，这些圆木棍似乎是很随意地排列着，却拼出了精美的图案。桥头有一个木头的凉亭，凉亭的廊柱和围栏被过桥人的手抚摸得油光闪亮，亭子的屋檐下，镶嵌着一条条雕花板，那上面雕刻的花纹我至今还记得，梅兰竹菊，还有在花丛里扑蝶的小孩。我喜欢走这座桥，走在桥上，桥面在脚下微微晃荡，仿佛能感觉到流水的波动。在算不上风景名胜之地的乡间，人们会想到修建这样既实用又有审美价值的木桥，实在很难得。要知道，那时，农民非常穷，在贫穷的状态中依然能保持这样的雅兴，依然不忘记追求艺术和美，这大概是值得骄傲的事情。如果没有进取之心，没有对生活的憧憬和希望，绝不可能这样。这样的木桥，大概很难保存到现在了，岁月的风雨会毁了它们。

　　江南的桥，更多的是石桥。它们才是长寿的。我喜欢看那些古老的石桥，它们给人的印象，是刚劲有力。江南的石桥，把粗犷和精巧，奇妙地结合在一起。造桥的石头往往都没有经过磨砺，还保持着它们从山中被开采出来时的模样，质朴而粗犷。由它们组合成的石桥却是千姿百态。有时候，简洁的几根石条，便搭成了一座简易的桥；有时候，石块和石条组合成造型繁复的拱桥，桥身高高拱起，桥下是可以行船的圆形桥洞。这些桥，和威尼斯的那些拱桥有些相似，桥上行人，桥下过船，但建筑的风格却完全不同。陈逸飞在他的油画中画了江苏周庄的两座石桥，油画由美国的大收藏家哈默收藏，又转赠给邓小平，此画成为新闻眼，频频出现在电视、报纸和众多的杂志上。周庄和周庄的石桥也因此名扬天下。一些对中国知之甚少的外国人甚至把这桥看成了中国江南的象征。我去过周庄，被陈逸飞画过的双桥，确实是两座很别致的石桥。不过，在我的印象中，类似的石桥，在江南多得是。在苏州和无锡，在上海郊区的一些古镇上，我见过不少类似的桥。上海青浦的练塘镇上，就有好几座这样的石拱桥，其中最古老的，据

说建造于明代。几个世纪来，古镇变化极大，旧屋倒塌，新楼矗立，然而这些石桥却依然如故，它们横跨在流动的水面上，数百年岿然不动。岁月的风雨，一代又一代人的手和脚，磨平了石头上的斧凿之痕。走在这样的桥上，感到现实和历史之间遥远的距离一下子缩得非常短。站在石桥上，看一只载着鱼鹰的小舟从桥下悠然滑过，那感觉仿佛是又回到了唐诗宋词的意境中。

二十多年前，我曾在江苏宜兴的蜀山镇客居多时，镇上有一座很大的石拱桥。高高的桥面上行人熙熙攘攘、小贩在桥上摆摊卖水果蔬菜日用百货，桥下船只来来往往，桥上的行人和桥下的船工高声应和互相打着招呼……这景象，很像是《清明上河图》中的那座大桥。走在这样的桥上，挤在杂色的人群中，我会突然觉得自己成了《清明上河图》中的人物。

桥使古老的历史得以延续，使祖先们当年生活的景象不再遥远隔膜。

然而，现代人的生活毕竟和古人的生活大不相同了。宽阔的水泥道就像不断扩张的蛛网，在江南的乡村伸展蔓延，纵横交错。造路就要建桥，连接这些水泥大道的，再也不可能是当年那些木桥和石桥，而是水泥桥，大大小小的汽车可以像蜘蛛一样从桥上爬过去。这些水泥桥，长是长了，宽也宽了，但是它们不会使人产生什么奇妙的联想，它们再也没有古老的木桥和石桥的那种悠长的韵味。当我坐在疾驰的汽车里，从这些桥上呼啸而过时，一面享受着它们提供的便利，一面却在怀念古老的木桥和石桥。这是多么矛盾而又无奈的事情。

江南的花

说过江南的水，也想说说江南的花。

江南是一个大花园。从春天的桃李海棠，夏日的莲荷蕙兰，到秋天的桂花菊花，江南的花数落不尽，描绘不完，用多少文字也写不全

赵丽宏
散文精选

它们的形态、色彩和芬芳。不过，在我的记忆中，江南最美妙的花并不是这些可以入画入诗的、带着不少文气和雅味的名花奇葩。很多年前，我客居在太湖畔的一个小村庄，春天降临大地时，我常常一个人踯躅在田野中，茫无目标地走向远方。我记得河岸和小路两边的那些野花，它们犹如散落在青草中的珍珠，闪烁着晶莹的亮光。这都是一些很小的花，大的不过指甲那么一点，小的就像绿豆米粒。它们的色彩也很普通，没有大红大紫的彩色，不是几点雪白，就是几簇淡黄，再不，就是几星细微的雪青。这些野花，我几乎都叫不出它们的名字，也记不清它们的形状，但它们一路清新着我的视线，愉悦着我的心情，使我被一阵又一阵莫名的清香包围着。这样的景象，使我想起古人的诗句："一路野花开似雪，但闻香气不知名。"写这两句诗的是清代诗人吴嵩梁，我想，当年，他一定也有过和我一样的经历，独自一人在江南的田野里踏青，流连忘返，惊异于路边无名野花的烂漫和清新。

在我的记忆中，给人美感最多的江南之花，是两种最普通最常见的花：油菜花和芦花。

油菜花在春天开花。那是一些骨朵极小的金黄色小花，花瓣犹如婴儿的指甲般大小，如果一朵两朵地看，它们是花世界中毫不起眼的小可怜。然而没有人会记得它们一朵两朵的形状，在世人的眼里，它们是一个气势浩然的盛大家族，这些小花，不开则已，若开，便是轰轰烈烈的一大片，就像从地下冒出的金色湖泊，波澜起伏，辉映天地。在我的印象里，在自然界中，没有哪一片色彩比盛开的油菜花更辉煌、更耀眼。如果是在阴郁的时刻，面对着一大片盛开的油菜花，就像面对着耀眼夺目的阳光，你的心情会豁然开朗。油菜花的香气也很特别，这是一种浓烈的清香，像是刚开坛的酒，说这香气醉人，一点也不夸张。油菜花，用它们旺盛的气势和明亮的色泽向人们展示着灿烂的生命之光。

芦花在很多人心目中不算什么花。当秋风呼啸，黄叶飘零，江南的大地开始弥漫萧瑟之气时，芦花悄悄地开了。它们曾经是河岸或者

湖畔的野草,没有人播种栽培,它们却长得葳蕤旺盛,铺展成生机勃勃的青纱帐,没有人会把它们和娇嫩的花连在一起。然而就在花儿们无可奈何纷纷凋谢时,它们却迎着凛冽的风昂然怒放。那银色的花朵仿佛是一片飘动的积雪,纯洁,高雅,洋溢着朝气,没有一点媚骨和俗态。在我的故乡崇明岛,芦苇是最常见的植物。沿江的滩涂上,高大的江芦蓬蓬勃勃,一望无际。深秋时,芦花盛开,展现在人们眼前的是一片银色的海洋,它们和浩浩荡荡的长江波澜交相辉映,连成一个浩渺壮阔的整体。走在江边,听着深沉的江涛,被雪浪般的芦花簇拥着,神清气爽,心中的烦乱一扫而尽。前年秋天,我回故乡去。在江岸上散步时,我采了一大把芦花。听说我要把它们插在花瓶里,有人笑道:这样的东西,只配扎扫帚,怎么能插花瓶呢?我还是把家乡的芦花插到了花瓶里。我觉得它们胜过那些色彩艳丽却柔嫩短命的花,它们不会凋谢,也不会枯萎,用纯洁的银色,带给我清新的乡野之气,也向我描绘着生命的活力。凝视着它们,我的眼前会流过汹涌的江水,会涌起雪一般月光一般的遍地芦花,遥远的青春岁月,就悄悄地又回到了眼前……

好久不写诗了,却忍不住为这些芦花写出 首诗来:

  凝视着永恒的流水
  也曾有翠绿的春心荡漾
  却总是匆匆又白了头
  白了头,描绘一派秋光

  银色的表情并不衰老
  风中摇曳着深情的向往
  所有的期冀都在天空飘扬
  却不是无根的游荡

刀来吧，火来吧
哪怕一夜间消失了我的形象
却无法灭绝我地下的埋藏
只要水还在流风还在吹
地下的心就会发芽长叶
春雨里又会是一地葱茏的绿意
秋风里又会是漫天洁净的银霜

花的风骨

　　说起花的风骨，人们都要说梅花。在江南，也处处有梅花。梅花开在严寒之时，使无花的冬天提前有了春意。少年时代，在上海郊区的一所寄宿中学念书，学校附近有一个小花园，花园里有一片小小的梅林。冬春之交时，梅花盛开，我和几个同学经常相约去看梅花。这时，天气已经不怎么冷，看不到冰雪，风中已有几分湿润的春意。记忆中那一小片梅林是湖畔的一朵温柔的红云。它们并没有使我联想起什么傲雪斗霜的铮铮风骨，那一片红云，只是春天来临的象征。在我的心里，梅花不是一种能使人产生新鲜感的花。从古到今，不知有多少墨客骚人将梅花作为舞文弄墨抒发情怀的对象。读中学时，我也背诵过不少吟咏梅花的诗句。诗句很美，很有韵味，但是诗里的梅花和生活中的梅花并不是一回事。当年在崇明岛上"插队落户"时，我也在农民的灶墙上画过梅花，先画枯焦的枝干，再描粉红的花朵，然后在一边题"风雨送春归，飞雪迎春到"，这是当时人人都会背诵的诗句。有时，也忍不住题几句旧诗，譬如"梅破知春近"，或者"遥知不是雪，为有暗香来"……关于梅花的诗句是题写不尽的。我佩服古人，竟能在梅花身上发现那么多诗意和哲理。后人要想在梅花身上发现什么新的意韵，实在是难上加难了。

　　在江南，还有什么花像梅花那样，也能预报春天的来临呢？那大

概总是有的。很多年前在崇明岛上，我曾在一片荒凉的海滩上认识一种奇妙的小花，至今无法忘怀。那时，我在崇明岛临海的东端上参加围垦。在海滩上用泥土垒起一条长堤，挡住海水，被长堤圈住的海滩便成了农田。人的奋斗，使大自然千万年才形成的沧海桑田变成了几个昼夜之间的事情。然而这些新围出来的农田却无法耕种，播下粮种，常常是颗粒无收。为什么？因为被围垦的海滩是盐碱地，不适宜种庄稼。连生命力极强的芦苇在那里也无法生存。于是人们便在这些盐碱地里放入淡水，水可以冲淡田里的盐分，又可以养鱼，一举两得。我被留在海边守鱼塘，度过了寂寞的一年。面对着荒芜的盐碱滩，难免联想起那些艰难孤独的人生，也难免顾影自怜。在大地的同一纬度上，只要春天一到，江南的大地上便花红柳绿，生命繁衍得轰轰烈烈，而这里，光秃秃的土地上只有白森森的盐花。寒冬尚未结束，但也已进入尾声。有一天，我发现盐碱滩上星星点点长出一些绿色的嫩芽。它们的叶瓣细小，却翠碧清秀，令人欣喜。海滩上寒风呼啸，这些翠绿的嫩芽似乎毫不在乎，迎着凛冽的风一点点伸展蔓延，没有什么力量能阻止它们的成长。有时候，从海上卷来的风猛烈得能把树连根拔起，能将屋顶整个掀掉，然而对这些贴地而生的绿草，它们显得无可奈何。这些扎根在盐碱地里，冒着严寒生长的植物，引起我极大的兴趣。我看着它们一天天大起来，高起来，长成了一蓬蓬小灌木似的绿球。它们为荒凉的盐碱滩铺上了一层斑驳的绿地毯。当地的农民告诉我，这是一种只在盐碱地上生长的野草，叫盐碱草。初春时，寒意未消，大概就是梅花开放的时节，盐碱草也开花了。这是一些淡紫色的小花，它们的蓓蕾小如米粒，乍开时并不显眼，要留心看才能发现。可是，等到所有的蓓蕾一起怒放时，盐碱滩上便出现了美妙的景象，只见一片片雪青的轻云，在风中飘摇。这时，风依然刺骨，盐碱滩上白花花的盐渍仍在，而笼罩大地的荒凉却已经不复存在，是这些活泼动人的小花驱逐了荒凉。这些小花，还引来了成群的蜜蜂。蜜蜂欢叫着在花丛中飞舞的情景，使我感动，我在当时的日记中这样感叹："世界上，

赵丽宏
散文精选

有什么花比这些盐碱花更坚强更美丽呢？若论坚强，它们不会输给冰山上的雪莲，也不亚于在肥沃的土地上报春的梅花。它们是有着独特风骨的花。"我曾经采下一束盐碱花，养在一个杯子里。在一间简陋的茅屋中，那束盐碱花使我感受到了生命的无穷魅力，它们向我展现了江南万花争艳的春天。我想，只要春天如期降临人间，花是不会灭绝的，即便是在最贫瘠的土地上。

柔和刚

还是在很年轻的时候，有一年，和几位朋友在杭州春游。坐在西子湖边，面对着桃红柳绿，湖光山影，聆听着莺语燕歌，风叹浪吟，喝着清芬沁人的龙井茶，大家都有些醺醺然。江南的明丽和秀美，使人沉醉。这种沉醉，似乎能让人昏然欲睡，让人在温柔和妩媚的拥抱之中飘然成仙。这样的感觉，应了古人的诗：暖风熏得游人醉。朋友中有人下结论道：江南景色之妙，在于一个"柔"字。当时我并没有想到反驳这样的结论，很多年过去，回想起来，这样的结论大概站不住脚。

离杭州不远，还有一个很典型的江南古城绍兴。如果说江南的城市，都给人一种柔美的印象，那绍兴则完全不同。说起绍兴，我的心里会很自然地涌起一种刚劲豪迈的气概。那里，是我们的一位坚毅勇敢的先祖大禹的故乡，是卧薪尝胆的越王勾践的故乡，也是现代女杰秋瑾和文豪鲁迅的故乡，这些在中国历史上最有风骨的人物，都裹挟着勃勃英气，无法和一个"柔"字连在一起。然而绍兴的阳刚之气，并不是全由这些历史人物带来，走在这个新旧交织的城市里，我处处感到雄健的阳刚之气。

绍兴是一个由石头构筑的城市。古老的城墙是石砖砌成的，老城的路是石板铺成的，运河里的古纤道是石头架成的，而更多的是大大小小的石桥，千姿百态地架在密如蛛网的河道上。在这些铺路架桥造房子的石头上，用钢凿刻画出的无数粗犷有力的线条，岁月的流水和

风沙无法磨平它们。这些石头，以及石头上的线条，使我感觉到一种厚重的力量，这种力量，和江南的柔风细雨完全是两回事。我曾经想，这么多石头，从什么地方来？后来游览了绍兴城外的东湖和柯岩，方才知道其中的秘密。东湖在峻岭绝壁之下，湖水波平如镜。坐船在湖中仰望，但见千仞危崖从天上压下来，那情景真是惊心动魄。这湖畔绝壁陡直险峻，犹如刀劈斧削，而临壁的东湖虽不宽阔，却深不可测。这山，这湖，似由威力巨大的鬼斧神工劈凿而成。后来我才知道，这里原来是古代的采石场，是石工的斧凿劈出了东湖畔的万丈绝壁，挖出了绝壁畔这一泓幽深的湖。人的劳动竟能造成如此壮观的景象，这是何等伟大的力量。柯岩也是绍兴的采石场，石工们削平了高山，又向地下挖掘。我见过石工们在深坑中采石，斧凿清脆的叮当之声和石工们高亢的吆喝之声交织在一起，从地底下盘旋而上，直冲云霄。这是我听见过的最激动人心的声音，这声音似乎是积蓄了千百年的痛苦和忧愤，埋藏了无数个春秋的憧憬和向往，猛然从人的内心深处迸发出来，挟带着金属和岩石的撞击，高飞远走，震撼天地。在柯岩听到这样的声音，印象中柔弱的江南就完全改变了形象。在柯岩，有一块名为"云骨"的巨大石柱，如同从平地上旋起的一缕云烟，被凝固成岩石，孤独地兀立在天地之间。这块奇石，并非天外来客，也不是自然造化，更不是神力所为，而是石工们的杰作。在劈山采石时，他们挖走了整座山峰，却留下了这一根使人遐想联翩的石柱。这像是一座纪念碑，像是一座雕塑，纪念并塑造着在江南创造了惊天动地业绩的采石工，他们是一个坚忍顽强的群体，是祖辈相传的无数代人。造就了绍兴城和其他江南城镇的石头，就是通过他们的手开采出来的。

　　江南的方言，被人称为吴侬软语，全无北方话的铿锵；江南的戏曲，也大多缠绵悱恻，唱得是软绵绵的腔调。唯独绍剧是例外。绍剧又叫"绍兴大板"，唱腔粗犷豪放，洋溢着阳刚之气。听绍剧时，我会很自然地联想起在柯岩听到石工们的采石号子，同样的激昂，同样的高亢。我曾想，绍剧的唱腔，会不会脱胎于石工的号子？

美人鱼和白崖

去丹麦的前一天，我在荷兰的古城代尔夫特散步。这是一个小小的市镇，在欧洲却很有名，因为这里是画家维米尔的故乡。维米尔生活的时代是17世纪，他一生居住在这里，从未远足。但他却成为荷兰历史上最伟大的画家之一。三百多年前的教堂，依然屹立在古城的中央，教堂的钟楼高耸云天，钟声响起时，全城都回荡着优美而又古意盎然的金属之音。钟声在古城上空久久飘荡，如晶莹的金属之雨，洒落在每一条小巷，飘入每一扇窗户，仿佛要把人拽回到遥远的古代。

在古老的钟声中，我想起了安徒生。明天，就要去丹麦，要去拜访他的故乡。路边出现一家书店，我走进去，心里生出一个念头：在这里，能否找到安徒生的书？书店门面不大，走进去才发现店堂不小。在书店的童书展柜中，我看到了安徒生童话，堆放了整整一排书架，各种不同的版本，文字版的，绘图版的，荷兰文、丹麦文、英文、法文、德文、瑞典文。我不懂这些文字，但书封皮上的图画，让人一眼就辨别出安徒生名作中的形象：《丑小鸭》《海的女儿》《卖火柴的小女孩》《皇帝的新衣》……一个金发碧眼的小姑娘，正和她母亲一起，站在书柜前翻阅这些书。

钟声还在空中回荡。还没有到丹麦，我已经听见了安徒生的声音。

在大街上

　　到哥本哈根，第一个停留的地方，是安徒生大街。这是哥本哈根最宽阔的一条大街。街上车流不断，路畔有彩色的老房子，也有高大的现代建筑。人行道上，行人大多目不斜视，步履匆匆。呈现在我眼前的，是现代的生活，和安徒生的时代似乎没有多少联系。安徒生第一次到哥本哈根的时候，才十四岁。一个来自偏僻小城的少年人，面对首都的繁华和热闹的人群，一定手足无措。他是来哥本哈根寻找生活的，他还不知道自己的人生轨迹是何种模样。那时，他大概还没有想过自己要当一个作家，据说他热爱音乐，希望成为一个歌剧演员。安徒生天生好嗓子，唱歌时也懂得用心用情，在皇家剧院试唱时，颇受那里管事人的赏识，剧院是他经常光临的场所。然而好景不长，一次伤风感冒，他的嗓子哑了，原来唱歌时发出的清亮圆润的声音，永远离他而去。

　　失去了好嗓音，对少年安徒生是一次大苦恼，是一场灾难，他再也无法圆自己当歌唱家的美梦。但少年安徒生的这场灾难，却也是文明人类的幸运，一个伟大的童话作家，因此而有了诞生的可能。试想，如果少年安徒生在歌剧舞台上如鱼得水，赢得赞美和掌声，一步步走向成功，哥本哈根可能会出现一个年轻的歌唱家，他可能会星光灿烂，显赫一时，让和他同时代的人们有机会听到他的歌声。不过毫无疑问，他的歌声和他的名声，将随着岁月的流逝，很快被人们遗忘。好在他失去了好嗓音，因而不得不放弃了做歌唱家的梦。他开始专注于写作，写诗，写小说，写戏剧，也写童话。最后，他发现自己最擅长，也是最能借以表达灵魂中的憧憬和梦想、倾诉内心爱之渴望的文体，是童话。

　　舞台上少了一个少年歌者，对当时的音乐爱好者来说，其实只是一个小小的损失，安徒生退场，一定还会有别的少年歌手来顶替他，

赵 丽 宏
散 文 精 选

也许比他唱得更好。然而对于丹麦和全世界的孩子们，却因此后福无穷。安徒生即将创造的文学形象，将走进千家万户，给孩子们带来欢乐，带来梦想。他把人间的挚爱和奇幻的异想，像翅膀一样插到每一个读者的心头，让读者和他的童话一起飞，飞向无限遥远美好的所在。他的童话，将叩开孩子们蒙昧的心，将他们引入阔大奇美的世界，多少人生的境界，将因为他的文字而发生美丽的改变。

安徒生的童话，每一篇都不长，却深深地打动了读者，让人垂泪，让人惊愕，让人失笑，也让人思索。他的童话中，有最清澈纯真的童心，也有历尽沧桑后发出的叹息。安徒生的童话，读者并不仅仅是孩子，成年人读这些童话，会读出更深沉的况味。一篇《皇帝的新衣》，有多么奇特的想象力，又有多么幽邃的主题。皇帝的虚荣和愚昧，骗子的聪明和狡诈，童心的纯真和无畏，交织成奇特的故事，人性的弱点和世态的复杂，在短短的故事中被展示得如此生动。这些含义深刻的童话，可以从幼年一直读到老年。作为一个人类历史上影响最大的童话作家，安徒生一生只写了一百六十八篇童话。也许，这样的创作数量，比世界上大多数童话作家的创作数量都要少。他从三十岁开始写童话，连续不断写了四十三年，平均每年创作不到四篇。我认识一些当代的童话作家，年龄并不大，已经创作了千百篇童话，数量已经远远超过了安徒生，但没有多少孩子知道他们。这样的比较，也许没有意义，世界的童话史中，只有一个安徒生，他是无可替代的。

安徒生大街很长，在临近哥本哈根市政厅的人行道上，终于看到一尊安徒生的铜像。

铜铸的安徒生穿着燕尾服，戴着他那顶标志性的礼帽，在一把椅子上正襟危坐。他面目沉静，凝视着他身边车流滚滚的大街。这是一个拘谨严肃的沉思者形象，他的表情中，似乎有几分忧戚。他的目光投向大街的对面，对面是一个古老的儿童游乐场。安徒生在世时，这个儿童游乐场就已经在这个地方。据说，他经常来这里看孩子们玩耍，孩子们活泼的身影和欢乐的嬉闹声，曾给他带来创作的灵感。

我在哥本哈根坐车或者散步时，望着周围的景色，心里常常生出这样的念头：当年，安徒生是不是在这样的景色中寻找到创作的灵感？我发现，这里的房屋，尽管比英国、法国和意大利的建筑看上去要简朴一些，然而色彩却异常鲜艳。每栋房子的颜色都不一样。站在河边的码头上看两岸的建筑，高低起伏，鳞次栉比，五颜六色挤挨在一起，缤纷夺目，就像孩子们的玩具积木，有童话的风格。我不知道是安徒生的童话影响了这里的建筑风格，还是这样的彩色房子给了安徒生创作的灵感。也许，两者兼具。丹麦朋友告诉我，安徒生曾经在河边的这些彩色房子中居住过，那时，每天傍晚，在河边的林荫路上都能看到他瘦长的身影。

哥本哈根是安徒生走向文学、走向童话、走向世界的码头。如今，哥本哈根因安徒生而生辉，安徒生照亮了哥本哈根，照亮了丹麦，这座古老城市的所有光芒，都凝集在这位童话作家的身上。

美人鱼

清晨，海边没有人影，美人鱼雕像静静地坐在海边。

安徒生创造的美人鱼，是人类童话故事中极为美丽动人的形象之一。哥本哈根海边的这座铜像，凝集着安徒生灵魂的寄托。她是美和爱的象征，也已成为丹麦的象征。前几年上海举办世博会，哥本哈根的美人鱼漂洋过海，去了一趟中国。丹麦馆中的美人鱼是上海世博会中最受人欢迎的风景。人们站在美人鱼身边拍照时，感觉就是在丹麦留影，也是和安徒生童话合影。

雕塑的美人鱼，如果不是下身的鱼尾，其实就是生活中的一个可爱的小姑娘。她身体柔美的曲线，她凝视水面的娴静表情，和她背后浅蓝色的大海融合成一体，这是全人类都熟悉的形象，安徒生创造的这个为爱情甘愿承受苦痛，甚至牺牲生命的美丽女子，感动了无数读者。在安徒生童话中，《海的女儿》是一篇深挚而凄美的作品，读得

赵丽宏
散文精选

让人心酸，心痛。其实这也是一篇带有精神自传意味的作品。

在女人面前，安徒生自卑而羞怯。在几种安徒生的传记中，我都读到过他苦涩的初恋和失败的求爱。童年时，他曾经喜欢班上唯一的女生，一个叫莎拉的小姑娘，他把莎拉想象成美丽的公主，偷偷地观察她，用自己的幻想美化她，渴望着接近她。这个被安徒生想象成公主的小姑娘，也是贫苦人家的孩子，她的梦想是长大了当一个农场的女管事。安徒生告诉莎拉，公主不应该当什么农场管事，他发誓长大了要把她接到自己的城堡里。听安徒生的这些话，惊愕的小莎拉就像遇到了外星人……这样的初恋，结局是什么呢？安徒生几乎被周围所有的孩子讥讽，甚至遭到富家子弟的打骂。更让他伤心的是，他不仅没有擒获莎拉的芳心，竟也遭到莎拉的嘲笑，小姑娘认为安徒生是个想入非非的小疯子。

安徒生经历过爱情的失意，被拒绝或者被误解，不止一次打击过他，伤害过他。在哥本哈根求学时，他曾经深爱过寄宿房东的女儿，但他始终不敢表白，只是默默地关注她，欣赏她，思念她。直到分手，都未曾透露心中的秘密，最后成为生命记忆中的美和痛。

少年时代我曾经非常喜欢苏俄作家巴乌斯托夫斯基的《金蔷薇》，其中有一篇安徒生的故事《夜行的驿车》，是这本书中最动人的篇章。在夜行驿车上，黑暗笼罩着车厢，平时羞涩谦卑的安徒生一反在白日阳光下的羞怯，一路滔滔不绝，和四个同车的女性对话。他以自己的灵动幽默的言语，深邃智慧的见解，还有诗人的浪漫，预言她们的爱情和未来的生活。女人们在黑暗中看不清安徒生的脸，但都被他的谈吐吸引，甚至爱上了他。故事中的一位美丽的贵妇，很明确地向安徒生表白了自己对他的欣赏和爱慕，而安徒生却拒绝了这从天而降的爱情，默默地退回到黑暗中，回到他没有女人陪伴的孤单生活里。这种孤单将终生伴随他。《金蔷薇》中的故事情节，也许是巴乌斯托夫斯基的文学虚构，但这种虚构，是有安徒生的人生印迹作为依据的。

在《海的女儿》中，安徒生化身为小美人鱼，她深爱着王子，却

只能默默地观望，无声地思念。为了追求爱，她宁肯牺牲性命。在那篇童话中，美人鱼的死亡和重生，交织在一起，那是一个让人期待又叫人心碎的时刻。安徒生在他的童话中这样结尾："太阳从海里升起来了。阳光柔和地、温暖地照在冰冷的泡沫上，小人鱼并没有感到灭亡。她看到光明的太阳，同时在她上面飞舞着无数透明的、美丽的生物。透过它们，她可以看到船上的白帆和天空的彩云。它们的声音是和谐的音乐……"

人间的真情和美好，有时只能远观而难以接近，只能在心里默默地欣赏、品味、期待，也许永远也无法融入现实的生活。

安徒生逝世前不久，曾对一位年轻的作家说："我为我的童话付出了巨大的代价，我要说，是大得过分了的代价。为了这些童话，我断送了自己的幸福，我错过了时机，当时我应当让想象让位给现实，不管这想象多么有力，多么灿烂光辉。"安徒生的这段话，也出现在巴乌斯托夫斯基的《夜行驿车》中，是否真实，无法断知。说安徒生是因写童话而错过了爱情，牺牲了自己原本可以得到的幸福，其实并不符合逻辑。安徒生成名后，倾慕他的人不计其数，作为一个成功的男人，他的机会非常多。如果恋爱，成家，生儿育女，未必会断送自己的写作才华。安徒生终生未娶，还是性格所致。

生活中没有恋爱，就在童话中创造迷人的精灵，赞美善良美丽的女性。所以才有了《海的女儿》，有了这永远静静地坐在海边的美人鱼。

美人鱼所在的海边，对面是一个工厂，美人鱼的头顶上，有三个大烟囱。在晴朗的蓝天下，三个大烟囱正冒着淡淡的白烟，就像有人站在美人鱼背后悠闲地抽着雪茄，仰对天空吞云吐雾。对这样一个美妙的雕塑，这三根烟囱是有点煞风景的陪衬和背景。也许，这也是一个暗喻，在这世界上，永远不会有无瑕和完美。

赵丽宏
散文精选

他是个美男子

　　雨后，石头的路面上天光闪烁，犹如一条波光粼粼的小河，在彩色的小屋间蜿蜒。

　　这是欧登塞的一条僻静的小街。安徒生就出生在这条小街上，他的家，在小街深处的一个拐角上。几个建筑工人在装修故居，墙面被破开，屋内的景象站在街上就能看见，黄色的墙壁，红色的屋顶，白色的窗户，让人联想到童话的绚烂多彩。安徒生童年住的房子，是否会有这样鲜艳的色彩，让人怀疑。据说安徒生是出生在一张由棺材板搭成的床铺上，他从娘胎中一露面，就开始大声啼哭，声音之大，让所有听见的人都觉得惊奇。在场的一个神父，笑着安慰安徒生的父母，他说："别担心，婴儿的哭声越响，长大后歌声就越优美。"神父怎么也想不到，这个大声啼哭的孩子，长大后会唱出多么美妙的歌。

　　我站在小街上，想象安徒生童年的生活的情景。一群穿着鲜艳的孩子从我身边走过，一个个金发碧眼，叽叽喳喳地说着我听不懂的话。两个年轻的姑娘带着这些孩子，他们也是来寻找安徒生的。

　　毫无疑问，童年安徒生曾经在这里生活。他的喜欢读书的鞋匠父亲，他的含辛茹苦的洗衣妇母亲，他儿时的玩伴，他熟悉的邻居，都曾在这条街上来来往往。这是一个流传着女巫和鬼神故事的小镇，人们喜欢在黑夜来临时，在幽暗的灯火中传播那些惊悚的故事。安徒生对这些故事深信不疑，他常常在心里回味这些故事，并且用自己的想象丰富这些故事，让故事生出翅膀，长出尾巴。离安徒生故居不远的地方，可以看到一片树林。小安徒生曾经面对着黑黢黢的树林，幻想着在树林里作怪的妖魔，幻想着这些妖魔正从黑暗中张牙舞爪向他扑过来。有时候，他被自己脑子里出现的念头吓坏了，一路狂奔着逃回家去。

　　我走在这条小路上，想象着那个被自己的幻想惊吓的孩子，是如

何喊叫着在铺着石板的路上跌跌撞撞地奔跑,就像一匹惶然失措的小马驹,不禁哑然失笑。

安徒生的想象力非同寻常,这想象力从他孩提时代已经显露。很多后来创作的童话,就起始于童年时的幻想。他在自己的故事中曾经这样描绘,一个古老的魔箱,盖子会飞起来,里面藏着的东西便随之飞舞,箱子里藏着什么呢,有神秘的思想和温柔的感情,还藏着天地间所有的魅力——大地上的花朵、颜色和声音,芬芳的微风,海洋的涌动,森林的喧哗,爱情的苦痛,儿童的欢笑……

安徒生的魔盒,就是在欧登塞的小街和人群中开始有了最初的雏形。

1819年9月6日,十四岁的安徒生第一次离开故乡去哥本哈根。一个瘦瘦高高的男孩,手里提着一个包袱,包袱中有他心爱的书和木偶。他的口袋里,装着三十个银毫子。马蹄敲打着石板路,安徒生坐在马车上,眼里含着泪水。小城的教堂、街道和房屋后面的树林在他的眼帘中渐渐变得模糊。回首故乡,还未成年的安徒生,对故乡满怀着依恋和感激,但他对自己远走高飞的计划一点不犹豫,他相信自己的才华会被世界认识,他在那天的日记中写下这样的句子:"有一天,当我变得伟大的时候,我一定要歌颂欧登塞。"他在日记中大胆地遐想着:"有一天,我将成为这个高贵城市的一个奇迹,为什么不可能呢?那时候,在历史和地理书中,在欧登塞的名字下,将会出现这样一行字:'一个名叫安徒生的丹麦诗人,在这里出生!'"

十四岁的安徒生,将自己的未来的身份定位为诗人。那时,他还没有写童话。安徒生年轻时代写过很多诗歌,成为当时丹麦诗坛的一颗新星。但他最终以童话扬名世界。他的童话,每一篇都饱含诗意,从本质上说,安徒生终生都是一个诗人。

安徒生十四岁时的预言,早已成为现实,安徒生这个名字辉煌的程度,远远超出他的预期。安徒生是欧登塞的骄傲,这个原本籍籍无名的小镇,因为安徒生而成为世界名城。到丹麦来的人,谁不想到这

赵丽宏
散文精选

里来看一下。

和安徒生故居连在一起的,是安徒生博物馆。这是让全世界孩子向往的一个博物馆,也是让所有的作家都自叹不如的博物馆。

安徒生博物馆中,有一个陈列安徒生作品的图书馆,四壁的大书橱里,放满了被翻译成各种语言的安徒生童话。安徒生创作的故事,经过翻译,传播到世界的每一个角落,从欧洲、亚洲,到美洲、非洲,国家无论大小,只要那里有文字,有书,有孩子,就有安徒生童话。他的书,到底有多少译本,有多少种类,已经无法统计。在这些书柜中,我看到来自中国各地出版社的很多种安徒生童话的中文译本,从20世纪30年代,一直到最近几年的新译本。我读过多种关于安徒生童话的相关资料,有说安徒生童话的译本在全世界有二百多种语言,有说是八十多种语言,不同的数据落差很大。人类一共有多少种文字,谁也说不清楚,不过我相信,大多数还在使用的文字,都会有安徒生童话的译本。这里的统计数字,大概也不会精确。如果安徒生活过来,走进这个图书馆,他也许会受到惊吓。面对着这么多来自世界各地的安徒生童话,其中大多数文字是他不认识的。

安徒生博物馆的标记,是一个圆形的剪纸人脸,样子犹如光芒四射的太阳神,这是安徒生的杰作。安徒生是剪纸高手,博物馆里,展出了不少他的剪纸作品,其中有各种形态的花卉和动物,还有形形色色的人物。剪纸,大概是安徒生写作间歇时的一种余兴和游戏,他随手将心里想到的形象剪了出来。安徒生的剪纸,最生动的还是人物。人物剪纸中有一些长臂长腿的舞者,是安徒生剪出来挂在圣诞树上的,圣诞音乐奏响时,这些彩色的纸人会在圣诞树上翩翩起舞。有一幅小小的剪纸作品,让我观之心惊。这是一幅用白纸剪成的作品,底下是一颗心,心上长出一棵树,树梢分叉,变成一个十字形绞架,绞架的两端,各吊着一个小小的人。安徒生想通过这剪纸告诉世人什么?

安徒生曾被人认为相貌丑陋,他也因此而自卑。安徒生瘦瘦高高,小眼睛,大鼻子,他常常戴着礼帽,身着燕尾礼服,衣冠楚楚,一副

绅士派头。前年夏天在纽约的中央公园，我曾见过一尊安徒生的雕像，他坐在美国的公园里，手捧着一本大书，凝视着脚边的一只丑小鸭。这尊雕像，把安徒生的头塑得很大，有点比例失调。不过美国人都喜欢这座雕像，很多孩子坐在安徒生身边和他合影。

安徒生的长相是否丑陋，现在的丹麦人看法已经完全不同。在安徒生博物馆中，有很多安徒生的照片和油画，也有不少安徒生的雕塑。照片和油画中的安徒生，忧郁而端庄，虽谈不上俊美，却也绝不是一个丑陋的男人。我仔细看了博物馆中的每一尊雕塑，其中有头像、胸像，也有和真人差不多高的大理石全身立像。这里的安徒生雕像，目光沉静安宁，脸上是一种沉思的表情。有一尊雕像，安徒生正在给两个小女孩讲故事，他满面笑容，绘声绘色地讲着，一只手在空中挥动。两个小女孩倚在他身边，瞪大了眼睛听得出神。这是一个和蔼可亲的形象。

安徒生博物馆的讲解员是一位姿态优雅的中年女士，她站在安徒生的一尊大理石立像旁，微笑着对我说："安徒生并不丑，他相貌堂堂，是个美男子。"

白色纪念碑

秋风萧瑟，黄叶遍地。天上飘着小雨，湿润的树林轮廓优雅而肃穆。一只不知名的鸟躲在林子深处鸣叫，声音婉转轻柔，若隐若现，仿佛从遥远的天边传来。沿着布满落叶的曲径走进树林，看见了一块块古老的墓碑。

安徒生就长眠在这里。

这是哥本哈根城郊的一个墓园。人们来这里，是来看望安徒生。然而要找到安徒生的墓并不容易。树林中的墓，都差不多，一块简朴的石碑，一片灌木或者一棵老树，就是墓地的全部。

天上下着小雨，墓园中静悄悄不见人影。站在一片碑林之中，有

赵丽宏
散文精选

点茫然,安徒生的墓在哪里呢?正在发愁时,不远的墓道上走过来几个散步的人。一个年轻妇女,推着一辆童车,车上有婴儿,身边跟着一条高大的牧羊犬。看到我们几个中国人,她并不惊奇。我问她,安徒生的墓地在哪里?她莞尔一笑,抬手向我身后指了一下。原来,我已站在安徒生的身旁。

安徒生的墓并不显赫,也没有什么特殊之处,没有雕像,没有安徒生童话中的人物,甚至没有多少艺术的气息,只是一座普普通通的墓,简洁、朴素,占据着和别人相同的一方小小的土地。

一块长方形的白石墓碑,上面刻着安徒生的生卒年月。墓碑两侧,是精心修剪过的灌木丛,如同两堵绿色的墙,将安徒生的墓碑夹在中间。安徒生的墓碑前,放满了鲜花,有已经枯萎的花束,也有沾着雨珠的新鲜的花朵。这些鲜花,使安徒生的墓和周围杂草丛生的墓地有了区别。

埋葬在安徒生周围的,是我不认识的人,他们是安徒生同时代的人物。每个人占据的墓地都差不多大,也是简朴的墓碑,上面镌刻着墓主的生卒年月。长眠在这里的人们,大概想不到自己会成为安徒生的邻居。

墓地的设计者,当然不会是长眠在墓穴中的墓主。安徒生的墓碑,设计者也不会是他本人。在丹麦,安徒生的雕像和纪念碑很多,和安徒生的童话相比,这些雕像和纪念碑,显得太平常。

我突然想起了白崖,那是丹麦海边的一座高山。

离安徒生家乡二百公里的海边,有一座奇妙山峰,当地人称它为白崖。坐车去那里花了两个多小时。上坡,盘山,到一个无人的山谷。这里能听到海涛声,却看不见海。沿着一条通向林荫深处的木栈道,走向山林深处。木栈道沿着山崖蜿蜒,到一个凸出的山坡上,突然就看到了白崖。

这是耸立在海边的万仞绝壁,它确实是白色的,白得纯粹,白得耀眼。白崖下面,就是海滩,海滩的颜色,竟然是黑色的。白色的崖

壁，黑色的海滩，蓝色的海水。蓝、白、黑，在天地间构成一幅神奇的图画。

栈道曲折而下，把我引到海滩上。站在海滩上仰观，白崖更显得森然，伟岸，纯净，如拔地而起的一堵摩天高墙，连接着天和海。海滩上的卵石，大多呈黑色，或者黑白相间。我不明白，为何一座白色的山崖，被风化在海滩上的碎片，却变成了黑色的卵石。这样的演变和结局，如同深藏玄机的魔术。

据当地人介绍，喜欢旅行的安徒生不止一次来这里，他曾来到白崖下，一个人坐在黑色的海滩上，遥望着深蓝色的大海，想他的心事。

眼前的山崖和海滩，和安徒生时代的相比，大概没有什么变化。安徒生来这里时，还是个年轻人，那些后来让他名扬世界的童话故事，这时还没有诞生。他坐在海边，惊叹自然和天籁的神秘奇美时，也曾让想象之翼在山海间飞舞。那些心怀着梦想的精灵，那些化成了动物之身的聪慧生灵，那些会说话思考的玩偶，也许曾随着安徒生的遐想，在白崖上自由蹁跹。

白崖，其实更像一块硕大无朋的白色巨碑，耸立在丹麦的海岸上。这才是举世无双的纪念碑，它属于丹麦，也属于安徒生。

庐山雪

听说我想带着全家人去看冬天的庐山,南昌的朋友笑了。他说:"冬天山上有雪,没有人。这不是旅游季节,你去干吗?"听他这么一说,我也笑了。我说:"我就是想去看看庐山的雪,就是想在没有人的时候感受一下庐山的宁静。"

阳光普照大地。庐山脚下,是一派暖冬的景象,常青的乔木在阳光下摇动着生命的绿色。我们的汽车从向南的后山盘旋上山。看着从车窗外流泻进来的阳光,我不禁暗忖:这样的天气,在山上能看到雪吗?这念头刚在我的心头闪了一下,车窗外的景象就开始变化了。阳光突然消失,从渐渐稀疏的树枝空隙间露出的天空变得灰暗了,风也不知从什么地方跑出来,一阵紧似一阵,把山坡上的树林刮得哗哗作响。我正在惊讶天气的无常,眼帘中倏忽一亮:一簇积雪,在一块背阳的岩石上闪烁着晶莹的白光。还没等我表示诧异,白花花的雪色就从四面八方向我涌来。它们一丝丝、一片片、一团团、一簇簇,有的堆积在路边,有的撒落在松叶间,有的依附在树干上,有的凝结在岩石的缝隙中,这些星星点点的雪,竟也把寂静的山林装点成一个银装素裹的白雪世界。这雪虽然谈不上铺天盖地,但已经把先前在山脚下感受到的暖意驱散。山上和山下,是两个季节,两个天地。

车到山顶,呈现在我面前的是一个冰雕雪砌的世界。雪是前几天

下的，但山上的雪不会化。山坡上，路上，到处是厚厚的积雪。高大的松树成了真正的雪松，它们披着银色的长袍，千姿百态地站立在路边，默默迎候着上山的人。庐山的别墅一栋栋隐没在白茫茫的雪色中。清一色的雪覆盖了原本多彩的房顶，帘子低垂的窗户紧闭着，没有一个烟囱在冒烟。那些记录着中国历史上一些重要事件的老房子，那些每年夏天都会风流一时的别墅，此刻都已进入冬眠状态，曾经发生在这些房子里的悲欢离合，仿佛也都被白茫茫的大雪淹没了。

南昌的朋友说得很对，冬天的庐山，有雪，无人。我们的汽车在结了冰的公路上无法再走，轮子在冰面上直打滑。我们下了车。儿子像一只欢乐的小兔子，大声呼喊着，奔跑着，在路边的一片雪地上清晰地踩出第一行脚印。夏天热闹得像大城市一样的牯岭街上，此刻只走着我们一家人。脚踩在雪地上，发出清脆的"嚓嚓"声，这轻微的声响，仿佛在寂静的空气中荡漾着无穷无尽的回声。这时，太阳突然从云层里露出脸来，灿烂的阳光照在雪地上，反射出耀眼的亮光，一阵微风掠过，树上的积雪纷纷扬扬飘落下来，抬头望去，漫天闪烁着晶莹剔透的雪花。看大雪在阳光里飘然纷飞，真是奇妙的景象。站在街边临崖的花园里放眼远眺，周围的每座峰巅上都有积雪，它们就像一群白发苍苍的老人，默默地凝视着云天，阳光在它们的头顶上反射出缤纷的光芒。俯瞰山谷，雪色渐淡，起伏的树冠在阳光下呈现出斑驳七色，其间也闪烁着星星点点的雪光，只是这雪色比山顶上要稀疏得多。环顾四周，我感受到了天地的辽阔，感受到了大自然的空旷和幽静。儿子对着山谷大声呼喊着，四面八方响起了悠远的回声……

阳光很快消失，天空复又变得灰暗。风大了一点，树上的雪花不断地被吹落下来，仿佛又下起雪来。我们驱车来到花径。在我的记忆里，花径，是庐山最热闹的风景点。白乐天当年流连忘返的赏花吟诗之地，似乎永远被兴致勃勃的人群包围着。现在，花径门口看不到一个人影，公园大门敞开，连门口卖票的人也不知躲到什么地方去了。那扇著名的石门两边，"花开山寺，咏留诗人"两行字已经被冰霜覆

赵 丽 宏
散 文 精 选

盖，门楣上"花径"两个字也被晶莹的雪花填满，呈现在我眼前的，是一扇肃穆的冰雪之门。从门洞中望进去，满目皆白，路、树、湖岸、花坛、亭台楼阁，全都被积雪笼罩着，夏日里花团锦簇、人流汹涌的花径，现在成了洁白清冷的冰雪世界。这形象，一扫花径原来留在我心中的艳丽繁杂的印象。

"为什么叫花径？"走在遍地霜雪的路上，儿子问我。

"因为这里到处是花。"我回答。

"花在哪里？"

我正要告诉儿子，只有夏天，才能在这里看到花。而儿子突然兴奋地大喊起来："看，花！"

我一惊，以为儿子找到了在冰雪中开放的腊梅。然而儿子却指着路边的松树，指着被霜雪覆盖的松枝。我这才注意到，这些松枝犹如一串串形状奇异的白色花束，它们的花瓣，是无数晶莹透亮的雪花和冰珠，它们紧密相挨，以出人意料的方式堆砌排列着，组合成一片雪白的花海。在风中，它们微微颤动，闪烁着晶莹的光芒。这一树接一树的冰雪之花，比我看到过的梨花、樱花更繁茂，更轰轰烈烈。大自然真是一位巧夺天工的雕塑家，用霜雪把平凡的松树装点成举世无双的晶莹之花。最奇妙的是，松树上那些无叶的枯枝，寒冷的北风刮过来的霜雪在它们向北的那一面堆砌起来，竟然堆起有一两寸厚，尽管薄薄的如同刀剑，却任凭风吹树动而不掉下来，牢牢地依附在树枝上。

儿子从树枝上剥下一段霜剑，在莹洁如玉的雪地上练起武功来，一不小心，滑倒在雪地上，喊声和笑声顿时飞越结了薄冰的湖面，在寂静中向四面八方扩散，空荡荡的花径中到处流动起欢乐的人声……

我到过庐山三次，都是在盛夏，记忆中这是一个人流汹涌的地方，游人的喧哗，掩盖了大自然的宁静。即便是在最幽静的山谷中，只要有名胜风景，就有慕名而来的游客，就有吵吵嚷嚷的人声。喧喧人迹使大自然变得面目全非。我想，庐山若是个有知觉、喜安谧的隐士，他一定会心烦的。消暑的游客们寻欢作乐的时光，正是他不胜烦恼的

千山鸟飞绝
万径人踪灭
孤舟蓑笠翁
独钓寒江雪

辛卯六月戏写柳宗元江雪诗画于海上四步斋 赵丽宏

赵丽宏 绘

生命成长、消亡、轮回的过程，
是天地间最平凡、
最奇妙的事件。

时刻。而此刻,这苍茫素净的天地间,好像只剩下我们几个人,陪伴我们的,只有洁净的白雪,只有沉默的群山,只有在云层和雪峰间出没的阳光,只有在丛林中悠闲踱步的微风。我面对着的,是一个挣脱了喧嚣和躁动不安的庐山,是一个"回归自然"的庐山。而使庐山得以"回归自然"的,是冬天,是寒冷,是铺天盖地的雪。人类怕热,也怕冷,怕热使人们云集在庐山,怕冷又使人们远离庐山。怕冷的人们啊,你们因此就和美妙的庐山雪景无缘了。

离开花径,又去了仙人洞。大概是向阳的关系,仙人洞前竟看不到多少雪,只有背阴的岩石缝隙中留有一些残雪。但也没有人,这个充满了人和神的传说的岩洞,现在像一个清静的道家圣地了。在洞口碰到一个年轻的道士,用惊奇的目光看着我们。从他的目光中可以得知,踏雪上山的人少得可怜。

本想在山上过夜,然而却找不到旅馆。所有的宾馆、招待所、小别墅都锁上了大门。风越来越大,天色也越来越暗,我们只能驱车下山,到九江去过夜。上山时走的是南山,下山我们想走前山。南昌的朋友说:"前山恐怕不好走。"我问为什么,他答道:"那是北山,冰雪太重。"我们全家都不理会他的看法,大家都想走一条新路下山,可以看到上山时没见识过的风景。南昌的朋友笑着说:"那好,一起去见识一下吧。"没想到,车开到北山口,展现在眼前的竟是一幅冰天雪地的骇人景象。呼啸的北风卷起漫天雪花,公路上铺着厚厚的冰雪,迷蒙的雪雾中,根本看不清下山的路。汽车还没开出山门,轮子已经在路面上打滑。在这样的路上下山,简直是拿性命开玩笑了。在这样的风雪中,恐怕不再会有审美的雅兴,只有担忧和恐惧了。再也没有谁表示异议,汽车掉头,让风雪背对我们,然后再走原路下山。

南山,是另外一种温和的表情。没有风,路上的冰雪也已经融化。离开山顶后,雪越来越少,天色也显得亮起来。车到半山时,居然看到一缕斜阳照在山坡上,树上的霜雪化成了水滴,无声地往下滴落

赵 丽 宏
散 文 精 选

着……这时，想到大山另外一边的风雪，仿佛到了另一个世界。在南北这两个不同的世界之间，一座幽静的、晶莹的庐山，美好地留在了我的记忆里。

印象·幻影

　　早晨的阳光，从树荫中流泻到窗帘上，光点斑驳，如无数眼睛，活泼，闪动，充满窥探的好奇，从四面八方飞落到我的眼前。我想凝视它们，它们却瞬间便模糊，黯淡，失去了踪影。我感觉眩晕，欲昏昏睡去，它们又瞬间出现，在原来亮过的飘动的窗帘上，精灵般重聚，用和先前不同的形态，忽明忽暗。活泼的年轻的眼睛，突然变成了老年人垂暮的目光，心怀叵测，怀疑着，惊惶着，犹疑着，无法使我正视。

　　你们是谁！

　　我睁大眼睛，视野里一片斑斓天光。那些不确定的光点不见了，光线变得散漫飘浮，仿佛可以将一切融化。眼睛们，已经隐匿其中，一定仍在窥探着，兴致勃勃，然而我已看不到。只见窗帘在风中飘动，如白色瀑布，从幽冥的云间垂挂下来，安静，徐缓，优雅。这是遥远的景象，与我间隔着万水千山。闭上眼睛，天光从我耳畔掠过，无数光箭擦着我的脸颊、我的鬓发、我的每根汗毛，飞向我身后。来不及回头看它们，我知道，远方那道瀑布，正在逼近，雪光飞溅，水声轰鸣，我即将变成一粒水珠，一缕云气，融入那迎面而来的大瀑布。

　　据说，梦境有彩色的，也有黑白的。有的人，永远做黑白的梦。

赵　丽　宏
散文精选

　　我很多次在梦醒后回忆自己的梦是否有颜色，有时一片混沌，色彩难辨，有时却很清晰地想起梦中所见的色彩。

　　曾经梦见海，应该是深沉的蔚蓝，却只见黑白，海浪翻涌，一浪高过一浪，浓黑如墨，浪尖上水花晶莹耀眼，是雪亮的白色。在浪涛的轰鸣声中忽然听见尖厉的鸟鸣，却无法见到鸟的身影。自己仿佛是那黑色浪涛中的一分子，黑头黑脸地上上下下，在水底时昏黑一片，升到浪峰时又变成晶莹的雪白。我留恋那光明的白色，却只能在一个瞬间维持它的存在，还没容我喘息，复又进入那穷无尽的黑。而鸟鸣总在持续，时远时近，时而如欢乐的歌唱，时而像悲伤的叹息，有时又像一个音域极高的女声，优美而深情。那声音如天上的光芒，照亮了黑色的海，浪尖上那些晶莹耀眼的雪花，就是这歌声的反照。我在这黑白交错中转动着翻腾着，虽然眩晕，有一个念头却愈加强烈：

　　那只鸣唱的鸟呢？它在哪里？它长得什么模样？

　　我追随着那神秘的声音，睁大了眼睛寻找它。在一片浓重的黑暗消失时，婉转不绝的鸟鸣突然也消失，世界静穆，变成一片灰色。灰色是黑白的交融，海水似乎变成了空气，在宇宙中蒸发，消散，升腾。我难道也会随之飞翔？鸟鸣突然又出现，是一阵急促的呼叫。海浪重新把我包裹，冰凉而炽热。这时，我看见了那只鸟。那是一点血红，由远而近，由小而大，漾动在黑白之间。我仰望着它，竟然和它俯瞰的目光相遇，那是红宝石般的目光。

　　它是彩色的。

　　为什么，我不喜欢戴帽子？哪怕寒风呼啸，冰天雪地，我也不戴帽子，与其被一顶帽子箍紧脑门，我宁愿让凛冽的风吹乱头发。彩色的帽子，形形色色的帽子，如绽开在人海中的花，不安地飘浮，晃动，它们连接着什么样的枝叶，它们为何而开？

　　童年时一次帽子店里的经历，竟然记了一辈子。

　　那时父亲还年轻，有时会带我逛街。一次走进一家帽子店，父亲

在选购帽子，我却被商店橱窗里的景象吸引。橱窗里，大大小小的帽子，戴在一些模特脑袋上。模特的表情清一色，淡漠，呆板，眉眼间浮泛出虚假的微笑。有一个戴着黑色呢帽的脑袋，似乎与众不同，帽子下是一张怪异的脸，男女莫辨，一大一小两只不对称的黑色眼睛，目光有些逼人，嘴唇上翘的嘴微张着，好像要开口说话。我走到哪里，他好像都追着我盯着我。我走到他面前，他以不变的表情凝视我，似在问：喜欢我的帽子吗？黑色的呢帽，是一团乌云，凝固在那张心怀叵测的脸上。假的脸，为什么像真的一样丑陋？

几天后的一个深夜，我竟然在梦中和那个脑袋重逢。我从外面回家，家门却打不开，身后传来一声干咳。回头一看，不禁毛骨悚然：帽子店里见过的那个脑袋，就在不远处的地上待着，戴着那顶黑色呢帽，睁着一大一小的眼睛，诡异地朝我微笑。他和我对峙了片刻，突然跳起来，像一只篮球，蹦跳着滚过来。我拼命撞开家门，家里一片漆黑，本来小小的屋子，变得无比幽深。我拼命喊，喉咙里却发不出声音，拼命跑，脚底却像灌了铅，沉重得无法迈动一步。而身后，传来扑通扑通的声音，是那个脑袋正跳着向我逼近……

这是个没有结局的梦。在那个脑袋追上我之前，我已被惊醒。睁开眼睛，只见父亲正站在床前，温和慈祥地俯视我。

沉默的泥土，潜藏着童心的秘密。

我埋下的那粒小小的牵牛花种子，正在泥土卜悄悄发生变化。每天早晨，浇水，然后观察。沉默的泥土，湿润的泥土，庄严的泥上，虽然只是在一个红陶花盆里，在我眼里，这就是田地，就是原野，就是大自然。种子发芽，如蝴蝶咬破茧蛹，也像小鸟啄破蛋壳，两瓣晶莹透明的幼芽从泥土的缝隙里钻出来，迎风颤动，像两只摇动的小手，也像一对翅膀，招展欲飞。我分明听见了细嫩而惊喜的欢呼，犹如新生婴儿在快乐啼哭。那孕育哺养烘托了它们的泥土，就是温暖的母腹。

幼苗天天有变化。两瓣嫩叶长大的同时，又有新的幼芽在它们之

赵丽宏
散 文 精 选

间诞生，先是芝麻大一点，一两天后就长成绿色的手掌和翅膀。有时，我甚至可以看见那些柔软的细茎迎风而长，不断向上攀升。它们向往天空。我为它们搭起支架，用一根细细的棉纱绳，连接花盆和天棚。这根纱绳，成为阶梯，和枝叶藤蔓合二为一，缠绕着升向天空。一粒小小的种子，竟然萌生繁衍成一片绿荫……

如果种子的梦想是天空，那么，目标很遥远。它们开过花，像一支支粉红色的喇叭，对着天空开放。花开时，那些小喇叭在风中摇曳，吹奏着无声的音乐。我听见过它们的音乐，那是生灵的欢悦，也是因遗憾而生的哀叹。

凄美的是秋风中的衰亡。绿叶萎黄了，干枯了，一片片被风打落，在空中飘旋如蝴蝶。没有任何力量可以阻止这衰落。

我发现了它们传宗接代的秘密。在花朵脱落的地方，结出小小的果实，果实由丰润而干瘪，最后枯黄。这是它们的籽囊。一个有阳光的中午，我听见"啪"的一声，极轻微的声音，是籽囊在阳光下爆裂，黑色的种子，无声地散落在泥土里……

生命成长、消亡、轮回的过程，是天地间最平凡最奇妙的事件。

假如没有那道光束，世界在我的印象中就是幽暗和纯净。曾躺在一间没有窗户的房间里，周围的空间，似乎无穷无尽，没有边际，世界就在这幽暗中延伸，一直延伸到我难以想象的遥远。睁开眼睛和闭上眼睛，感觉是一样的。我的身心，也是一片无形的幽暗，静静地飘荡融合在这辽阔无边的空间中。

在昏黑之中，可以自由地大口呼吸，感觉并不闭塞。吸进来的空气，似有旷野的清新，草的气息，树叶的味道，人群奔跑时扬起的尘埃……然而这只是想象。我无法看见空气，也许永远看不见。

这时，突然出现一道光，从屋顶的某个部位射入，如一柄神奇的宝剑，飒然劈下。那是墙上一个小小的洞孔，在天上运行的太阳此刻恰好直对着它，阳光便直射进来。幽暗中的这道光，成为连接了屋顶

和地面的一座桥，它的长度，标出了屋子的高，也映照出相隔不远的四壁，实在是低矮狭窄的一个小小空间。想象中的阔大顿时消失。光柱竟然并不虚空，如同一根透明雪亮的水晶柱，无数浮游物在里面飘动，如烟雾萦绕。这是屋子里的灰尘。想象中的纯净也荡然无存。

光柱消失后，屋里又恢复了幽暗。然而，那个阔大纯净的空间再也不会回来。哪怕闭上眼睛，也能感到，墙壁，天花板，从四面八方向我压过来，灰尘在我周围飘浮……

沿着长长的一堵高墙，走。墙迎面而来。往前看，是无尽的墙，往上看，不见天，和墙相连的，也是类似墙的实体。无法确定是在屋里还是在屋外。沿墙走，找门。

这墙上竟无门，不知走了多久，除了墙，还是墙。然而还是得走，不相信这世界的所有，就是灰色水泥和砖石的垒积。

终于看见了一扇门，狭窄而矮小，粗糙如铅，推门，却不觉沉重，未用力，门已自动开启。低头，侧身，进入。墙原来很薄，如纸。

门在背后关阖，轰然有声。那是发生在厚墙和大门之间沉闷的响声。

因不知是在墙里还是墙外，进门，仍无法判断我是进入还是走出。眼前还是墙，只是有了不规则的四壁，四壁之上，却犹如夜空，有群星闪烁，星光背后，无穷的幽暗。

还有更大的不同：墙上，到处是门。方的门，圆的门，古老的门，现代的门，中式的木门，西洋的铁门，形形色色，看得我眼花。我必须选择一扇门进入。门里，或者是史封闭的世界，或者是自由。

一扇暗红色的门，门楣上雕刻着古老的符号，马车，武士，云纹，龙，门上有铜环，衔于奇兽之口。奇兽面目狰狞，怒目圆睁，龇牙咧嘴，似在问：你敢进来吗？

一扇金黄色的门，门上镶嵌着五彩的宝石，光芒如刀剑四射，让人难以直视。门上有把手，光洁莹亮，看得出，有无数手曾经抚摸转动过它。

赵丽宏
散文精选

　　一扇石门，粗看似无，仔细看，才发现细小紧密的门缝。想透过门缝窥探门外，有陈腐的冷气飕飕扑面。

　　发现了一扇木门，小而简朴，由几块木板拼合而成，像我当年在乡下常见的农家屋门。伸手抚摸那门，摸到了木板上天然的花纹，这是树的年轮，是生命成长的展痕。我抚摸着木门上的花纹，眼前仿佛出现了活生生的树，青枝交错，绿叶婆娑，花朵在枝叶间绽放，鸟翅美妙地掠过……

　　我用力推开那木门，门外的景象，竟然完全如同我的幻想。门外是树林，是自由的天籁。我大步走出去，轻盈如风。回头看，墙和门竟已无迹可寻，只有绿树蔓延。抬头看，天光正从枝叶间灿烂射入。

歌者

　　孤独的歌手,即使唱着欢乐的歌,也会使人产生忧伤的联想。

　　那天下午,在基辅十月革命广场附近的地下过道里,看到一位留着满脸胡子的中年人抱着一把吉他在唱歌。洪亮的歌声在地道里回荡,所有从地道走过的人,都在他歌声的包围之中。然而似乎没有谁在听他唱,人们匆匆忙忙地走自己的路,甚至连侧身看他一眼的兴致都没有。这位歌手好像并不在意人们是不是在听他唱,只是不停地唱,不停地弹着吉他。有时候,他停止了歌唱,光是弹吉他,粗壮的手指在琴弦上跳动得极灵活。他的眼睛不看琴弦,不看从他身边走过的行人,也不看放在他脚边的那个钱盒,只是凝视着正前方某一个只有他自己知道的目标。他就像一尊会发出声音的雕塑。

　　两个小时以后,我又一次从地道走过,这位歌手还坐在老地方唱歌。很明显,他累了,弹吉他的手已不如先前那么灵活,歌声也不如几个小时前那么洪亮,只是神态还一如既往。

　　这时候,地道里的行人开始多起来,他终于被驻足听歌的人们包围了。我看见他的目光亮了一下,漠然的表情中增添了一些笑意。吉他的琴弦颤动得更快了,这是一首欢乐的乌克兰民歌的前奏,也许,他想唱一支快乐的歌,来报答那些停下脚步欣赏他唱歌的过路人。但是很显然,唱这支歌他有些力不从心了。在好几个高音的地方,他无

赵丽宏
散文精选

法再唱得圆润，有时甚至使人感到声嘶力竭。他微笑着唱完了这首歌，不过，在那些活泼的旋律中，我没有感受到欢乐，只是听到一颗孤独而疲惫的心在颤抖。我想，那些乌克兰听众的感觉和我应该是一样的。硬币落在钱盒中发出叮叮当当的声音，这是那歌声的并不悦耳的余音。在一位站在歌手对面的少女的眼睛里，我发现了亮晶晶的泪珠……

这样孤独的歌手，我还看见过好几位。离开基辅的前夕，也是在同一个地道里，一位身材魁梧的年轻人拉着手风琴站在那里独自放声歌唱。他唱的不是乌克兰民歌，而是意大利歌曲《我的太阳》。年轻人笑嘻嘻的，似乎很放松。他的嗓门响得出奇，加上地道水泥墙壁的回声，那歌声简直震耳欲聋。因为对《我的太阳》这首歌的旋律很熟悉，所以能捕捉到他唱错的每一个音符。唱到最后那一段高音拖腔时，他的脸涨得通红，嗓子完全唱破了。我站在一边为他着急，他却若无其事，依然乐呵呵地笑着。好在那手风琴拉得很流畅，拉了长长一段花哨的过门后，他又憋足气力开始重新唱《我的太阳》……

我不忍心再听下去。然而对这位乌克兰小伙子的勇气和旁若无人的自信，我很佩服。

也见到过在地道里唱歌的乌克兰姑娘。那次走进地道时，只见迎面走过来三个年轻人，一个穿牛仔裤的姑娘，两个捧着吉他的小伙子。走到地道中间，两个小伙子突然停住脚步，把手中的吉他弹得铮铮作响。姑娘站在他们中间，显得有些害羞。地道里的行人都停下来，等待着即将发生的事情。那姑娘定了定神，放开嗓门唱起来。想不到她的嗓音极好，是醇厚的女中音。她唱的大概是一首流行歌曲，节奏活泼，却并不欢快。很显然，姑娘缺乏当众演唱的经验，她的神态、动作，都有些拘束。然而那美妙动人的女中音足以抵消她的所有缺陷。她的歌声如同一股清凉的泉水，在地道里不慌不忙地流淌，使听众们不知不觉都沉醉在这泉水中。人们静静地站着欣赏她的歌声，所有人的脸上都带着微笑。姑娘越唱越自然，动作、表情和她的歌声终于协调起来。我想，如果给她机会，这姑娘可能会成为一名非常出色的歌

星。我听过布加乔娃的歌声,不见得比这位姑娘高明多少。

大约半小时以后,在我下榻的第聂伯河宾馆门口,我又一次遇到这位姑娘,她还是和那两个弹吉他的小伙子走在一起,三个人闷声不响地走路,似乎满面愁云……我永远也不可能知道这位姑娘在想什么心事,然而她的歌声我却难以忘怀。

也有另外一些歌者,他们成群结队,用歌声抒发着相同的感情。这样的歌声即便忧伤,也能使人感受到生命的顽强和力量。

刚到基辅的那天傍晚,在市中心的大广场上看到一群人围成一圈在唱歌。被人群围在中间的是三个年龄不等的男人,一个老人,两个青年,他们各自拉着手风琴,边拉边唱。周围的人群中男女老少都有,人人都在放声高歌。他们唱的是同一支歌,一支古老的乌克兰国歌。这是一支深沉而伤感的歌,所有的乌克兰人都熟悉它古老的旋律。这旋律把漫长历史中的光荣和屈辱、欢乐和痛苦都糅织在一起,使人百感交集。歌声召来了无数素不相识的乌克兰人,歌者的圈子越围越大,人们动情地唱着,有些人的眼睛里还闪烁着晶莹的泪光。这庞大的合唱团没有指挥,人群中却很自然地唱出好几个声部,并且极为合拍地汇合成一股雄浑的、震撼人心的声浪……

最感人的一个唱歌的场面,是在第聂伯河岸边的森林里看到的。森林里有一个露天的音乐厅,那天没有音乐会,音乐厅里空无一人,然而却有歌声从音乐厅背后的森林里飘出来。这歌声很奇怪,似乎有很多人在一起唱,可是音量并不大,而且不时有人走调。可是你不得不承认,这颤抖的歌声中有异乎寻常的激情,歌声中流泻出一种渴望,一种用苍凉的音调表达的渴望。

我情不自禁地循着歌声走进树林。林子里展现的景象使我目瞪口呆——一群老人,正坐在大树底下唱歌,其中有老态龙钟的男人,也有满头银丝的老妇。他们摇头晃脑、如痴如醉地唱着,皱纹密布的脸上飘漾着红晕,完全陶醉在自己的歌声里。我这个外国人的突然闯入,并没有使他们中断歌唱。他们抬头望着我,目光闪闪发亮,那些嵌在

赵　丽　宏
散　文　精　选

皱纹里的眼睛没有一双是混浊黯淡的。在他们的歌声和他们的目光中，我忘记了他们是一群老人。我相信，在这歌声里，他们的心灵一定飞回了青春时代。

温暖的烛光

在午后灿烂而柔和的阳光下,弗拉基米尔教堂古老的天蓝色圆顶显得明亮悦目。教堂门前那条石板路也在阳光下闪烁发亮,如同一条波光晶莹的河。这条石板路被圣彼得堡虔诚的东正教徒们走了几百年,高低不平的路面如果有记忆的话,应该会记住一位俄罗斯大作家的脚步。这位作家是陀思妥耶夫斯基。

陀思妥耶夫斯基在这一带度过了他生命中最后的两年半时光。从他的住宅窗户中能看见弗拉基米尔教堂蓝色的圆顶。陀思妥耶夫斯基是一个虔诚的教徒。住在这里时,除了出门旅行或者卧床不起,每天早晨他都带着他的一对儿女上教堂。附近的圣彼得堡人都认识这位爱戴礼帽、手杖不离手的大胡子作家。这位平时面色严峻、目光深邃的先生,只要和儿女走在一起,表情便会变得慈祥可亲。这并不奇怪,一个能写出《被侮辱和被损害的》和《罪与罚》的小说家,必定是一个心地善良、感情丰富的人。

陀思妥耶夫斯基的故居在一幢普通的公寓楼中。公寓楼的大门低于地面,进门必须走下几级台阶,如同走进一个地道的入口。大门上方的一扇窗户上,挂着陀思妥耶夫斯基的照片。走进大门时,我的目光正好和照片上的陀思妥耶夫斯基的目光相遇。这是一双在黑暗中凝视远方的眼睛,那沉思的忧伤的目光使我肃然起敬。陀思妥耶夫斯基

赵丽宏
散文精选

的寓所在二楼,是一个有五间房子的大套间。门厅的走廊里,陈列着陀思妥耶夫斯基戴过的黑色圆顶大礼帽,尽管过去了一百多年,这顶礼帽依然完好如新。站在门口,面对着走廊里的镜子和衣帽架,可以想象当年主人出门上教堂前对着镜子整理衣帽的情景。这时,他的一对儿女一定已经穿戴整齐了站在门口等候父亲……

陀思妥耶夫斯基逝世于1881年,而他的故居博物馆却到1971年才正式建立,其间相隔九十年。这九十年中陀思妥耶夫斯基故居一直是普通的民宅,房子数易其主,有些房客甚至不知道这里曾住过一位天才的伟大作家。这样的现象在俄罗斯似乎不合常规。因为,俄罗斯人对自己的历史、文化和艺术的珍惜是举世闻名的。在城市的街头巷尾,到处可以发现政府为一些文化人竖立的塑像和纪念碑,有些人的名字人们甚至不怎么熟悉。而陀思妥耶夫斯基这样影响遍及全球的作家,为什么会遭到如此冷落?陀思妥耶夫斯基博物馆的讲解员,一位彬彬有礼的小伙子,开门见山地把答案告诉了我,他说:"因为早期的苏联领导人不喜欢陀思妥耶夫斯基,把他称为'坏作家',所以他的故居也只能默默无闻。"

如果说,以前陀思妥耶夫斯基在我的心里有一种神秘感,那么,在走进他的故居之后,这种神秘感便开始逐渐消散。

进门第一间屋子,是儿童室。墙上挂着陀思妥耶夫斯基一对儿女的黑色剪影,玻璃橱里放着父亲送给女儿的生日礼物:一些漂亮的瓷娃娃。地上是儿子玩的木马。桌上摆着几本书:普希金的儿童诗、果戈理的小说选、俄罗斯民间歌谣,这是陀思妥耶夫斯基每天晚上在孩子临睡前给他们念的读物。桌上还有一张字条,上面是六岁的儿子用歪歪扭扭的笔迹写的一句话:"爸爸,给我糖果……"

这间房子里的一切,都充满了父爱的温馨,令人感动。陀思妥耶夫斯基一生结过两次婚。第一位妻子是他被流放到西伯利亚时结识的,婚后不久妻子便因病而逝。第二次结婚时,陀思妥耶夫斯基已经四十六岁,而他的妻子安娜只有十九岁。安娜原是陀思妥耶夫斯基雇用的

速记员，是一位善良、聪明而又坚强的女性，两人在工作中产生爱情并结为夫妻。安娜共生了四个孩子，不幸夭折了两个。活下来的一对儿女是陀思妥耶夫斯基晚年生活中的欢乐天使。在这间儿童室里，无须讲解员做更多的解释，环顾室内的摆设，便能感受到一种温暖动人的天伦亲情。

儿童室隔壁是安娜的房间，也是他们夫妇的卧室。安娜的桌上有她为丈夫做速记的手稿，也有她为日常生活开销列出的账目清单。安娜的笔迹简洁有力，从中可以窥见她坚强干练的性格。旁边一张梳妆桌上有一帧陀思妥耶夫斯基送给妻子的照片，照片上的陀思妥耶夫斯基表情严肃，照片下他的亲笔题词却充满柔情，"献给我最善良的安娜"。在晚年有安娜这样一个好妻子，也许是陀思妥耶夫斯基一生中最大的幸运。安娜不仅是丈夫创作上的得力助手，在生活上对他的照顾也是无微不至。当陀思妥耶夫斯基那可怕的癫痫病发作时，只有安娜的抚慰能使他镇静。安娜乐于为自己的丈夫做任何事情。可以说，她把自己的一生毫无保留地献给了陀思妥耶夫斯基。在俄罗斯作家们的生活中，这几乎是绝无仅有的现象。难怪托尔斯泰曾发出这样的感慨：如果其他作家也有陀思妥耶夫斯基和安娜这样美满的婚姻，那么俄罗斯文学大概会更加丰富。

走过一个小餐厅，就是客厅。墙上挂着一幅宗教色彩很浓的油画，画面上耶稣从天而降，前来拯救两个正在受难的年轻人。这个客厅里，曾经高朋满座，圣彼得堡一些有名的演员、作家和医生，是这里的常客。一面墙上挂着一些当时经常来这里做客的名流们的照片。晚上，客人们陆续离去，妻子儿女们入睡了。接下来，就是陀思妥耶夫斯基写作的时间。陀思妥耶夫斯基喜欢一个人坐在客厅的沙发上构思他的小说。他的习惯是一边吸烟，一边思索，一个晚上竟可以吸十支烟。深夜，安娜起来为丈夫煮咖啡做点心，走进客厅时，只见缭绕的烟雾包围了坐在沙发上的陀思妥耶夫斯基……

陀思妥耶夫斯基虽然也有贵族的头衔，但他并不富裕。在圣彼得

赵丽宏
散文精选

堡为数不多的靠稿酬为生的作家中，他的生活极其平民化。陀思妥耶夫斯基活着的大部分时光，几乎都在拼命写作，所以有人称他为"写作机器"。我想，在很大程度上，这也是生活所迫。尽管如此，他的作品却不是那种胡编乱造的欺世之作，他的故事来自真实的生活，他的感情发自内心深处。和他同时代的作家中，很少有人像他那样不知疲倦地做着深刻思索。他的作品早已成为世界文学宝库中灿烂夺目的一部分。陀思妥耶夫斯基的生活和创作很自然地使我联想起巴尔扎克。

陀思妥耶夫斯基的书房就在客厅的隔壁。这是一间将近三十平方米的大书房，据说里面的家具和摆设一如当年。在那张柚木大书桌上，陀思妥耶夫斯基写出了《卡拉玛佐夫兄弟》。书桌前有一把雕花木椅，陀思妥耶夫斯基有时也在书房里接待客人，这把椅子是客人们的专座。墙上挂着一幅油画，是拉斐尔的西斯廷圣母的临摹。这间书房，看上去有一种空旷冷寂的感觉，对于它是否真的保留了当年的原貌，我有些怀疑。不过毫无疑问，陀思妥耶夫斯基当年曾天天在这里伏案写作。

1881年2月6日上午，陀思妥耶夫斯基像往常一样正在伏案写作。桌上的一支笔被他的臂肘碰落在地上，他俯身想去捡笔，鲜血突然从口中喷出，随即扑倒在地。安娜闻声赶来，把陀思妥耶夫斯基扶到床上，然后急着要去请医生。陀思妥耶夫斯基伸出一只手，吃力而又平静地阻止她："不必了。去请牧师吧。"他自知不久于人世，不想再麻烦医生。安娜还是坚持请来了医生。在床上躺了一天，陀思妥耶夫斯基感到体力恢复了不少，居然又打算起床继续写作，然而毕竟力不从心，起来后复又躺倒。安娜坐在床边日夜陪伴着他。在昏迷中，陀思妥耶夫斯基一直把妻子的手紧握在他那瘦而宽大的手掌中。2月8日午夜，陀思妥耶夫斯基从昏睡中醒来，他从枕头边拿起一本《圣经》，随手翻开，将颤抖的手随意按在翻开的书页上，然后凝视着天花板，请坐在身边的安娜读出他的手指点到的那一部分的文字。安娜看着《圣经》，低声读道："你们不要控制我，我已经找到了伟大的真理……"陀思妥耶夫斯基听罢大吃一惊，他认为这正是死神的召唤。

第二天早晨8点37分，这位伟大的作家安然离开了人世……

我久久地站在书房门口，想象着曾发生在这间屋里的一切，想象着陀思妥耶夫斯基在这里所经历的激情悲欢。那张柚木大书桌上，点着两支风吹不灭的电蜡烛。烛光下，摊着陀思妥耶夫斯基未完成的小说手稿。桌角上，是女儿写给他的一张字条，上面写着："爸爸，我爱你。"

讲解员告诉我，这两支永不熄灭的蜡烛是一种象征，象征着作家的创作永远没有停止。讲解员的解释固然很动人，然而在我的眼里，这两支闪烁着温暖光芒的蜡烛也是人间美好感情的象征。被烛光照耀的墙壁上，挂着安娜的相片，相片上的安娜永远以一种亲切宁静的微笑凝视着丈夫的书桌。烛火里，似乎也时时回响着一个小女孩纤弱而又忧伤的呼唤："爸爸，我爱你……"

也许以前很少有中国作家来这里，我们的访问，使年轻的讲解员很激动。临走的时候，他问我："您认为陀思妥耶夫斯基是一位怎样的作家？"我这样回答他："他是一位伟大的作家。他的作品揭示了人类心灵中的很多秘密。他的作品是属于全人类的宝贵财富。"讲解员向我鞠了一躬，然后真诚地对我说："谢谢您的这番话。我要把您的话告诉来这里参观的其他人！"

大概是为了报答我，讲解员送给我一张印有陀思妥耶夫斯基手迹的画片。这是他的长篇小说手稿的一页，字迹密集而凌乱，从中可以看到作家思维的活跃。有意思的是他随手涂在稿纸上的一些图案。图案画的是教堂的拱门，完成的和未完成的加在一起，一共有十二扇，它们大大小小，毫无规律地分布在文字的空隙间。我想，这些门，应该是陀思妥耶夫斯基的"意识流"的产物，是他的精神活动在无意间流露出来的轨迹。这些门代表什么呢？也许是一种渴望，是一种对理想境界的呼唤。作家的探索和创造，不正像在努力开启一扇扇锁着的门？有些作家打开了那些门，把门内神秘的世界展现在人们面前，使人们惊叹天地和人心的浩瀚。陀思妥耶夫斯基就是这样的作家。而有些作家，终生只能在那些锁着的门外徘徊。

遥望泰姬陵

去印度，当然要去看泰姬陵。

泰姬陵坐落在阿格拉。从新德里坐车去阿格拉，不到两百公里路程，花了将近四个小时。沿途没有特别的风景，经过一些小镇，可以看到衣着鲜艳的印度人在路边摆摊、闲逛、大声喧哗。孩子在车窗前举手晃动着不知名的食品向车上的人兜售。女人头顶着水罐行走在树荫下，优美如东方歌舞团的舞蹈。不时可以看到自由散漫地卧在路边或者悠闲漫步的牛。也有大象，步履稳健地在路上行走，它们是印度人温顺的坐骑。

阿格拉是印度最重要的旅游城市，拥有两处世界文化遗产：泰姬陵和红堡。进入阿格拉时，情景令我吃惊：这竟然是一个破旧脏乱的城市，汽车经过市区，只见歪斜的商铺，喧闹的人群，马车、羊群混杂在一起，更有黑色或者黄色的牛三两结队，昂然从集市中走过，旁若无人。陪同的印度青年对我说，阿格拉城里很乱，晚上他也不敢去那里。然而伟大的泰姬陵就在这城市侧畔，现代的嘈杂粗陋，衬托着古时的精美恢宏。

泰姬陵用白色大理石建成，巍峨而精美，如蓝天下的一朵白色蘑菇云，又如一座凌然的雪山，在午后的阳光下闪烁着圣洁的光芒。这是一个印度国王为纪念其去世的爱妻而建造的一座陵寝，一座伊斯兰

风格的巨大建筑，被认为是人类的建筑奇迹之一。在很多人眼里，它是永恒爱情的象征。印度五世国王的爱姬病重弥留时，悲痛的国王许诺，将在她离开人世后为她建一座举世无双的最美的陵墓。爱姬病逝，国王便开始以自己的权威实践对亡妻的诺言，举全国之力大兴土木开工建陵。当时的印度国力雄厚，然而建这座陵墓，绝非平常之事。国王令下，全国动员，设计、采办、运料、施工，工程浩繁，犹如秦始皇造长城。这位国王在位时，建造泰姬陵就成了他生活中的头等大事。巨大的施工现场，每天有五千个工人在劳作，工程延续了整整二十年，无数人为之流汗流血，甚至丧命。当泰姬陵完工时，见到它的人都惊呆了，天地间耸立起的这座纯白色的巨大建筑，端庄、宏伟、神秘，集圣洁和华丽于一身，它的美震撼了所有人。泰姬陵用数以万吨的白色印度大理石建穹顶主体，用来自世界各国的彩色大理石镶嵌墙上的花饰和可兰经文。陵寝周围的巨大方形平台和阶梯，也用白色大理石铺就。瞻仰陵寝的人们赤脚走上台阶经过平台，仿佛是一步一步进入一座纯洁的白玉之山。陵寝的方形平台四角建有四座立柱形高塔，塔顶也有圆形穹顶，和巍峨的陵寝主楼和谐相称为一体。陵寝平台两侧有两幢对称的红色建筑，右侧为清真寺，左侧为昔日宾馆。在这两幢红色建筑的衬托下，更显出主体陵寝耀眼的洁白。国王实践了他的诺言，为亡妻建造了一座独一无二的伟大陵寝。这恐怕是有史以来人世间成本和代价最巨大的爱情纪念。

　　我参观泰姬陵时，向陪同的印度朋友提了一个问题：泰姬陵的设计者是谁？在介绍泰姬陵的资料上，没有看到有关设计者的文字。印度朋友告诉我，设计者是一位名叫穆罕默德的波斯建筑师，他不仅设计了泰姬陵，还亲自参与了整个建筑过程。泰姬陵建成后，他得到的奖赏，是被国王砍去右手，为的是不再让他有机会设计相同的建筑。而穆罕默德，面对着自己设计的这个美丽建筑，坦然受刑，觉得死而无憾。作为建筑师，能有机会把美妙的梦想变成现实，是莫大的幸福。泰姬陵建成之后，历史记载中再没有出现过有关这位伟大建筑师的只字片言，很多人认为，是国王杀害了他。失去右手的设计师，并没有失去设计的能力，国王担心他再为别人设计相同的建筑，这样，就会破坏他对亡妻的承诺。尊贵的帝王之诺和一个平民的生命，孰轻孰重，那是不用动脑筋的。一个伟大的设计师，竟成为自己设计的陵寝的殉葬品。

我无法证实这个故事，但我相信这不会是好事者的杜撰。如今的参观者，都称道国王和泰姬的爱情，以为这宏伟的建筑便是人间情爱的象征。有谁还记得这位穆罕默德，记得这位用生命设计了泰姬陵的天才建筑师？泰姬陵上，没有他的名字，人们津津乐道着帝王和妃子的爱情，却忘记了这位伟大的建筑师。我想，在泰姬陵前，应该为穆罕默德塑一座雕像，让他挥动着那只没有手掌的右臂，向每一个来看这世界奇迹的游人讲述他的故事。

关于建造了泰姬陵的这位国王，史书上有详尽记载。他为亡妻建成陵寝之后不久，他的儿子便篡权夺位，把他赶下了台。建泰姬陵，几乎耗尽国库，饥荒蔓延，民怨沸腾，这也为儿子篡位提供了理由。被废黜的老国王成了囚徒，被关在离泰姬陵几公里外的红堡中。他向新国王提出一个要求，希望从自己囚室的窗户里能远眺泰姬陵，儿子满足了他。我去红堡参观时，印度朋友把我带到当年囚禁老国王的那个房间。说是囚室，其实是豪华宫殿中宽敞的一间房，墙上的窗户，正对着泰姬陵的方向。幽囚此地的老国王，遥望着亡妻的陵墓，会有什么感想呢？泰姬陵离这里不远，但却已遥隔天涯，可望而不可即。对他来说，建造陵寝、遥望陵寝的时光，比他和泰姬共同度过的岁月，不知要漫长多少倍。

红堡是昔日皇宫，宫殿外墙多用赭红砂石砌成，远望一片红色，故得名。我登上红堡时，正是日暮时分，残阳如血，染红了地平线上默默矗立的泰姬陵。从囚室窗户里看出去，泰姬陵犹如盛开在天边的一朵巨大花朵，也如大地上蹲伏着的一头红色巨兽，更像是天外来客，遥远而神秘。在我的冥想之中，遥远的地平线上，永远徘徊着两个幽

灵：一个是陵寝主人的丈夫，那位在红堡囚室中郁郁终老的国王，他只能孤独地遥望着泰姬陵；一个是被砍掉右手的伟大建筑师穆罕默德，他或许会追随着来自世界各地的参观者，倾听他们对自己作品的评论，在连绵不绝的惊叹声中，他或许会欣慰一笑。

沉船威尼斯

从空中看威尼斯，她是蓝色大海中一条彩色的大鱼。威尼斯的形状确实像一条鱼，本岛是她的身体，环列四周的小岛组成了她的鳍和尾。这条鱼，在亚得里亚海中游了亿万年，繁华了千百年，成为人类文明史上的一颗明珠。

在海上看威尼斯，她是从海面上升起的一片童话般的土地。那些精美的楼房、城堡、教堂、桥，以及那些在城边浮动的船，如同海市蜃楼，在海天间飘忽摇曳。人类的创造，还有什么能比这样的景象更让人产生奇思妙想呢？

踏上威尼斯的土地，我才真正了解这座海上之城的美妙。

沿着海边的大道走向圣马可广场，沿途风景目不暇接。沿海的是各式各样的码头，两头高翘的"贡多拉"停泊在码头上，如一群古代黑衣舞者，在海边随阵阵波浪舞动，正以沉静优雅的姿态招徕游人。面海的石头房子，每一幢都有传奇故事。经过一家古老的旅馆，我看到门口墙上有铭刻文字的铜牌，仔细一读，原来莎士比亚曾在这里住过。也许，莎翁《威尼斯商人》创作的灵感和素材，就是成形于此。再走不远，经过一座石桥，桥头两侧都是出售当地纪念品的小摊，彩色的威尼斯面具、布娃娃、皮包、皮带，游客在小摊前和商贩们讨价还价，这分明就是《威尼斯商人》中的场景。如果离开海滨选一条小

巷进城,你会进入一个曲折的迷宫,街道两边那些彩色的店铺,让人眼花缭乱。

临海的圣马可广场,是威尼斯最有气派的地方。

很多年前,在圣彼得堡的冬宫博物馆,我看到过意大利画家卡纳尔的油画《威尼斯招待法国公使》。画面描绘的是 18 世纪威尼斯的一次外交盛事。法国公使乘船来到威尼斯,当地的主教、王公贵族、有名的绅士淑女,在港口的广场上列队欢迎,虽然只能远远地看到一大片人头涌动,但可以想见,那些达官贵人是怎样应酬着寒暄着,讲着不着边际的客套话,那些华丽的袍服和长裙是怎样互相摩擦着发出窸窣之声。在面向海湾的那幢大楼里,也聚集着无数宾客,他们站在二楼的阳台上,兴致勃勃观望着广场上的人群。在盛装的人群中无法找到那位法国公使,但可以看到法国公使停泊在港湾里的巨大的船队。而站在路边桥头上看热闹的,是当地的平头百姓,那些灰暗驳杂的服饰,和广场中央那一大片鲜艳华贵的颜色形成鲜明的对照。

二百多年过去了,当年油画中的圣马可广场,和今天的广场没有大的区别,大教堂还在,钟楼还在,海边的立柱还在,那些精致繁复的回廊还在,教堂墙上金碧辉煌的马赛克壁画,簇新如昔。只是物是人非,广场上走动的是现代的人群。广场的石头地面上,密密麻麻停满了鸽子,它们悠闲地在那里散步。以我所见,这里的鸽群,也许是这个星球上鸽子数量最多的鸽群。地上的鸽子们偶尔展翅飞起,空中便响彻一片噗噗噗的翅膀拍击声,周围的空气也随之振动。这里的鸽子不怕人,你走过去,它们也不逃,还会飞落在你的肩头甚至头顶。在鸽子们的记忆中,从世界各地来圣马可广场的人们,为的就是给它们喂食,和它们拍照。当年法国公使来访时,大概没有这么多鸽子相迎吧。

在威尼斯,最有情趣的事情,是坐"贡多拉"在水巷中穿行。一个长相英俊的威尼斯小伙子手持长篙站在船尾,长篙轻轻点动,"贡多拉"便在漾动的水面上开始滑行。狭窄的河道曲曲折折,随时都会

241

赵丽宏
散文精选

通向神秘的所在，两岸的石头房子迎面压过来，岸畔人家的台阶浸在水中，阳台和窗台触手可碰。低头看水中，两岸楼房倒映在晃动的水面上，迷离一片，如印象派音乐的韵律。前面不时有小桥当头压过来，船上人啊呀一声惊叫，回头看时，那桥，那桥上的行人，桥畔的楼廊和街灯，都自然奇妙如画中美景。从水巷出来，穿过石桥，进入海域，天地豁然开朗，周围的岛屿上耸立着形态各异的教堂和楼房，像是一群沉默的卫士，在四面八方守卫着威尼斯。

威尼斯是欧洲人创造的奇迹。千百年的经营，把这个海岛建成一个绚烂多姿的海上世界。大海造就了威尼斯，很显然，大海最终也会终结威尼斯，我看到的威尼斯，是一个被海水浸泡的城市，是一个逐渐被淹没的城市。我永远无法忘记一年前重访威尼斯时见到的景象，那天，海水漫过城市的地基，圣马可广场成了一片汪洋。广场四周的商铺浸没在水中，人们只能在临时搭起的栈桥上行走。鸽子们失去了栖息之地，在空中惶惶不安地盘旋……

告别威尼斯时，在船上回望那逐渐隐没在水天波光中的古城，突然生出一个念头：威尼斯，像一艘正在沉没的奢华古船……

米开朗琪罗的天空

梵蒂冈是国中之国，城中之国。它其实只是古都罗马城中小小的一方土地，然而它却令全世界瞩目。零点四平方公里，大概是全世界最小的国家，然而这里却拥有地球上最伟大的教堂，拥有世界上最了不起的博物馆。

圣彼得大教堂花了一百多年才完成它雄伟的工程，米开朗琪罗设计的金色穹顶成为罗马城中一颗耀眼的恒星。大教堂一年到头敞开着大门，人人都可以免费走进去。天主教徒们进去拜谒耶稣圣母，聆听天国福音，让灵魂接受洗礼；艺术爱好者们进去参观文艺复兴时期的伟大艺术；漫无目标的旅游者进来看热闹，看欧洲人如何在五百年前建造起如此宏伟的建筑。不过，不管你心怀何种目的来到这里，灵魂都会受到震撼。你会被教堂中神圣安宁的气氛震撼，会被那些静静地凝视着你的雕塑和壁画震撼。

米开朗琪罗的成名之作《圣母的哀伤》，就陈列在离大门口不远的一侧。美丽的圣母抱着死去的耶稣，满脸悲伤，那种庄严和逼真，那种优雅和凝重，让每一个观者为之凝神屏息，不敢发出声音，唯恐惊扰了沉浸在悲伤中的圣母玛利亚。这尊雕塑，是人类艺术史上极为伟大的作品之一，米开朗琪罗创作这件作品时，只有二十五岁。当时，人们面对这座雕像，惊讶得失去了言语，没有人相信它出自一个二十岁出头的年轻人之手。米开朗琪罗一怒之下，半夜里悄悄溜进教堂，在圣母胸前的绶带上刻下了自己的名字。据说这是米开朗琪罗唯一刻下自己名字的雕塑。这位旷世奇才，当然有资格在他的作品中刻下名字，即便是刻在圣母的身上。教堂大厅中间有贝尔尼尼设计的一个铜质亭子，四根布满螺旋形花纹的高大铜柱，托起一个雕刻着无数人物和花饰的巨大穹顶，这是教皇的讲坛，更是艺术家的陈列坛。

我曾两次走进圣彼得大教堂。第一次离开时正是黄昏时分，教堂的金色圆顶在夕照中闪烁着金红色的光芒，钟楼上铜钟齐鸣，钟声传遍了整个罗马城。第二次去圣彼得大教堂，是圣诞节后的第二天，走出教堂大门时，天已经落黑，罗马正在下雨。雨雾弥漫中，教堂前的大广场上一片彩色的雨伞，如无数沾露的蘑菇，在灯光和水光中晃动。依然是钟声回荡，钟声仿佛化成了细密的雨丝，从天上落下来，融化在人间的万家灯火中……

对热爱艺术的人们来说，圣彼得大教堂右侧的西斯廷教堂也许更有吸引力。这是世界上最迷人的博物馆，文艺复兴时期欧洲的无数经典名作，都被收藏在这个博物馆里。我曾经在这里待了半天，感觉是沉浮在艺术的汪洋中。现代人面对古代天才们的伟大创作，感觉到自己的肤浅和浮躁。站在西斯廷教堂大厅中央，抬头看天花板上的壁画，那是场面浩瀚的《创世纪》。天堂人间，凡人天使，空中的树，地上的云，梦想中的神殿，传说中的巨人，在巍峨的穹隆间翩跹起舞……米开朗琪罗在这里幽闭数年，一个人站在空中挥笔冥思，把天堂搬到了人间，把凡人和天使融合为一体。上帝创造人的传说，在这里被简化成一根手指的轻轻点拨，上帝的手指和凡人的手指，在云天间接触的瞬间，便诞生了伟大的奇迹。画家的奇思妙想和神来之笔，使所有的文字失色。

我站在西斯廷教堂大厅的中间，抬头仰望那铺天盖地的《创世纪》，感觉人的渺小，也感觉人的伟大。在天堂和神灵前，人是何等微不足道，然而这天堂和神灵，都是人类的想象和创造。你可以想象，

如果你怀着虔敬的心，对天空伸出你的手指，会有来自天空的手指，轻轻地触碰，点开你的心灵之窗……

环顾四周，无数人和我一样抬头仰望、沉思，在米开朗琪罗描绘的天空之下。